五代十国

风雨飘摇

赵奎 著

江西教育出版社
JIANGXI EDUCATION PUBLISHING HOUSE

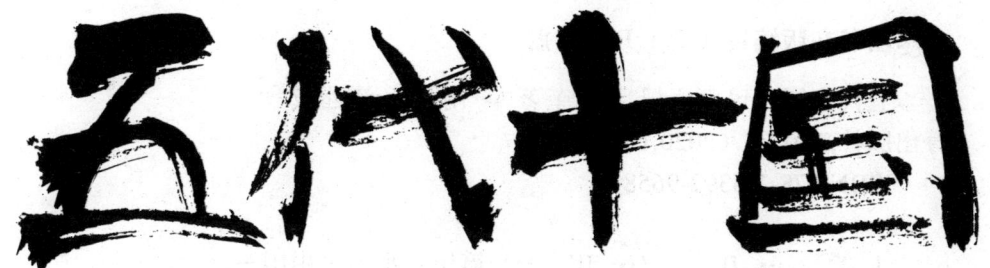

图书在版编目（ＣＩＰ）数据

五代十国：风雨飘摇 / 赵奎著. -- 南昌：江西教育出版社，2017.7（2020.1 重印）
ISBN 978-7-5392-9658-6

Ⅰ. ①五… Ⅱ. ①赵… Ⅲ. ①长篇历史小说－中国－当代 Ⅳ. ①I247.5

中国版本图书馆 CIP 数据核字(2017)第 114547 号

五代十国：风雨飘摇
WUDAI SHIGUO：FENGYU PIAOYAO

赵奎 著

江西教育出版社出版

(南昌市抚河北路 291 号　　邮编：330008)
各地新华书店经销
三河市三佳印刷装订有限公司印刷
690 毫米×960 毫米　　16 开本　　14.5 印张　　字数 213 千
2017 年 7 月第 1 版　　2020 年 1 月第 3 次印刷
ISBN 978-7-5392-9658-6
定价：36.00 元

赣教版图书如有印装质量问题，请向我社调换　　电话：0791-86706047
投稿邮箱：JXJYCBS@163.com　　　　电话：0791-86705643
网址：http://www.jxeph.com

赣版权登字-02-2017-338
版权所有　侵权必究

《五代十国》重要人物谱系

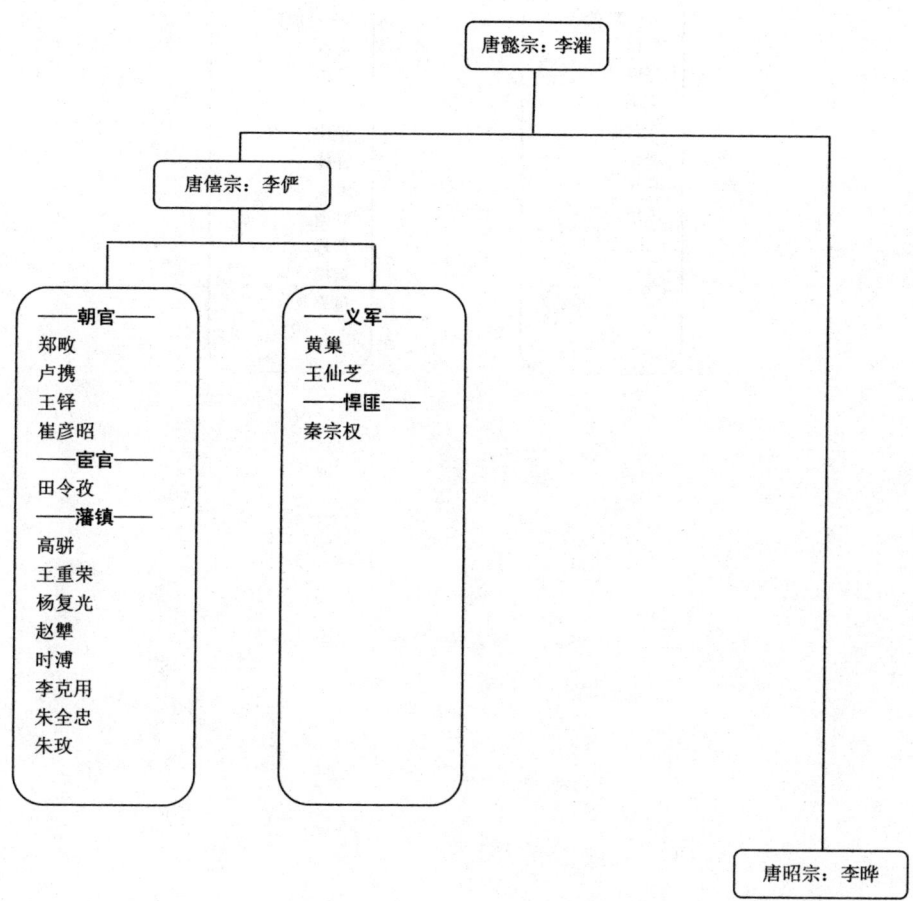

```
                    ┌─────────┐
                    │  黄  巢  │
                    └────┬────┘
            ┌────────────┴────────────┐
        ──文官──                   ──武将──
        尚让                        柴存
        赵璋                        孟楷
        盖洪                        林言
        皮日休                      李谠
        费传                        许建
        马祥                        米实
        王瑶                        刘瑭
                                    黄邺
                                    黄揆
                                    黄思业
```

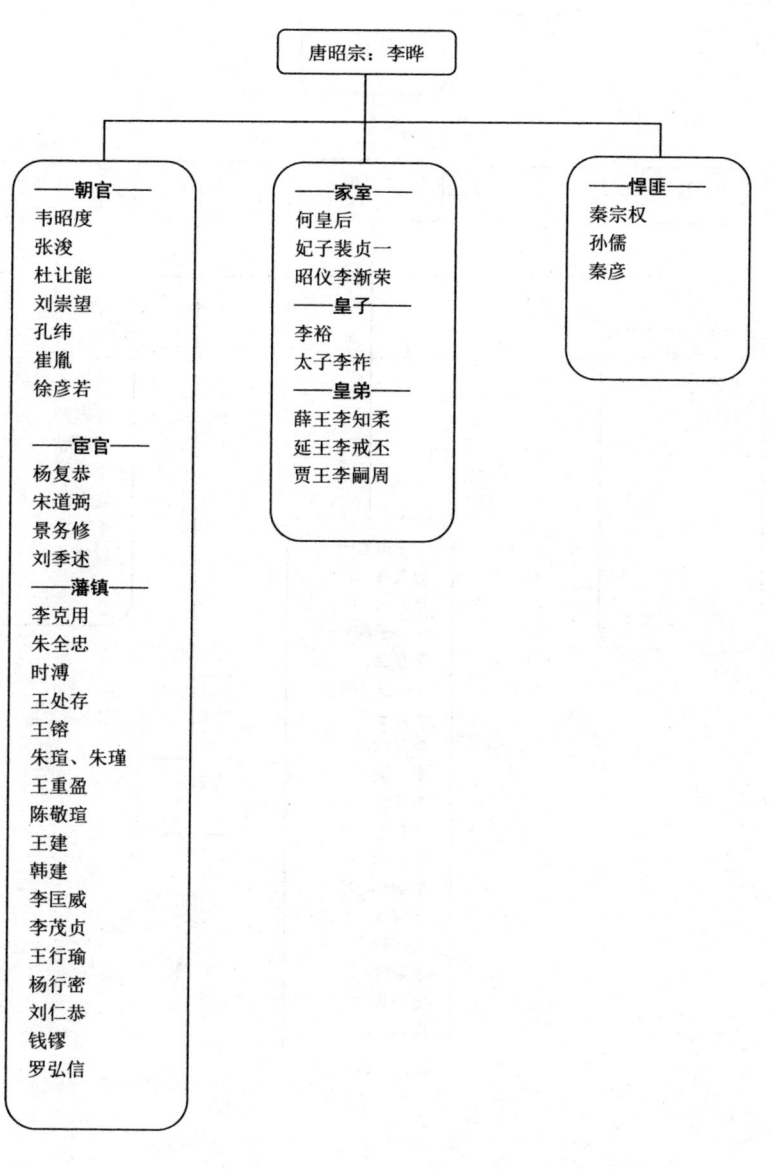

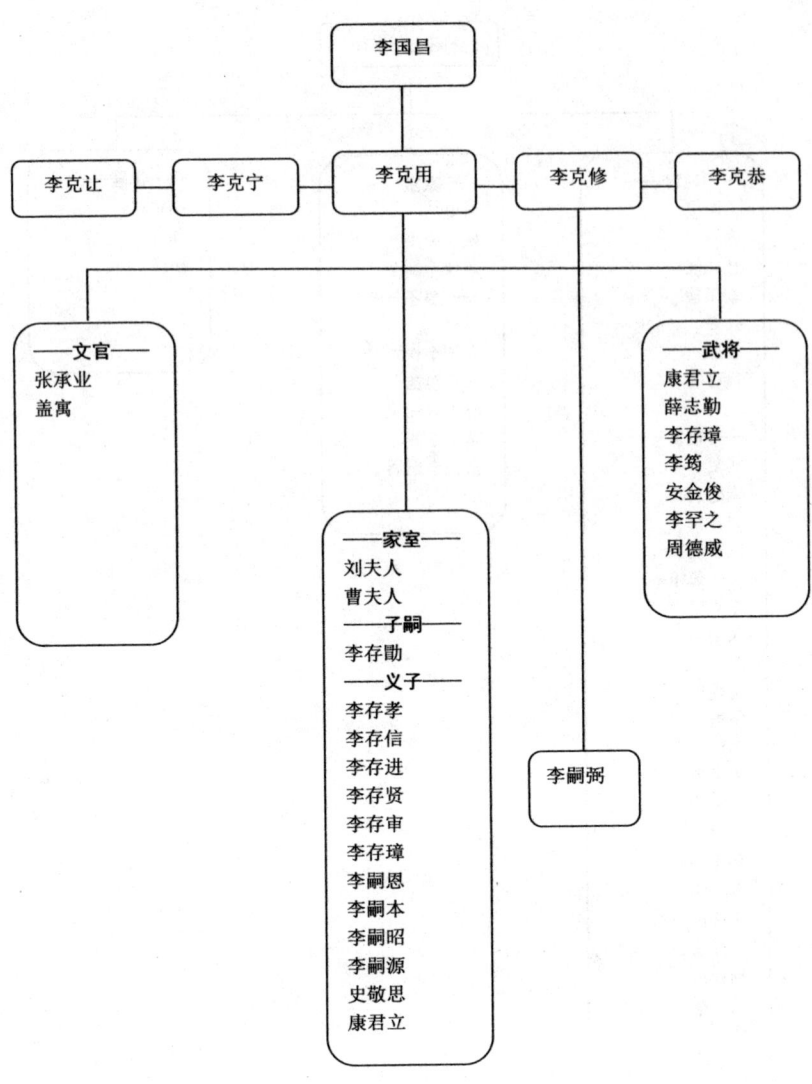

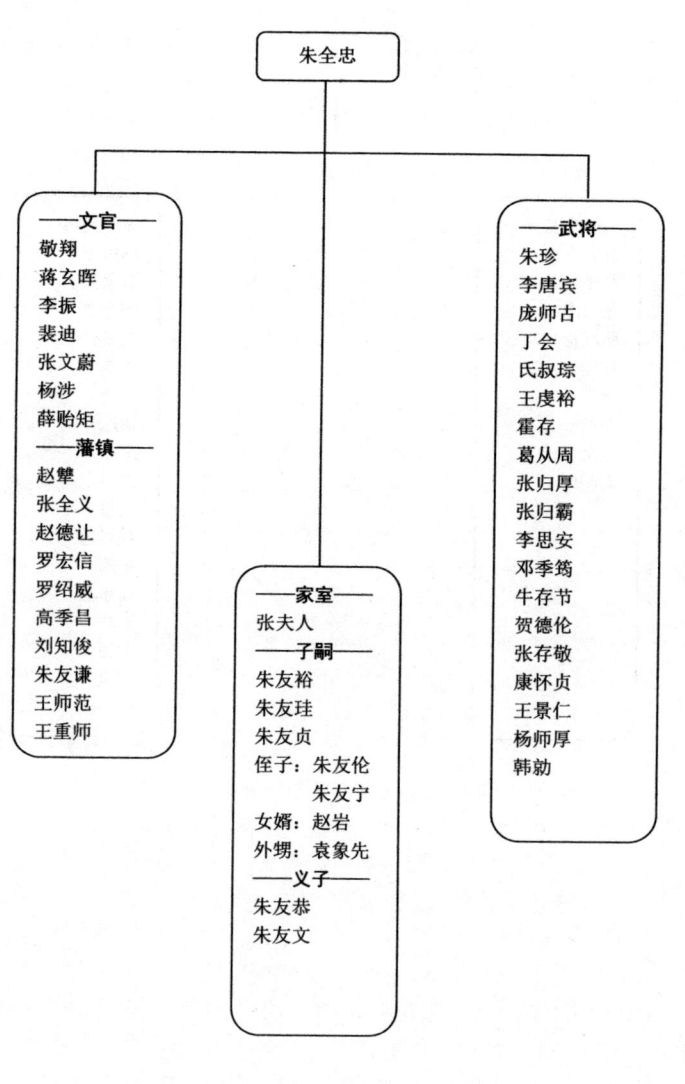

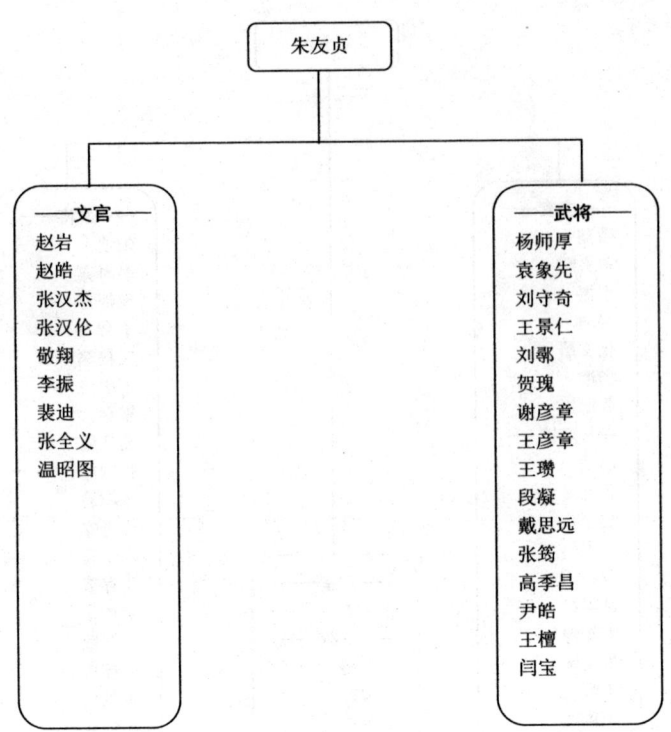

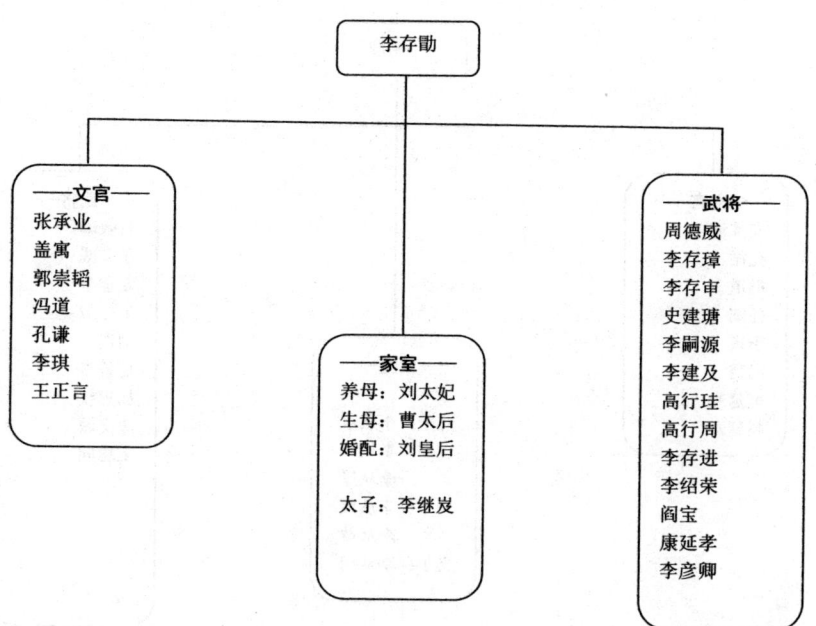

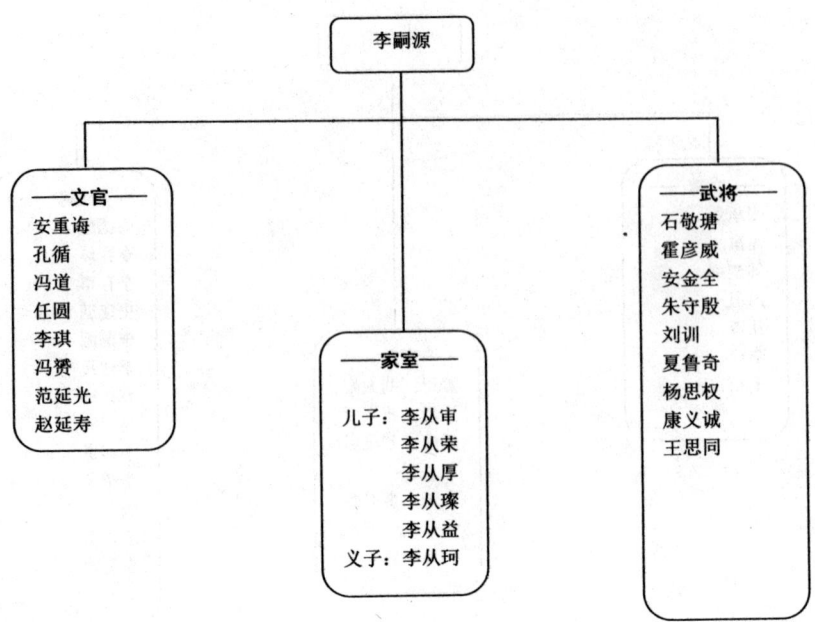

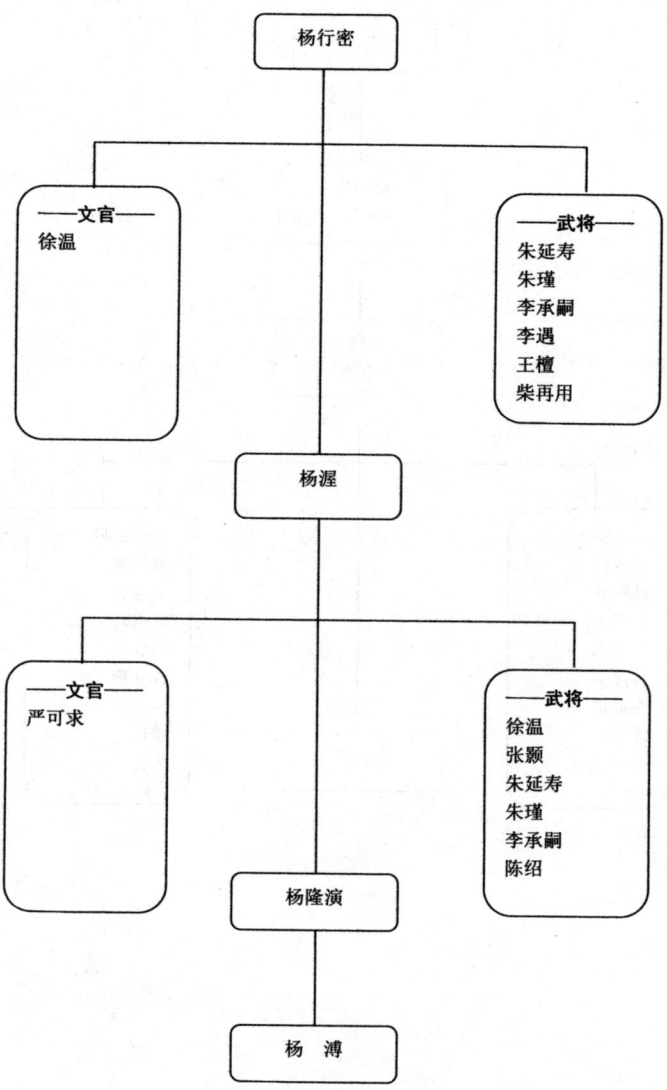

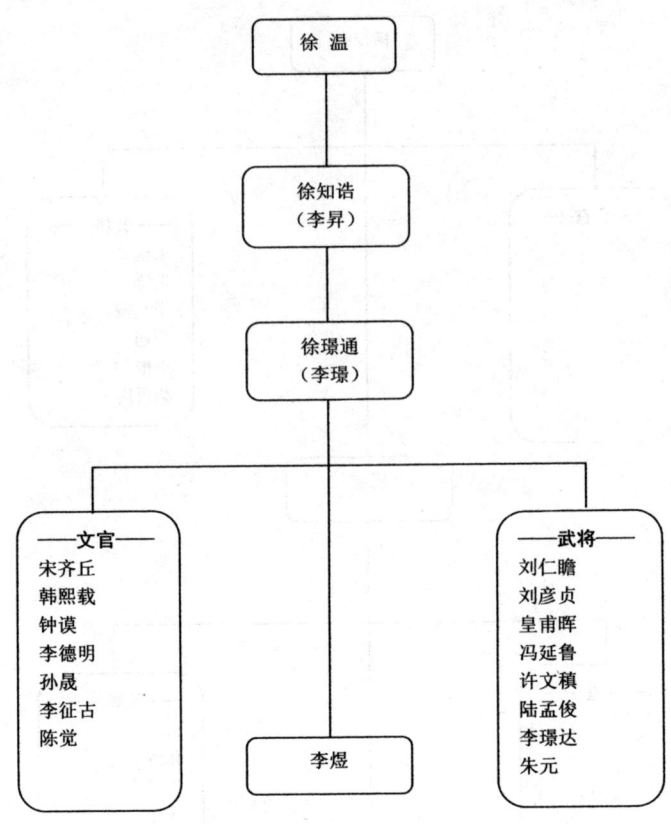

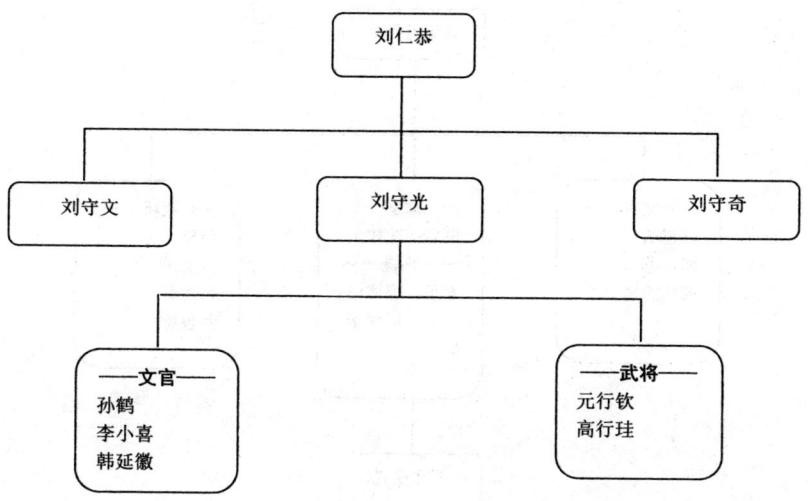

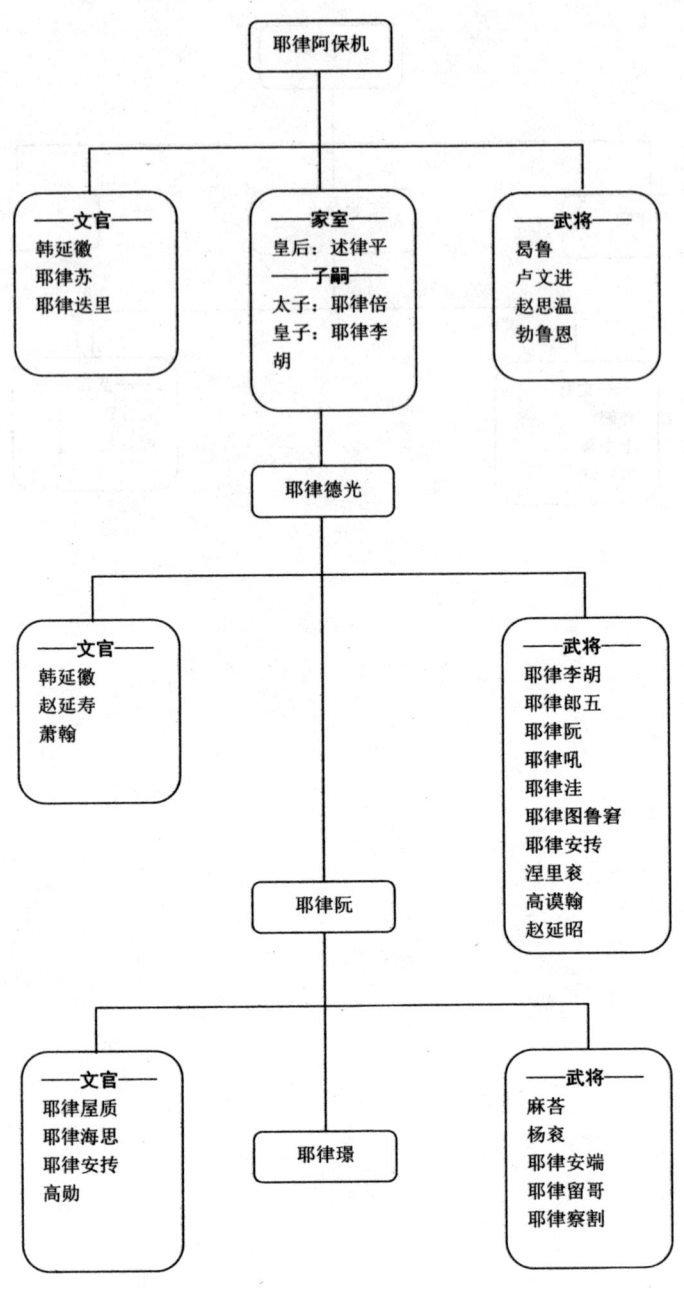

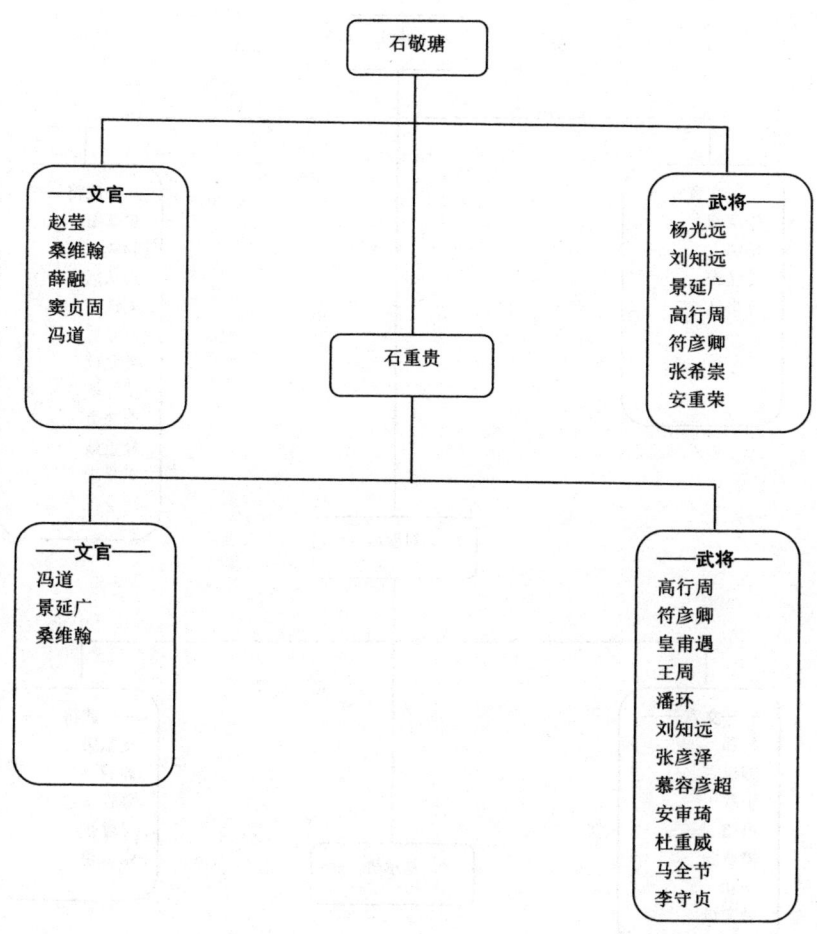

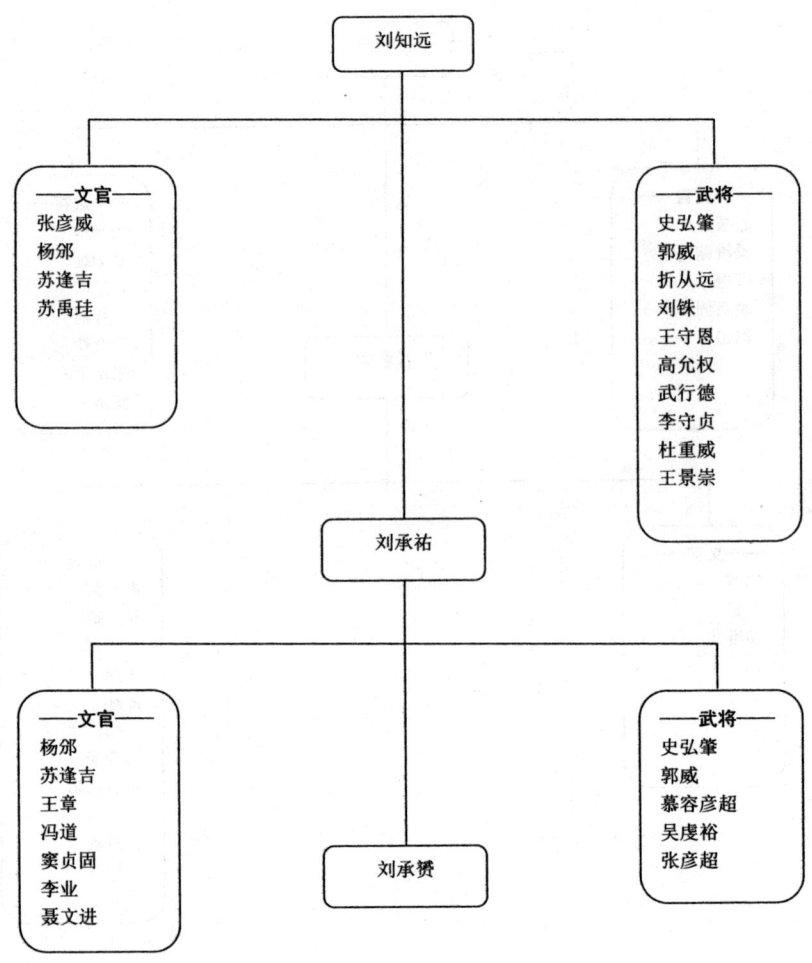

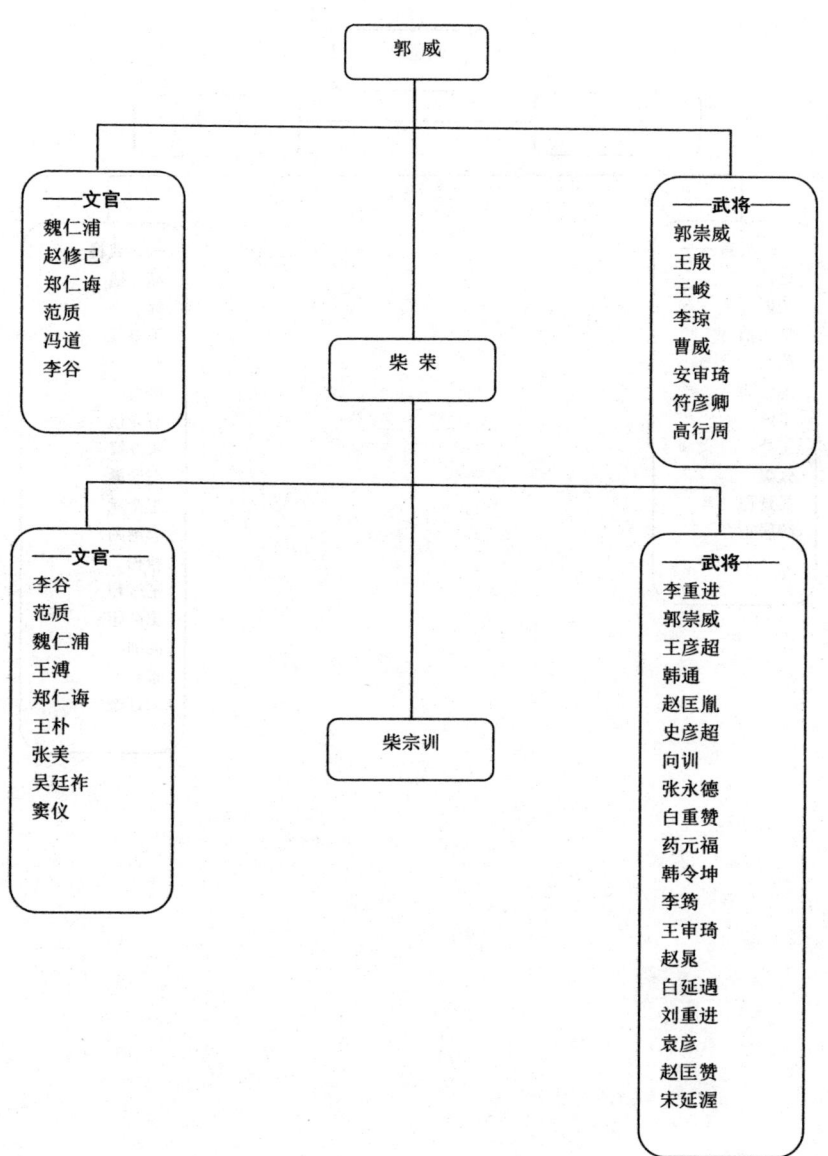

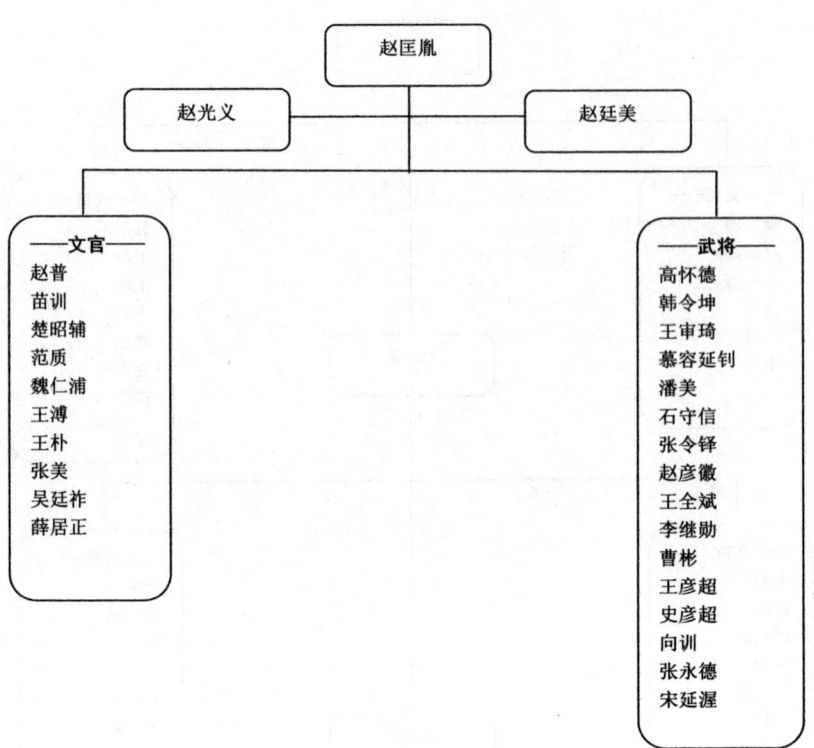

定风波·五代十国

徒叹无情最秋风,
锦绣山河碎梦中。
谁堪回首盛唐事,
肠断,
昔时繁华已成空。

莫问英雄出何处,
看那,
天下失鹿天下争。
从来命世恨气短,
罢也!
古今几人一身轻?

序

在第一个公元千年即将过去的时候，曾经雄踞东方、傲视世界、领袖群伦的大唐帝国，历经几百年的繁华之后，分崩离析、土崩瓦解、灰飞烟灭，走到了王朝的终点。

东起渤海西至天山，北临兴安岭南达苍山洱海，幅员辽阔不知几万里的大唐帝国；物产丰饶，交通天下，百业兴茂的大唐帝国；三教九流，人文荟萃，种族融合的大唐帝国；通商通海于四邻远邦，使团往来于水陆旅途，文治武功矜伐于欧亚大陆的大唐帝国。这样一个大帝国崩塌了，难以想象其衰亡之路是何等的痛苦！更难以想象，失去中心与重心的土地上是一番何等的乱象！

其实从末唐时代，天下就进入了一个大变局。从史料可知，这种大变局从来不会是一个以新汰旧的自然过程，而是充满暴力、血腥和动荡的残酷争霸战。

天下陷入了持续的动荡与混乱。

这种乱在格局上，是以中原地区的军阀争霸、边疆地区的部族整合、大系统的能量异化与分化为主要特征。

局面错综复杂。

这种乱在时空上，是以此起彼伏、更替变换、交错叠加为演变脉络。

动荡漫无边际。

乱了几十年后，大宋王朝的确立与崛起，才使华夏文明再次焕发出勃勃的生机。这生机来之太不易。

唐宋之间历经五代十国，随机兴灭的区域政权不下百数。直接的后果是上下失矩、四分五裂、乱象丛生、百业凋敝，帝国陷入了迷途。

五代是中国几千年封建帝国历程中的迷失期。

五代是帝国各种矛盾积累酝酿激化冲撞的混乱期。

五代是传承皇权核心道德文明史的断裂破碎层。

五代是弱肉强食、争权夺利、武力泛滥的角斗场。

五代是贵贱颠覆、社会洗牌、人欲横流的大赌局。

后世人们对五代诟病颇多，或许由于五代缺乏精神与理想，更多的是眼前利益的攫取与纠结。

诟病五代于事无补，探究五代社会运行的机理还是有些价值的。

社会运动的重新调整，是否需要付出如此大的代价？五代乱之深、乱之久、乱之广，令人欷歔。

李唐藩镇割据的行政及武备配置，为五代时期军人大佬成灾种下了祸根。

有枪就当草头王的军阀意识，导致了五代时期此起彼伏、绵延不绝的战火与战乱。

缺乏公义旗帜的犯上作乱，从埋葬李唐那一刻就成了传染全社会的病毒之源。

因此，五代很乱，乱得很自私，乱得很无序，乱得很恐怖，乱得很无奈，乱得难以止息。

在那个遍地是机会、满眼是诱惑的世界里，手握军队的军头们释放了巨大的能量。乱世纷争，沧海横流，大道理的苍白、残破与更生，小人物的人性、操守与求生，交织在一起而异彩纷呈。许多影响和塑造历史进程的强人出现，许多道德变异、行为古怪的小人物登场。

解读历史，循着事件入手比较容易，也有血有肉有意思。探寻事件离不开人物命运，关注动机与结果会增强立体感。说起五代的故事，人物太多了，数不胜数。欲做"青帝"再造世界的黄巢，志大才疏的末日皇帝唐昭宗，狡诈胜过曹操的朱全忠，骄傲勇武的李克用，偏据一方远交近攻的钱镠，野心勃勃窃取四川的王建，雄姿英发后继乏力的李存勖，统一契丹八部的耶律阿保机，背了几千年割地卖国臭名的石敬瑭，历经数朝政治斗争而屹立不倒的冯道，傍依雄豪的落魄士族敬翔、盖寓、葛从周，英明神武却英年早逝的柴荣，宏阔豪迈定纷止争的赵匡胤。这些"大人物"纷纷登场，演出了一幕幕悲喜剧，将偌大帝国推向深渊，再掀向峰尖。那么这些形形色色的所谓"大人物"都做了些什么？为什么做？过程怎样？后果如何？

历史是在大势中运行，但历史又是由一个个激荡激越的大事件与异彩纷呈的小细节和巧合所组成。潜行其里，穿越其中，细细品味，滋味无穷。

五代的大冲突点在哪里？我们试着——剖析。

两晋之后也是乱，且乱了很久，据说也是道德世风江河日下，可是那时候还有名士。五代几十年，为什么连个名士都没有，连篇像样的文章都没有？我们试着条理评说。

衰朽的大唐帝国覆灭，是打烂了一个旧世界，而五代的取而代之，则是陷入了一个更加罪恶的新世界。五代有没有创造和建设？我们共同来探究。

五代为什么没有演变成为春秋战国？因为藩镇不是分封的相对独立王国，没有经济基础和社会结构基础。军阀为什么不能一呼百应、席卷天下？因为军阀不是旗帜鲜明的新时代的创建者，对老百姓没有吸引力，对摇摇欲坠的老皇室犹抱琵琶半遮面，不具有革命的进步性。

五代打烂了一个腐朽没落的旧世界、旧帝国，但开启了一个更腐败、更血腥的新世界，一个个粉墨登场的领导者无法找到一个新体制代替已覆灭的大唐帝国。

五代之乱源自于大唐帝国太庞大、太系统、太发达，大唐帝国坍塌之后，形成一个巨大的能量真空难以填补，难以迅速出现一支独大的力量来取而代之。如东汉之后、清之后莫不如此。只有经过相当长的时间之后，才能把旧帝国的遗留能量消解，新生力量曲折孕育，才会再次走向整合。历经末唐五代，政府、军阀和农民起义越来越深地破坏了社会的人口、生产、经济和文化，社会不堪重负，承载力和消化力越来越小，所以五代的动乱，规模越来越小，越来越没有内涵，直到折腾不动了为止。

五代的变形与异化，是进步还是倒退？是不可或缺的过程，还是本应免却的噩梦？五代是封建历史进程中发生了变异的一个阶段，其负面影响是将人性中个体对群体的破坏、个体对个体的破坏的阴暗劣性彻底释放，使进化的修正和回归变得异常困难。这也是宋代立国的背景，是摆在赵匡胤面前的大难题，以至于宋代过分地反思了唐代的多元与开放的弊端，从而是摒弃多元文化而追求思想统一的深层次的历史动因。

五代的话题太多了，我们一边喝茶一边品味。

目录

一、残唐末路 ... 1
1. 山河破碎谁做主？ ... 1
2. 劳模将军 ... 10
3. 农民的力量 ... 19
4. 满城尽带黄金甲 ... 31
5. 我要投降 ... 46
6. 李克用想为人所用 ... 65
7. 战京师 ... 81
8. 刺史的约会 ... 88
9. 朱全忠要为自己拼搏 ... 109
10. 末路 ... 120

二、天下烽烟 ... 129
1. 要命的宴会 ... 129
2. 瘦皇帝与肥太监 ... 140
3. 此去故国已成空 ... 147
4. 门前雪不得不扫 ... 157
5. 吞并河阳 ... 167
6. 闹市之中得子房 ... 171
7. 门前雪不扫不宁 ... 176
8. 决战秦宗权 ... 187
9. 河阳的确好地方 ... 194

一、残唐末路

1. 山河破碎谁做主？

  末唐的颓废与残破令人产生无限的惆怅与伤感。颓废与残破的末唐引起此起彼伏的内忧与外患。曾经傲视天下、雄霸东方、隆盛之巅的大唐帝国威风扫地、风华不再。终结了一场流连回味的美梦，坠入了另一场望不到尽头的噩梦。帝国天下从此陷入了深深的祸乱漩涡不能自拔。到底谁才是拯救这场梦魇的主宰？

  冬天。
  每隔三百六十五天都会准时到的冬天。
  这个冬天有什么特别吗？
  有。
  这个冬天更早更寒冷。
  这个冬天似乎携裹来特别的寒意与特别的冰冷。
  至少在一个人的心里是这么认为的。
  这个人正坐在一所大屋子里。
  一所富丽堂皇暖融融的大屋子。
  一所天下独一无二的大屋子。
  一所既空荡荡又压抑的人透不过气的大屋子。
  一所台阶高耸、廊柱巍峨、雕梁画栋、门窗华丽的殿堂。
  这所屋子是大唐王朝的皇宫议事大殿。
  天下独一无二、威风八面的皇朝宫阙。
  冬天的标志之一是风，强劲的北风。
  北风打着呼哨，越过崇山峻岭，穿过草地大河，强劲地扑进了千年

风雨飘摇

古城长安，似乎要将整座城池连根儿拔起、吹走。长安城高大的城墙也没能阻挡住北风的冲力。城内偌大的楼宇建筑群鳞次栉比、连绵起伏，这是唐皇宫，甬道华丽，门匾庄重，庭院深邃，台基广阔，廊柱巍峨，重檐高耸，砖瓦精美，这所宫城尽显了大唐王朝的皇家气派与权势威严，也代表了曾经是当时世界上顶尖级的建筑工程水平，这是实力的象征。但那都是过去的事了，是一百多年前的往事了。现在偌大的唐宫城在寒冬里显得十分寂寥。皇宫大殿高高挑向天空的檐角只能将风头劈成丝丝缕缕，兽头瓦当下的铜铃在风中胡乱地摇摆，发出稀稀落落的声音，时高时低的透过薄薄的窗纱钻进殿内。

殿堂中央有一座高大的青铜暖炉。暖炉呈三层宝塔状，四壁镶金镂空，琉璃重檐覆顶。暖炉里木炭的火苗旺盛地燃烧着，炭块不时发出轻微的炸裂声。跳跃的火光映衬着大殿的四壁，影影重重，亦幻亦真。这座暖炉似乎就是这所大殿的心脏，在孤独地跳动。

殿堂内不止一个人，大约共有五六人。北面高高的龙椅上坐着一位十二三岁的少年，眉目清秀，身材有些单薄，勉强能够撑起躯体上的龙袍，龙椅因此而显得有些空旷。这位少年就是唐僖宗李儇，他刚刚继位不到一年，这一年是公元874年。过去的一年中，李儇的身份从一名普通的藩王瞬间变成了万人朝拜的皇帝，而且是大唐帝国的皇帝，是延续了近三百年的大唐帝国的最高君主。末唐的太子制度基本荒废，在变幻频仍政局动荡的时局下，谁也不知道下一任皇帝可能是谁。老皇帝活着时不能掌控朝政，驾崩时也无法左右身后的局面。新皇帝大多是稀里糊涂地走上了新岗位，来不及熟悉情况，更没有时间进行预习和培训，只有靠干中学、学中干，边干边学，边学边干。李儇就是这种形势下的产物，属于毫无思想准备的新皇帝。

皇帝与藩王的差距自然是巨大的，其工作量、工作内容、生活制度也是截然不同的。皇帝虽然地位高，可是藩王可以自由自在，吃喝玩乐不亦乐乎，没有那么大的责任压在头顶上，也没有这么多工作等待处理，更不必面对这么多烦人的事和烦心的人。尽管老皇帝懿宗临死前在遗诏中评价李儇"孝敬温恭，宽和博厚，日新令德，天假英姿，言皆中规，动必由礼",把他夸得跟朵花一样,这些不过是制造舆论的烟幕弹而已,李儇有几斤几两他自己心里清清楚楚。正在自由自在衣食无忧做藩王的李儇,突然接到诏命,让他做皇帝。李儇感到脑袋"嗡"的一下,半晌没有回过神儿来。他知道皇帝这个位子不好坐,因为他看到了他父亲懿宗的辛苦。所以李儇根本就没有当皇帝的野心,也毫无思想及技能准备。当了皇帝的李儇并没有欣喜兴奋,反倒觉得天天在这个椅子上坐着,疙得屁股疼,不如做藩王时自在好玩。在过去的七八个月里,每每坐上这把椅子后,李儇脑袋就走神儿,胡思乱想地琢磨些乱七八糟的事,借此打发难熬的时光。

可是今天小皇帝没走神儿,不仅没想乱七八糟的事,简直是脑袋空空,任何想法都没有。李儇不时地左手指头摆弄摆弄右手指头,或者右手指头摆弄摆弄左手指头,眼睛盯着铜炉里的火苗目不转睛。火苗映照李儇的眼睛,黑黑的眸子发亮又有些飘忽不定。皇帝对面隔着铜炉还坐着五个人,这五个人个个神情凝重,低头不语。时间一分一刻地流逝,漏壶的滴水声清晰可闻。过了很久,仍然没有人说话。不仅无人说话,反倒都把脖子往衣领里缩,还有人不住地打着寒噤,似乎厚厚的锦绣棉袍里揣着北极的冰块。

李儇看着眼前这些人,忽然想起了他父亲老皇帝懿宗在临终前的遗言:"做皇帝的日子,如临深渊,如履薄冰……"想到此处,李儇愈发觉得今年冬天特别早特别寒冷。

天气的寒冷,侵袭人的肉体。内心的寒冷,却在掠夺人的灵魂。

寒冷的原因是缘自于几案上堆放的一堆奏折。

这些奏折每一份都是八百里加急。

这些奏折每一份都重有千钧。

这些奏折每一份都令人心惊肉跳。

第一份奏折是魏博藩镇节度副使韩简十天前写来的。内容是原魏博节度使韩允中病故,军中无主。韩简受魏博驻军拥戴,被推举出全面负责料理魏博藩镇事务。韩简作为藩镇留后,正等待朝廷委派新的节度使到任。韩简奏折内的语气虽然不失礼数,但谁都能感受到奏折字里行间流露出的迫人气息。魏博藩镇素来军兵强悍,父子兄弟世代为兵,姻亲关系复杂纠

结，如果处置失当将后患无穷。韩简是韩允中的儿子，并不是个太笨的人，也不缺少做节度使的必要条件。奏折中透出重重逼迫与杀机令室内空气似乎凝结了。

第二份奏折是西川防河都知兵马使、黎州刺史黄景复八天前写来的。黄景复向朝廷报告南诏聚集大军进犯西川。在争夺大渡河的战役中，唐军苦战几仗，虽然抵挡了一个多月，终因西川援军不至，寡不敌众而溃败，大渡河失守。南诏现已进逼成都，成都沦陷在即，军民告急。成都告急意味着什么？意味着成都有可能守不住。成都守不住意味着什么？意味着京畿长安西南屏障的垮塌。

第三份奏折是天德镇守一个月前写来的。报告西北的党项、回鹘大肆寇掠，唐军不敌，损失惨重，天德镇制有被消灭的危险。党项总是不肯臣服，从来都是剽悍难驯，对唐王朝即使有短暂的恭谨，也不过是表面做戏，骨子里总想称霸一方。

第四份奏折是感化镇守五天前写来的。农民起义军烽烟四起，斩关夺粮，劫掠富豪之家，州县衙门束手无策，屡遭杀戮，徐州危在旦夕。感化军素无军纪，哗变生乱几乎是家常便饭，现在又遇到民众暴动，不知道局面会演变成什么混乱地步。

第五份奏折是商州刺史王枢二十天前写来的。由于朝廷拨付的军费开支迟迟不能到位，军中及衙门财政难以为继。发不出军饷，士兵和衙役往往开小差做小买卖，不正常出勤。王枢为了开源节支，于是将向农民收粮食兑付的价钱减少一半。不料这项措施引起民愤，老百姓冲进府衙用棍子将王枢痛打一顿，在群殴中，两名官吏被打死。

正在殿中人都默不作声的时候，突然，屋顶上一阵"骨碌咣当"之声。僖宗皱着眉头看了看身边站着的值班宦官，那宦官马上明白，一溜小跑出了殿门去看个究竟。不一会儿那值班宦官回来了，低着头奏报："启禀万岁，是屋脊上的神兽塑像被风吹掉下来了。"众人齐刷刷拿眼注视了那宦官片刻，然后又都不言语了。僖宗看了看奏折，看了看炉子，又看了看几位大臣，咳嗽了一下，怯生生地说："众位爱卿，这些奏折已经积压了很长时间，你们倒是说说应该怎么办啊？这么多难事都堆过来，总要有个对策啊。"

那朝堂上都坐了些什么重要人物呢？

这种场合的参加人一般都是宰相一级的人物。

按照唐朝制度规定，宰相权力分割在中书省、门下省及尚书省。中书省的最高长官称为中书令，其下设两个副手称作中书侍郎，再下设有七八位中书舍人，中书舍人负责拟定办文办事意见。门下省的最高长官称作侍中，设有两名副手称为侍郎，再下设有给事中若干人，给事中负责核对诏命的合规合理性，属于操盘手。尚书省最高长官称为尚书令，其下设有六部，各部最高长官称为尚书。中书、门下、尚书的建制合起来称为"三省六部"制。中书省负责对拟决策的事拿主意，提出办理意见，呈皇帝同意后，形成敕命，送门下省复核，如无异议，则由尚书省的六部负责正式实施。当然，这其间，皇帝有否决权，门下省也有不同意的权力，尚书省没有决策权只有执行权。这是三省六部的日常职责和运作方式。唐朝在三省六部制基础上又发展出了议事堂制度。议事堂是决策军国大事的正式机构，属于最高权力机关。所以，唐朝的决策方式属于真正的"议"。议事有固定的场所和程序。议事场所即政事堂，政事堂分正堂和后院，正堂是宰相们集体办公和开会的地方，后院是秘书处办公起草文件的地方。到了中唐以后，议事堂制度稳定下来，其实是将三省的长官聚拢在一起，召开联席会议，是一种群策群力的工作制度。应该说这种工作制度既有民主也有集中，议事氛围比较宽松，最后形成的方案也多属于优化结果。如果不经过政事堂讨论，皇帝自行决定发出的诏命是无效的。由此可见，唐朝决策程序有一定的科学性与严肃性，宰相具有很高的地位，皇帝只是决策程序中的一个环节。皇帝朝会文武大臣时，给宰相还设有座位和茶水，允许坐着议事，精神待遇和物质待遇都比较高。后来，宰相不仅仅指三省的正职长官，还包括了六部长官以及诸如拥有参知政事、同平章事等头衔的人。如此环境下，不同意见一般可以允许发表，在一定程度上保护了议事者的主观能动性。可以说，唐朝在前半叶的辉煌发展与其较宽松的政治策略密不可分，其中，帝权与相权关系的处理比较成功，提高了整个中央政府的治理效率与决策质量。这个时期的治理制度可能是中国历史上最先进

的制度。

到了末唐，国家政治废弛，制度坠毁，皇帝昏庸，臣下党争。军政国家大事的决策程序也多被打乱，皇帝只与较为信得过的亲近臣僚议事，政事堂制度有名无实。既然是少数人在不正常的秩序下决策，自然容易被奸佞之徒钻空子，投机掌控朝廷权柄。晚唐之后朝廷政治还有两大特征，一是官僚之间的党争。不分青红皂白，政治理念和主张必须归属于某一党派，否则根本无法在朝中立足，也就是俗称的"站队"。派系集团之间争斗不已，根本不顾是非曲直，只有站对了队才有前途。二是宰相集团与宦官集团之间的争斗。宦官不仅能够假借皇帝发号施令，而且控制神策禁军几十年。宦官在外则以监军身份驻守各军队，具有直接奏报弹劾之权，很多时候比将帅的指挥权还大，成为分割朝廷政权的重要力量，也成为官僚集团的最大敌手之一。

隔着铜炉与皇帝对面坐着五位大臣，分别是中书侍郎崔彦昭，兵部侍郎郑畋，翰林学士承旨、户部侍郎卢携，左仆射王铎，右神策军中尉田令孜。

唐末中书令、侍中、尚书令等三省最高长官多赐予强大藩镇的节度使，变成了一种荣誉性待遇。所以崔彦昭虽为侍郎，实乃当朝宰相，为百官之首。崔彦昭出自官宦世家，擅长经济财政，收支调度颇有方略。在他的管理下，府库多有余粮。崔彦昭曾在地方政府任职，具有基层治理经验。他还重视布施惠政，也就是搞了不少民生工程，因此深得民心。崔彦昭在儒学方面的造诣尤其精深，是个有学问修为的官员，为人正直有操守，行政秉公守法中规中矩。崔彦昭还是个大孝子，对老母亲十分孝顺，虽然位居高官，仍然周到侍奉，早请晚奉从不间断。晚唐像崔彦昭这样有大格局操守、以多维度修身的高官寥寥无几了。僖宗即位后提升崔彦昭为中书侍郎，兼管财政。

郑畋也是出身官宦之家，才智聪明，清秀俊朗，一表人才，十八岁即考中进士，属于少年才俊。此人属于那种才华横溢但个性不群的人，更因父辈党争，遭遇父亲政敌排挤，一直外放地方做小官僚，多年受压抑不得志。然而郑畋颇有信念，见识高远，性格急躁且直率，敢于抗争，不善隐忍。尽管历尽挫折，郑畋仍多次坚持上书自白，自我申辩具有清正干练之才，原意为国家效力。唉，没办法，有性格的人多数仕途不顺利。僖宗继位后郑畋才官至兵部侍郎。郑畋素与田令孜等宦官不和。

卢携祖上虽然未作高官，也算是世家门第。卢携虽然也是正式功名出身，但心术不正，喜好玩弄权术，特别善于辨识朝中势力分布，见风使舵，在派系斗争中灵活调整立场，热衷攀附权贵，结交宦官及强藩重镇，似乎在官场上很吃得开的样子。在争权夺利上卢携从来都是不遗余力，以至于后来一段时间在朝廷呼风唤雨，把持朝政多年。卢携与郑畋为政敌，分属不同派系集团。

王铎出自宰相之门，属于官宦大族大户。他擅长鉴别人物，选拔了不少有真才实学之人，是一个很优秀的人事干部。老王铎智虑周密，老谋深算，为国家建章立制，勤于忧劳国事。但此翁还有一个特点，注重自我奉养，生活奢华，很会消费。

田令孜本来是僖宗李儇为藩王时的小马坊使，是个官阶较低的太监，主要帮助李儇游戏作乐，百般弄巧迎合李儇心意，一直很受李儇宠爱。李儇当了皇帝后，将田令孜提拔为神策军中尉，大小事情基本都交给田令孜处理，皇帝还称呼田令孜为"阿父"。"阿父"相当于父亲，辈分与已故的老皇帝一样，何等荣宠，何等重要！田令孜虽然下面的"小头儿"没了，上面的大头却很发达，博览群书，诡计多端，喜欢揽权受贿，对不顺从的人决不手软，宰相以下百官都对他敬畏三分。

又沉默了几秒钟后，终于有人打破了宁静。

中书侍郎崔彦昭庄重地说："陛下，自安史之乱以来，不仅卢龙、魏博、成德这河朔三镇没有裁撤，其他藩镇反倒拥兵自重，增设不已，已成朝廷痼疾。契丹、党项、南诏、吐蕃离叛之心加剧，外患日甚，朝廷攘击无功，靡费军耗。濮州王仙芝贼首蛊惑民众，寇掠州府，深为民害。可谓多事之秋！繁务虽急，然而不可草率处置，需从长计议。"

崔彦昭开了个头，其他人也陆续发表意见。

"关东连年灾害，颗粒无收，百姓靠吃树皮和墙根土艰难度日。而州府衙门为征赋税，催迫甚急，寻常之家以至于破房拆屋，流离失所。近些年，朝廷财政入不敷出，虽然增设了征税管卡、增加了税目、提高了税率，

非但没有缓解财政压力，反倒杀鸡取卵，百业凋敝。陛下新登大宝，应以收抚民心为要。现在徐州、商州民变，不过为抢粮果腹而已，请陛下对贼首授以官职，进行招抚，方可安抚骚乱。"兵部侍郎郑畋目光炯炯地说。

翰林学士承旨、户部侍郎卢携抬起眼皮扫了皇帝一眼，说："陛下，民贼得寸进尺，赈济难填其腹。况且朝廷各地粮仓已多年不实，军中周转尚且不济，官府早就没有余粮。对闹事者应责令地方督抚镇压，杀一儆百，勿致各地效尤。"

左仆射王铎深吸一口气，缓缓说道："陛下，方今圣朝财政空虚，军队散落藩镇，督抚各自以方镇为念，不为国家出力，朝命不达于京畿，圣恩难披四海。故才北有吐谷浑、党项、回鹘、契丹之乱，南有百越、南诏、吐蕃之侵。为今之计，当不惜财帑，遣干练能臣率军驰援西川，或可却南诏北侵之锐。"

皇帝眼睛一亮，问道："当派何人赴川？"

卢携提了提肩膀回答："陛下，天平节度使高骈有文韬武略，可担南征重任。"

右神策军中尉大宦官田令孜，不紧不慢地附和道："卢大人所言极是。高骈此人颇有智略，堪当大任。不过对各藩镇不可掉以轻心，应该挑选干练内官充实监军职任，督责朝廷诏命。"

"陛下，藩镇飞扬跋扈，置朝廷敕命如儿戏，更有甚者父死子继，自行除代，虽说可恶，但已是常态。若遽然纠正恐生兵变，不如边安抚边收权。对河朔强镇，尤其需要慎重，应以安抚为主。对边鄙小镇，朝廷可选择文职出任节度使，逐步削弱其割据势力。至于内官出任监军的做法可以在藩镇沿袭，不宜在征战的边军中施行，专征之权当尽赋大将。"崔彦昭整了整衣襟，肃然说道。

田令孜斜了一眼崔彦昭，"哼"了一声，说道："陛下，徐州、兖州、郓州、河南、河北一带，民变频仍，盗贼四起，应该高度重视，不可疏忽以酿成燎原大错。请责成兖州郓州两镇出兵协助感化军灭贼。"

崔彦昭看了看田令孜，嘴巴张了张，欲言又止。

僖宗皇帝可能有些累了，用右手揉了揉眼睛，又捏了捏鼻子，脖子扭了几下似乎是颈椎不舒服。做完这些运动之后，李儇打算将背部往龙椅靠背上靠一靠，可是靠了两下没靠着，不得不将屁股挪了挪，这才斜靠上龙椅的椅背。

僖宗拿起身边的一柄如意看了一眼，然后伸长胳膊用如意的头部翻了翻面前的奏折，心里想"这么多烦人的事情，你们这些人吵吵来吵吵去，有什么意思？我怎么知道你们谁的办法管用？干脆谁出的主意谁去办"。想到此处，僖宗轻轻敲了敲桌子，打了个哈欠说："好吧，就按众位爱卿说的办，卢携拟旨。"

卢携看了看僖宗的神情，似乎参透了这位小皇帝的心思，不假思索提起笔，锋走行楷，一气呵成，片刻草拟诏书已毕。卢携很得意自己撰写文章的才能，双手展开草诏朗声念道："任命韩简为魏博节度使，务必勤勉治理，保境安民。加成德节度使王景崇兼侍中，加卢龙节度使张公素平章事。加天平节度使高骈同平章事，兼成都尹，充剑南西川节度副大使、知节度事，率军入川征讨南诏，务必克敌制胜。诏兖州、郓州两镇兵马协助感化军剿灭盗贼。为示国朝威信，对回鹘党项加以册封，以玉册、国信授灵盐节度使唐弘夫掌之，便宜行事。"待卢携读完草诏，僖宗皇帝又扫视了群臣一遍。见无人表示异议，僖宗用白皙修长而又青筋可见的手拿起桌上玉玺，重重地在诏书上加盖了印章。

僖宗伸了个懒腰，说道："众位爱卿公忠体国，既要操劳国事也要爱惜身体，散朝休息去吧。"众大臣起身，口颂"谢恩"，转身退出大殿。

还没等大臣们身影消失，僖宗就迫不及待地从龙椅上跳下，转过屏风，出了大殿侧门，穿过回环曲折的长廊，一溜烟似的跑往后宫。僖宗边跑边对跟在身后气喘吁吁的太监吩咐："快去，把人都给我召集来，我们比赛两场蹴鞠。"领命的太监加快了脚步，赶到僖宗前头去找人。不一会儿十几个小太监在后花园空地上集合已毕。这时候，僖宗也已经换上短衣襟衣裤，站到了场地近前。随着一声号令，皇帝与众人冲入场中，开始了热火朝天的踢球比赛。僖宗是个球迷，而且还是个技术派。中国的足球运动，早就普及了，唐朝时期已经成为官家和民间的群体性活动项目。尽管那时候的足球叫作蹴鞠，不是真正的皮球，游戏规则也不同于当今，但是

风雨飘摇

大同小异，都是用脚踢的，都需要盘带控球与踢球。皇帝李儇从小热爱祖国的足球运动，为大唐足球事业的繁荣发挥了表率作用。李儇研究足球技术的热情远远大于对治国理政的兴趣，属于有体育特长但政治偏科的学生。老皇帝在世时，对于这位皇子的教育并没有实行素质教育，更没有注重李儇的德智体美全面发展。小皇子的全部精力与兴趣都是如何娱乐与寻求业余爱好。多数皇子对于国家大事从来没有主动关心过，更没有接受过预科班的分期训练或者集训，因为他们相信天朝大事自有人管，无需他们操心。接班人制度的废弛也是帝国走向衰弱的重要一环。

李儇自己并不觉得。

2. 劳模将军

国势日衰非由缺乏人物。俗话说"瘦死的骆驼比马大"，此时的大唐帝国虽然没落，但还是有些才干之士的，只是朝廷过渡透支的使用方式，加速了原本凤毛麟角国士的折旧。高骈无疑是晚唐最后一道官方的彩虹。不过持续时间太短了些。

说到此处，需要交代些事情。

末唐周边的势力主体及形势与盛唐时期比，已经发生了很大变化，几乎是天壤之别。外围的都护府体制基本解体，中央朝廷对外围地区失去了统治能力。东北的契丹、北部的突厥、西北回纥、西边的党项、西部的吐蕃、西南的南诏等等很多政权力量此消彼长，在李唐王朝三百年的历史中，时和时争，时进时退。到了近世，吐蕃、回纥、突厥、吐谷浑、鞑靼等部族没落乃至消亡，但党项、契丹、南诏等趁着李唐衰弱的历史空隙，跃跃欲试，试图建立或者巩固扩大政权。

首先介绍令唐帝国十分头疼的吐蕃，地处现在的西藏青海一带，据史书记载，吐蕃原本是汉朝时候的西羌后裔，国号为"秃发"，传到中原讹语成为"吐蕃"。吐蕃最高首领称为赞普，负责日常行政事务的官员为"大论、小论"，相当于宰相。吐蕃与唐帝国战争多年，主要是争夺河西一带土地。吐蕃军事力量很强大，这使得唐帝国很是不胜其扰很多年。由于吐蕃一时也无法重创唐朝，唐朝武力也难以消灭吐蕃，两个政权之间很多时候处于相持状态，因此彼此接纳了一种常见的政治外交策略：和亲。这样在几百年里获得了短暂的安宁，例如著名的文成公主和金城公主就是和亲的典范。

　　安禄山作乱的时候，唐肃宗将戍守灵武的河西边防部队调往中原，与安禄山作战。此时，吐蕃乘虚而入，占据了河西、陇右，一百多万唐朝人口被吐蕃控制。到了唐末五代初期，吐蕃衰弱了，地盘被回鹘、党项等大大小小的部落瓜分。在吐蕃后期，有一个赞普值得交代一下，此人名叫可黎可足，大约在唐宪宗十二年即公元817年即位。可黎可足赞普体弱多病，不怎么管理朝政，也没什么争强好胜的进取心。尽管可黎可足总得病，可是寿命却不短，在位三十年。由于他没有采取军事扩张政策，而且也没什么作为。可黎可足死后十多年里，吐蕃陷入王位争夺及内战，吐蕃日渐衰落，而唐朝此时也走向了衰落，基本上吐蕃与唐朝和平相处，两者相安无事。到了僖宗老爹懿宗时期，吐蕃军事主力部队论尚热被另一只部落仆固俊大破。唐朝军队也曾数次击破吐蕃。此后，吐蕃政权基本消亡。

　　另一个让唐帝国十分头疼的部族力量是回鹘，也称回纥，他们的先祖是匈奴的一部。回鹘的大本营在长安以北八千里外的婆陵水一带。唐朝天宝年间，安禄山造反，朝廷无力讨贼，请来回鹘为外援。可是后来，回鹘越来越骄纵，目无朝廷，成了唐朝的心头之患。到了唐武帝初年（公元841年），回鹘被黠戛斯侵蚀，回鹘部族大乱，趁此机会，李唐河朔三镇趁机大破回鹘主力。回鹘再也无法与李唐朝廷抗争，不得不向西流落，暂时投靠了吐蕃，占据甘州。吐蕃没想到，他自己也正逐步走向衰落，收留回鹘成了吐蕃引狼入室。

　　远处东北的契丹部族，也是远古古匈奴的一个支系后裔，世代居住在辽河一带，向南距离榆关一千一百里，榆关再向南距离幽州七百里。在唐皇帝李隆基开元天宝年间，契丹还很弱小，每年向唐朝进贡不下二十次，后来契丹逐步向回鹘亲近，对李唐不太热乎了，朝贡也越来越少。到了唐会昌二年，唐朝击破回鹘之后，契丹才又恢复和李唐的亲热关系。唐

风雨飘摇

朝咸通末年（公元874年），此时的契丹王名叫锡里济（也有史书称为习尔），所统领的疆土开始慢慢变大，不过对李唐政府还算尊敬，时不时地还向李唐中央政府进贡朝贺什么的。到了光启中（大约公元886年），契丹王换成了沁丹（也有史书称为钦德），这家伙是个军事扩张主义者，趁着中原战乱，李唐北边边防松弛，开始侵犯北边州郡，不仅如此，契丹还将鞑靼、奚、室韦这些中小部族灭的灭、赶的赶。这样契丹变得强大起来，以至于成了末唐的主要边患之一。

西北的党项是一个谜一样的部族。他的兴起与消失一直都是一个历史谜团。党项人崇尚武力，寿命很长，活到一百五六十岁的比比皆是，可是党项人没有什么正常工作，既不耕种也不放牧，主要的事业就是做强盗。不仅劫掠其他族类，连本部族的其他部落也抢。党项分布地域极广，稀稀拉拉有三千多里的范围，部落大小也不等，大的有万余人，小的只有千把人，其中比较大的部落有八个。党项人逞凶斗狠，性格果决，尤其记仇，有仇必报，仇不报就不理发不洗澡不穿鞋不吃菜，直到将仇人的脑袋砍下来才算完。除了同姓不通婚之外，嫂子、小妈、婶娘、伯母甚至儿媳妇、弟媳妇都可以娶来做老婆，乱伦乱得空前绝后。老人死去都不哭，小的夭折了反倒群哭悲痛不已。党项与唐朝来往最多的活动是买卖骆驼和马匹，时而也打劫官商和过路客商。有一段时间党项屡屡受到其他部族和李唐边镇的打击，后来党项内部也互不统属，生计没有头绪，社会秩序一度陷入混乱。到了唐宪宗时期，朝廷将党项划分为三部分，分别派人安抚统治。可是唐朝的统治效果并不好，时间长了就不了了之。

地处云贵一带的南诏更是由一些分散的山寨山洞部落联合发展起来的。开元二十六年，即公元738年，唐玄宗李隆基以招抚的方式册封南诏归义王为云南王。归义部落的祖先所居之地在姚州之西，名曰哀牢夷，东南与交趾接壤，西北与吐蕃接壤。哀牢夷共有六部，分别为蒙舍、蒙越、越析、浪穹、样备和越澹，各部落彼此之间人数差不多，兵力实力不相上下，互不服气，互不统属，实际上也难以统一。后来在官方正史中名气最大的南诏，其实只是哀牢六部中的一部，因为这一部落在最南边，所以称南诏。自秦汉以来，历代朝廷都采取分化瓦解政策，以达到对南诏诸部的互相牵制。随着岁月变迁，南诏后来变得强大起来。由于唐王朝出于对抗吐蕃的战略考虑，需要在西南建立缓冲地带以做屏障。在这种政治背景下，极盛时期的大唐王朝选择并扶持了南诏，使得南诏越来越强大。相比之下，其他五部逐渐衰微，南诏趁机吞并统一了其他五部，名称仍然沿用南诏。再后来，南诏势力急剧扩充，在南方不仅占据了一席之地，而且拥有了一定的外交话语权。在大唐帝国受困于吐蕃的时期，南诏也屡次受到吐蕃侵扰。此时，鉴于历史的渊源关系，南诏仍与唐朝保持同盟关系，双方一同抗击吐蕃。在南诏国内，他们自称为唐的藩属政权，没敢开国建号。自此之后，南诏在西南地区几乎没有了敌手。

在缺少外部压力的情况下，南诏开始自我膨胀，寻求独立政治地位的意图愈发明显，逐步有意脱离唐朝的藩属，谋求称霸一方。加之唐朝安南都护府所任非人，选派的几任官员施政策略失当，不仅没有威慑安抚住南诏诸部，还对南诏欺凌征敛无度，挤压南诏的经济与政治生存空间，这一矛盾终于促使南诏与唐朝决裂，并成为敌人。双方发生较大的一次历史冲突是在唐天宝年间。唐王李隆基偏信了云南地方官员的一面之词，兴兵二十万讨伐南诏。但由于劳师袭远、将领无谋、南诏据险固守等原因，唐军失利，全军覆灭。晚唐由于朝廷衰微，官吏贪墨，对于南诏的统治力日渐衰落，或者说根本谈不上统治。在与南诏的军事对抗中，屡次开兵见仗，唐朝官军胜少败多。如此一来，边防薄弱，南诏趁机深入内地烧杀抢掠，边境州府深受南诏侵扰之苦。

高骈何许人也？高骈出马就能平定南诏吗？

高骈可以说是末唐最后一位能征惯战、能文能武、没有心怀异志的大将。高骈在唐朝军队中声望极高，是一个偶像明星级将领。天下多难，狼烟四起，朝廷征伐打仗的任务对高骈仰赖很多，经常派他率军作战。高骈战功卓著，可谓是唐帝国的金牌消防队员。在四处冒烟、到处起火的年代，高骈为朝廷东征西讨疲于奔命。

高骈，字千里，幽州人，出生于将帅之门。他祖上世代任职禁军，是皇朝官军中地位较高有军队背景的将领。高骈的祖父高崇文，元和初年立下大功，受封为南平王，将高家的军事荣誉推向了最高峰。高骈的父亲

风雨飘摇

高承明，曾为神策军都虞侯，是近卫部队中高官。高骈自幼俊朗挺拔，喜欢文学，经常与读书人结交，时常谈论时局道理，通晓天下兴衰治废的道理。由于天然的军事家庭背景，高骈习武是自然而然的事，重要的是他勇武有谋略，是块从军的料，所以后来官职屡屡升迁，也曾任职神策禁军都虞侯。几年前，西北的党项部族反叛唐朝统治，挥军进犯唐朝边境，朝廷命令高骈率禁军万人戍守长武城。当时诸将抵御抗击者都无功而返，只有高骈能够捕捉战机，出奇制胜，屡立战功。因此僖宗的老爹懿宗皇帝十分赏识高骈这个年轻人。后来西边的吐蕃寇掠边境，朝廷调遣高骈移镇秦州，官拜秦州刺史兼经略使，负责指挥抗击吐蕃的战争。高骈并非第一次出兵伐南诏，五年前，高骈曾出任安南都护府都督，经过一场恶战打败南蛮，收复了交州，并疏通了河槽，保障了安南都护府的供输给养。朝廷因此擢升高骈为郓州刺史、天平军节度使。在天平节度使任内，高骈治理有方，老百姓争相歌颂，深受地方爱戴。可以说，高骈是一位能征惯战又善于治理的儒将，是一位品学兼优、根红苗壮的国家栋梁。

高骈临危受命，奉诏征伐西川，即日启程。

高骈率大军浩浩荡荡开赴成都。

唐军抵达剑州，距离成都约有三百多里。高骈勒住丝缰，端坐鞍头。他头戴簪缨帅盔，身穿鱼鳞铠甲，黑色战袍斜披左肩，冷峻开阔的面庞，鼻直口方，三缕黑须。高骈手搭凉棚向远处望了望，炯炯有神的虎目深沉地注视着成都方向。略加沉吟之后，高骈派出中军将官飞驰成都，宣布打开城门，使黎民百姓各自恢复正常生活。军中很多人不理解高骈是何用意，劝说道："大帅，南诏贼人比我们距离成都近多了，我们还有几百里的路程才能抵达成都，您却让成都四门大开，如果贼人乘虚而入，成都将会立即陷落啊！"

"哈哈哈，当年我大破南诏二十万兵马，将蛮贼杀得片甲不留，贼寇听说我来亲征，早已闻风丧胆逃去，哪里还有心思攻城？"高骈端坐马上，威风凛然而又自信地说道。

"况且，原西川节度使牛丛怯懦，见蛮兵到来，马上将成都城外民宅房舍烧光，驱赶吏民军兵躲避到成都城内，误以为如此就可自保，其实大错特错。春天马上来临，天气回暖，气温升高，几十万人马牲畜挤在城内，吃喝拉撒如何周转？另外，成都地湿气潮，如此污秽蕴堵，很容易引发痢疾瘟疫等疾病。事不宜迟，必须开放城池，使民众散开，各自恢复常业，军兵也需要分别轮替休息。"高骈一番话说出来，似乎合乎逻辑。不过随军将佐还是忐忑不安，没有相信高骈的宏论。

高骈的判断是正确的。

高骈的威名是有效的。

人的名树的影。

此时，南蛮正在攻打成都南面的雅州，听说高骈到来的消息，顿时士气一落千丈，锐气受挫"90度"。经过一番犹豫和思想斗争之后，南诏决定派出使者向高骈求和，并表示主动撤兵，不想和高骈开仗。高骈见开局良好，并且有把握掌控局面，于是向朝廷奏报："南蛮不过跳梁小丑，容易制服。现在西川新兵旧兵已经很多了，再要征调长武、廊坊、河东兵来援，不仅白白浪费资粮，而且路途遥远，行军多有不利。请各路援军不必来川。"朝廷接到高骈的奏折，感到如释重负，上下兴奋欢庆起来。朝野官民议论纷纷，对高骈交相赞誉。高骈旗开得胜，卢携由于荐举高骈得力，也得到了皇帝的嘉许。直到此时，原来怀疑高骈开城命令的将佐个个无不心服口服，领教了高骈强大的威慑力。

高骈挥师进驻成都。

官军浩浩荡荡陆续进城。

当天夜里刚过子时，忽然帅府上下鼓声轰鸣。偌大的帅府院子内被灯笼火把照得耀眼通明，帅堂大厅肃穆辉煌，高骈已经端坐在大堂之上。高骈沉静地命令中军升帐聚将。高骈带来的天平军及本地蜀军各部将官披坚执刃，顶盔挂甲，脚步铿锵，陆陆续续紧急赶来帅府集合。盔甲与兵器在灯火映衬下，闪烁着耀眼的光芒。众将满腹狐疑，揣测为何大帅午夜点兵？正在大家交头接耳、胡乱猜疑的时候，高骈威严地说道："南蛮虽然畏惧我名声，但贼寇千里远来，不会空手而归，必定沿途掳掠。所以，我们要尽速出兵讨伐，追歼蛮寇，以消灭其有生力量为目的，务求彻底击溃。"高骈顿了顿继续说道："众将或许疑惑，本帅为何午夜点兵。

尔等有所不知，南蛮信奉与我中原大为不同，他们的神祇鬼怪自成系统。每次用兵，南蛮必先祈众神保佑相助。我们可以利用敌人这一心理特点，以其之道还制其身。各部兵马，人人披挂五彩衣袍，戴上南蛮敬畏的鬼怪脸谱，马匹也要装扮一番，焚烧艾草，制造烟幕，如此必将令蛮军丧胆夺气，可一战而胜。"

风雨飘摇

高骈言毕，众将你看看我，我看看你，心里觉得滑稽好笑，可是刚刚经历了一次高骈的神机妙算，大家尽管怀疑高骈的方法，但也不敢贸然质疑，更不敢违抗军令。高骈派出五千化了妆的精锐步兵骑兵追击南诏军。南蛮军队正在后撤，他们不过是对高骈心存畏惧，但并不甘心就此罢兵，而是边撤边烧杀抢掠。走了一天之后，夜幕降临，南诏军安营下寨。正在睡觉休息，南诏军兵忽然听得锣鼓之声滚滚而来，不一会儿就听到南蛮警戒哨探大声呼喊，"不好啦，九地魔鬼来啦？唐人冤魂报仇来啦。"这一喊不要紧，蛮军大营乱成了一锅粥。睡眼惺忪的蛮军看到黑漆漆的夜色里，烟雾缭绕之中，各种牛头马面神仙鬼怪吐着血红的舌头，摇晃着招魂幡，摇摇晃晃地扑过来。这些蛮军一时间吓得魂不附体，来不及穿衣服拿兵器，撒腿就跑。唐军趁势奋力掩杀，一口气追到大渡河，直杀到天色放亮。惊魂未定的南诏军几万人被追缴拥堵在大渡河悬崖边，吵吵嚷嚷，躁动不安。有些蛮军回过神儿来，弄清了昨夜追来的不是神怪而是唐军。清醒过后的蛮军在河边与唐军展开激战。高骈指挥下的唐军战斗力极强，横冲直撞，杀得南诏军四散亡命，大部分蛮军在连惊带吓中仓促跌落山涧，淹死者不计其数。这一战，唐军擒获南诏酋长数十人。南诏俘虏被押解到成都后，高骈命令将南诏酋长枭首示众，并召集吏民官军在大街之上观斩。在斩杀南诏酋长的同时，高骈将黄景复擒拿，治其失守大渡河、怯懦不战之罪，对黄景复施以腰斩之刑。这次大捷令蜀川人心士气大振，而南诏的战斗意志被高骈彻底摧毁，连夜南撤败走。

高骈打算乘胜深入敌境，一举扫平南诏。于是请示朝廷，要求率领自己本部兵马及天平、昭义、义成三镇共六万人远征南诏。但是朝廷担心耗费太大，无力支持，只打算巩固来之不易的胜利成果，满足于自保即可，无意远征。因此，朝廷没有答应高骈的要求，高骈很是为此扼腕痛惜。

为彻底治理蜀川的懦弱乱象，高骈实行了严刑峻法。由于蜀川原来官军怯懦散漫，征战不力，当地郡守重金招募了一些雇佣兵，这些雇佣兵十分强悍，只认钱不认人，打仗是他们生存的目的，金钱是他们卖命的法则。高骈认为雇佣兵制度具有极坏的弊端。该谁的事情谁去办？搞雇佣兵干什么？朝廷派出的镇使兵将，负有保土安民职责，怎么可以重金另募勇壮代行征战之役？高骈决定裁撤这些雇佣兵的粮饷，并打算将这些人遣散回家。裁撤雇佣兵历来是很危险的一件事，这等于砸掉这些人的饭碗，断了他们的活路，毁了这些人以正义之名进行烧杀抢掠的前程。这次也不例外，高骈裁军激起了兵变。显然，高骈低估了雇佣兵对这个铁饭碗的热爱与重视程度。烧杀抢掠习以为常的雇佣兵，已经演变成了兵痞，放弃刀头过活的日子去做平民，他们十分不习惯十分不情愿，于是雇佣兵铤而走险，他们要干掉高骈。这些人并非没头脑，职业水平还是不低的，他们策划了偷袭的作战方案。在一个月黑风高的夜晚，雇佣兵趁夜作乱，冲进帅府，想直接刺杀高骈。这突如其来的兵变的确危害不小，连久经沙场的高骈也没有料到，毫无防备。这些雇佣兵冲进帅府，如入无人之境。高骈在睡梦中惊醒，看到外面火光冲天，喊杀声一片，知道大事不好。但是因猝不及防，只好仓促躲避。高骈带来的天平亲军奋力救主，血战雇佣兵。无奈，雇佣兵杀红了眼，变成亡命徒。遇到不要命的，事情就十分难办。天平军一时难以取胜，只好紧闭营门防守。两方僵持不下，而且守军形势岌岌可危。最后随军监军出来抚慰雇佣兵，答应对他们官复原职，粮饷照发。在一番好言相劝及政治攻势之后，这些雇佣兵才慢慢离去。

危机暂时解除，报复开始了。

第二天，高骈将核心亲军调来帅府加强警戒，同时派出大军捕杀雇佣军及其家属，无论男女老幼全部杀死。霎时间，成都城内血流成河，哀号遍地。高骈命人将杀死的雇佣军及家属直接投尸江中，染红百里江水。最后高骈用血腥的手段镇压了这次本不应该发生的叛乱。高骈为整治雇佣兵付出了沉重的代价。

南诏已经全部退回云南，四川及成都的局势初步稳定下来。战事暂时平息，但是战争永远没有句号，尽管有很多人口口声声希望和平。时局纷

乱，大唐已经不是以前的大唐了，对于周边的附属国或者边远部族已经失去了往昔的控制力。中原的事情一大堆还忙不过来，朝廷对于南诏鞭长莫及。打一仗的目的并非一劳永逸，而是苟且一时的安宁。不知道南诏什么时候会再次发起进攻，高骈也不知道自己能够在四川驻扎多久。为长远考虑，高骈认为应该有全面的防务策略，而且最好是治本之策。高骈虽然手握重兵，专征四川，可是毕竟不是集军政大权于一身的地方长官，他能做的主要还是边防建设。

高骈首先整编和整顿了军队，对朝廷官军队伍进行淘汰训练，进一步加强了兵种之间的协同作战能力与基本作战素质，提振了队伍士气和战斗力。高骈对硬件设施也投入了巨大精力，主要着力于防御战的工事及预警设施。在四川成都以南、西南等方向，加强了中小卫星城的建设，对交通要道邛崃关、大渡河等重要关隘进行修复，加固防御工事。又在前沿阵地戎州马湖镇、沐源川各修筑一座城池，每座城池驻军五千戍守。通过修筑城池的办法，分兵把守，遥相呼应，成为进可攻退可守、连点成线拱卫成都的扇形防御纵深区。这些外围军事堡垒形成了边境防线，至少能够阻挡敌军的第一波攻击，不至于被来犯之敌长驱直入进犯成都。

加固了外围要塞的防御力量后，高骈着手重点加固成都城，提高成都独立设置战场的进攻与防御能力。高骈决定在成都城外围再修筑罗城，作为成都的第一道防线。罗城周长达二十五里，工程量很大。高骈下令由本地县令招募力役，从老百姓中招募青壮年劳工。为了提高劳工的工作积极性，缓和军民矛盾，高骈经过研究后，决定以赋税抵偿工资。如此一来，老百姓愿意干活，干了不白干，可以得到与农田劳动同样的成果。由于蜀地泥土松散，不便于凝固夯实，打土墙反反复复总是不成功。经过大家会商，高骈命人用陶瓷瓦缸的碎片将筑墙镶起来，将泥土包在里面加固。经过定型之后，土墙很快就夯实完成了。修筑城墙需要大量泥土，都需要从城外附近山地采运。虽然运送泥土工作量很大，可是借挖掘泥土之机，将沟沟坎坎尽皆平整一番。削平的山头和填平的沟壑连接成片，扩大为可以耕种的农田，扩大了耕种面积，增加了农业收入来源。为了避免天气暑热过于劳苦，高骈让服劳役的人十天换一拨，轮流劳作。这样一来，众人都愿意出工出力，监工官吏也没费吹灰之力。仅用三个月罗城就已修好。由此可见，高骈不仅善于领军作战，而且是工程专家和管理专家。

高骈训练士卒、完善防御工事以及惑乱南蛮民心三管齐下，从此以后南蛮再也不敢进犯。

高骈一战而定西川，声名大振。

晚唐乱象，真正听话、肯卖命、又有能力站出来替朝廷摆平难题的人寥寥无几。朝廷能有高骈这种良将应该暗自庆幸了。

3. 农民的力量

历朝历代都有农民起义，每当此时，农民起义就变成了一个信号，是天下矛盾积聚到了一定程度的示警。农民很弱势，农民很老实，但被逼得走投无路的农民一旦聚集反抗，其力量可以撼天动地，很强很大。所以，别招惹农民。

衰微欲坠的唐王朝在面临外敌侵扰的同时，内忧日益加剧，与藩镇割据同样令朝廷头痛的是农民起义。自陈胜、吴广之后，农民起义已经不是新鲜事物，封建朝廷对农民造反也并不陌生。可是，封建朝廷还没有认识到农民起义的规律，更没有成熟的策略对付农民起义。农民起义成了推动封建王朝改朝换代与中国历史进步的重要力量，而且是周期性发生的力量。

乾符六年，是个多灾多难的年份。二月，京师长安剧烈地震，蓝田山断裂，地下水奔涌四溢，估计这次地震不亚于2008年汶川地震的规模与级别。不仅如此，已经连续两三年天下大旱，整个夏天不下一滴雨，土地干旱得冒出烟来，仅有的一点点庄稼粮食，还遇到了铺天盖地的蝗虫灾害。举国上下一片哀愁，国力虚耗，只能眼巴巴地看着老百姓流离失所。这更加重了老百姓的苦难，社会矛盾进一步急剧积累。

短短三四年的时间，大唐境内各地农民造反力量已经由暗潮涌动变成了波浪滔天的海啸，自北向南、从东往西冲刷扫荡着李唐天下的州城府县。各路义军中以黄巢、王仙芝率领的义军最为强大，兵力达数万人，在

江淮、荆楚、浙广一带纵横驰骋,所向披靡。对这股巨大的农民力量,皇帝和群臣焦虑不安、惶惶不可终日,感到灭顶之灾似乎近在眼前。

黄巢是中国历史上叱咤风云的农民领袖。

黄巢不仅将大唐王朝搅了个天翻地覆,还有别人不具有的一些特点,他读过书,有些文学功底,既有壮怀激烈的传奇征战,又有饱含情感的情怀抒发,比起陈胜吴广、王匡、王凤、樊崇、方腊、刘邦、朱元璋、李自成等人多了些神秘与传奇色彩,后来的宋江尽管也吼出了几句豪情万丈的诗句,但由于晚节不保,形象上大打了折扣。

黄巢的名头已经令整个李唐朝廷坐卧不宁,令天下劳苦百姓翘首期盼。

黄巢何许人也?

关于黄巢的身世在几本正史中都只有大同小异的寥寥数语,说他是个私盐贩子,性格开朗喜好结交,爱行侠仗义,经常施舍钱财帮助别人,在他身边聚集了很多逞凶斗狠的亡命徒,此时的黄巢属于许多混混儿的头儿,算作是大混混儿。后来黄巢参加朝廷开科取士的考试,考了几次都没能考中。屡试不第的黄巢产生了逆反心理:他奶奶的,老子不考这半生不熟的鸟试了。放弃仕途的黄巢选择了另一条极端出路,他愤然揭竿起义。

正史自然是偏向皇室正统的态度,对黄巢不免诋毁之词。其实是黄巢日子实在过不下去了,被迫走上了反抗朝廷的起义道路。贩私盐说起来似乎是商人,似乎是有钱阶级,非也。谁不知道盐铁属于朝廷专营?私人贩卖是一份刀头舔血的黑道生意,黑道是一条不归路。

黄巢也想走正道,不想在黑道上继续混下去,于是立志参加科举考试。可偏偏黄巢不是读书的料,或者说不擅长读皇家指定的教科书及参考书、课外书,更不习惯于通过什么名目繁多的补习班加强训练与学习,因此,连续考了很多次,都以失败收场。这件事极大地挫伤了黄巢的感情,继续走黑道吧,一天到晚担惊受怕,永无出路,没前途。决心立志改邪归正,投身正道吧,可皇朝大门紧紧关闭,黄巢愣是挤不进去。

此时的大形势是,天灾人祸,基层政权混乱不堪,民不聊生,连年饥荒困苦,各地频繁发生民众抗捐抗税的事件,民情汹汹如同干柴,只需要一丁点儿火星，就可能引发熊熊烈火。而就在黄巢彷徨苦恼的时候，河南人王仙芝起义造反，率领义军打到了黄巢老家山东曹县。受到王仙芝起义讯号的鼓励，黄巢觉得自己也不比王仙芝差，完全可以搞出点名堂来。因此，黄巢一怒之下带领身边聚集的各种亡命困苦人员响应王仙芝，拉了几千人揭竿起义，走上了反抗朝廷推翻李唐的道路。

如果黄巢继续贩私盐，那就是众多黑道自生自灭的各种走私贩中普通一员，不知道何年何月发迹了或者命丧凶灾。如果黄巢偶然考中了科举——不过以他的出身门第和受教育背景，考中的概率极小，即便弄个镇长、村长等最底层的官当一当，衣食无忧，他可能也就此终老一生。即便黄巢胸怀大志，他最大的可能不外乎将无限的热情与干劲儿投身到一级一级的晋升与忧国忧民中去，不会对朝廷产生那么大的怨恨，不会因此铤而走险揭竿起义，更不会成为天下义军领袖赶跑了皇帝，成为大齐皇帝。

黑道不愿继续走，正道走不通，黄巢怒发冲冠造反了。

他这一反，天下震动震恐震裂，几乎将几百年的李唐基业震塌震亡震散了架。

在存亡危急的关头，朝廷紧急征调各路人马对黄巢、王仙芝进行围追堵截。

起初，黄巢、王仙芝义军发起于河南商丘与山东曹县一带，朝廷命令当地各藩镇就近联合进剿。唐皇室命令淮南（苏南）、忠武（苏北）、宣武（河南）、义成（河北）、天平（山东）五军节度使紧急出兵，以平卢节度使宋威为诸道行营招讨使，节制各镇兵马，统一调遣，打算毕其功于一役。

大出朝廷意料之外的是，农民起义军流动作战能力很强，遇到强大的朝廷军队，如果打不过，他们就转战其他地方。而各藩镇节度使只知道保全自己境内安危，对追击讨伐不热心。各藩镇变成了一个个原地不动的傻木桩子，而农民起义军却是四处流动的洪水。所以，黄巢与王仙芝在流动中攻杀掳掠十分得心应手。这位宋威大人，根本就是一个脑袋空空的草包，既不勇敢，也无韬略，对行军作战很是外行。几个藩镇在他带领下，

忙忙碌碌了好几个月,一点成就都没有。宋威等人劳师无功,天天摇摆着双手唉声叹气。

朝廷见强攻无效,改为剿抚并用的策略。招安这一被后世朝廷借鉴并反复使用的策略见到了效果。王仙芝攻蕲州时,蕲州刺史裴偓以朝廷名义与王仙芝议和,许以高官厚禄。王仙芝有所动心,而黄巢反唐意志坚决。黄巢听到王仙芝有议和之意后,勃然大怒,指着鼻子大骂王仙芝。黄巢有一个显著的性格特点,就是爱冲动,而且冲动起来十分壮观。骂到激动处,黄巢抓起佩剑朝王仙芝劈头盖脸砸下去。黄巢的剑虽然并未出鞘,但毕竟是武器。剑鞘击伤了王仙芝的脑袋,王仙芝捂着流血的额头悻悻走开。王仙芝为什么怕了黄巢?尽管王仙芝是带头大哥,可是革命道理只有一条,他向朝廷靠拢,心里发虚,不敢和黄巢正面冲突。革命立场出现分歧,两大农民义军领袖关系破裂。虽然王仙芝没有当场与黄巢冲突,但毕竟队伍的老大是王仙芝,经历了如此难堪的一幕,王仙芝自然不会继续善待黄巢。大部队里混不下去了,黄巢愤然出走,拉着嫡系队伍朝东杀去。

没多久,王仙芝在破鄂州攻郢州时,唐朝招讨副都监杨复光又对王仙芝诱降。王仙芝派遣大将尚君长、楚彦威等人议降,不料半路上尚君长等人被唐朝招讨使宋威诱杀。噩耗传到起义军大营,王仙芝对朝廷的背信弃义十分愤慨,既恨自己低估了朝廷的伪善,也感到愧对这帮弟兄。王仙芝这才彻底断绝了投降的念头,对唐朝军队展开了猛烈的报复。有些人具备与生俱来的"成事不足、败事有余"的天赋,在这方面总是能够花样百出,宋威就是这类人的典型代表。宋威作战无能,投机意识颇强。在杨复光辛辛苦苦设计招抚王仙芝的时候,宋威偷偷摸摸地捞小便宜。结果,宋威的愚蠢行动彻底败坏了唐朝分化瓦解起义军、各个击破的计划。皇帝大怒之下,将宋威撤职查办,调来左散骑常侍曾元裕为招讨使,以张自勉为东南面行营招讨使,又调西川节度使高骈任荆南节度使,对起义军形成了包抄之势。

在唐中央政府招抚、围剿、离间并用的情况下,农民起义军内部矛盾逐步激化,特别是发动起义的两大领袖之间出现了不可调和的分歧。黄巢一怒之下与王仙芝分道扬镳。分裂的后果是严重的，最直接的影响就是极大地削弱了义军整体作战能力。

在僖宗乾符五年（公元877年），王仙芝部在湖北黄梅为曾元裕所败，王仙芝被杀，余部奔安徽亳州投靠了黄巢。

在众人推举下，黄巢自称"冲天大将军"，成了起义军的精神及军事领袖，经过重大挫折的起义军重又归属到统一领导之下。黄巢在山东、河南、安徽一带受到唐朝各路人马的联合征剿，发展势头受阻，于是改道向南进攻。

黄巢率部一度杀入泉州和广州。泉州和广州都是朝廷的重要贸易口岸，聚集了大量海外贸易的商队以及金银财宝。黄巢率人将这些财货洗劫一空，将民众及海外商人大肆屠杀，死者约二十多万人。一时间，熙熙攘攘往来繁华的国际性贸易港口变成了人间地狱。到了乾符七年，起义军在岭南水土不服，实在忍受不了湿热气候，发生大面积瘟疫，大批士兵相继病死。在岭南无法立足，迫于形势，黄巢不得不重新北上杀回中原。

北上途中，黄巢选择了唐军力量相对薄弱的湖广为突破口。趁湘江水暴涨，黄巢率军乘几千艘巨型竹筏溯流而进，旗幡招展，号带飘扬，舟师首尾相连，数百里不绝。黄巢肃容挺立船头，精兵强将分列船舷。进军的鼓号声在河道峡谷里隆隆作响，经久不息。晚唐实在是腐朽沦落，民不聊生，湖广一带虽然没有大规模农民起义，但是民怨也已沸腾，如同干柴，只需要一丁点火星，即会爆发燎原烈火。一个多月来，农民起义军所到之处，老百姓纷纷响应，地方官政府的政治及军事防线一触即溃。黄巢起义军不战而连下数城，衡阳、永州、潭州守军望风投降，溃不成军。农民起义军的气势威震荆湘。

黄巢手扶剑柄，极目远眺，胸中思潮澎湃。自起兵以来已经多年，胜败不下几百战，几乎踏遍了大江南北，但是枪林箭雨何时方休？黄巢暗自思忖，与其外围缠斗不已，还不如直接进攻残唐的政治中心长安。一旦拿下长安，则唐朝天下根基动摇，土崩瓦解指日可待。黄巢战争方略已定，挥军北上，直取帝都，欲毕其功于一役，彻底摧毁李唐王朝。

黄巢想到此处，命令手下第一悍将尚让做先锋官，率众十万号称

风雨飘摇

五十万进伐长江重镇江陵。拿下江陵将为攻取东都洛阳扫除一大障碍。尚让是尚君长的弟弟，自从尚君长被唐军诱杀后，尚让决意要为兄长报仇雪恨，发誓与朝廷势不两立。现在镇守江陵的是王铎。王铎是刚卸任的唐朝宰相，尚让是后来黄巢的宰相。两位宰相今日相遇，可谓棋逢对手，旗鼓相当。众人或以为必有一场恶战？其实不然，结局出人意料。

首先说王铎怎么跑到江陵来了呢？

朝局日益混乱，实在不是忠诚谋国之人所能立足之地。大宦官田令孜把皇帝哄得滴溜儿转，他狐假虎威，气焰嚣张，与卢携沆瀣一气，互为表里。在田令孜与卢携的联合排挤下，崔彦昭早已被罢免了宰相之职，由王铎代替崔彦昭做了门下侍郎。兵部侍郎郑畋在朝廷用兵方略上与卢携等屡屡发生分歧。郑畋看不上宋威、曾元裕，认为宋威脑袋空空无谋略，曾元裕贪生怕死怯懦畏战，以至于剿寇屡屡无功，因此强烈要求换上崔安潜、张自勉等有谋有勇的名将。可是卢携不赞成郑畋的意见，从中时常作梗。郑畋为关东局势着急，而自己的建议又得不到皇上的采纳，愤然要辞职，打算撂挑子不干了。皇帝缺乏判断力，只有从中和稀泥，不同意郑畋辞职。

郑畋与卢携的矛盾越来越深，后来有一天，郑畋又与卢携在皇上跟前争论对南蛮的政策，两人政见不和，越吵越激烈，卢携不高兴一甩袖子转身走了。唐朝官服是峨冠博带，宽袍大袖，袖子很长很宽，几乎可以装二十斤米。在甩袖子的时候卢携竟然将砚台扫翻在地。这下子惹得皇上非常不高兴。皇帝心想你们俩掐就掐吧，干吗给朕脸色看？还打翻皇朝器物。皇帝心里很不痛快，就将两人统统撤职晾在一边。过了一段时间，皇帝气儿消得差不多了，觉得还得用这两个人。用归用，但"一个槽上不能栓俩叫驴"，这两人不能放在一起，以免再起冲突。于是将郑畋打发到凤翔做节度使，让卢携做了兵部尚书。

掌握了军政大权之后，卢携与田令孜两人更加忘乎所以，朝廷大小事务全部攥在手中。王铎这个首席宰相身处这种环境中，基本成了光杆司令，左右顾盼，既没有活儿干，也没有可以援手之人。王铎感到在朝中既无所事事，更有被卢携、田令孜加害的危险。做了一阵子宰相后，王铎主动申请离开京师。不过王铎毕竟久经宦海，辞职也要编出一套冠冕堂皇的说辞，他对皇上说："臣为宰相之长，在朝不足分陛下之忧，请自督诸将讨贼。"这糊涂僖宗认为王铎体会皇帝的难处，主动冲锋陷阵，值得肯定，竟然满心欢喜地同意了王铎的申请，为了褒奖，给王铎升了官，让他守司徒兼侍中，充荆南节度使、南面行营招讨都统。将荆南节度使高骈调为镇海节度使。高骈击退南诏、平定三川之后，被朝廷调防至荆南节度使，目的是防御农民起义军的进攻。没多久朝廷又派出禁军将领周宝为镇海节度使，以高骈为淮南节度使、充盐铁转运使。高骈这位模范将军再次踏上新的征程。

现在黄巢已经浩浩荡荡、杀气腾腾地进逼江陵，而江陵城内只有一万人马，如何是起义军的对手？江陵孤城危在旦夕。王铎几天前发出的八百里加急求援消息，杳无音信，各路官军迟迟不来救援。这位王铎大人哪里会打什么仗？虽然位居高官，虽然满嘴报国，然而王铎既无文韬武略，各路镇使也不听他调度，所以来江陵快一年了，虽然碌碌，却是无为。另外，现在的王铎也已经不是过去的王铎了，人上了年纪，在官场混得太久，就变得狡猾了、贪生怕死了、留恋享受了。黄巢兵马未到，老王铎的斗志已经瓦解。

王铎估计江陵孤城难守，此地不宜久留。他对城中守军及百姓撒谎说自己先去襄阳组织力量御贼，让城中人坚守。这个借口虽然好听，但的确不光彩，作为如此高级别的长官临阵脱逃，只留下一名叫做刘汉宏的低阶将领守江陵。见主帅都跑了，刘汉宏既无心恋战更无意为朝廷卖命，他率领士兵在江陵城内将官商富户抢掠一番，大肆席卷官私金银细软，然后向北逃亡，躲入山中做山大王去了。刘汉宏临走还放火把江陵城焚烧成断壁残垣、齑粉焦土。可怜老百姓无家可归，求天不应，告地无门，为躲避兵灾，只有四处逃亡。赶上天寒地冻、大雪弥漫，沿途乞讨及冻死者络绎不绝。

未来的起义军宰相尚让吓跑了老宰相王铎，占领一座空城江陵。尽管江陵是座空城，起义军没有捞到什么好处，但声势大振。黄巢马不停蹄，指挥大军乘势北上，打算以闪电战攻下襄阳。如果拿下襄阳就等于破除了洛阳的南大门。

这时候镇守襄阳的是山南东道节度刘巨容。刘巨容是个厉害角色，狡

风雨飘摇

诈多谋。他没有贸然与黄巢接仗,而是请来江西招讨使曹全晸,两人合兵一处,屯扎荆门,以逸待劳。黄巢几十万大军顶风冒雪、铺天盖地地掩杀过来。见到黑压压的起义军满山遍野,与昏黄的天地连成一体,一眼望不到边,唐军军心有些动摇,胆怯之色溢于言表。主帅的力量对于军心能够起到一半以上的作用。刘巨容深谙此道。他指挥若定,胸有成竹地对部下动员:"黄巢多为乌合之众,人数虽多,但是杂乱无章,我等是朝廷正规军,英勇善战,且有曹使君助战,定能败敌于荆湘。另外,我听说王铎大人已到长安请救兵去了,不日即到,我们为国立功的时候到了!"经刘巨容一番号召,三万将士群情激奋,振臂高呼,立誓破贼。那位王铎大人不是从江陵来襄阳了吗?怎么又去长安了呢?其实王铎根本就没来襄阳,离开江陵后直接就跑回了京城。以后这位王大人经常表演这种闪转腾挪的戏法儿,京城难混的时候就声称外出督师,督师受阻的时候,就再声称料理朝政返回京师。

刘巨容亲自率领一万人埋伏在荆州城外的山林中,曹全晸以五千骑兵和一万步兵列队迎战。曹全晸与尚让只打了一个回合,就假装不敌,拨马向着树林方向逃窜。求胜心切的尚让率军紧追不放。待义军进入刘巨容的埋伏圈之后,刘巨容命人摇旗呐喊,鼓炮齐鸣。唐军挥舞刀枪从树林冲出来,一顿凶猛砍杀。尚让猝不及防,军心大乱。刘巨容、曹全晸两人率队一路掩杀,不给起义军喘息之机,起义军前锋溃败,后队被席卷,跟着全线撤退。唐军一口气将起义军赶回江陵,俘斩起义军十之七八。

为了避开刘巨容的锋芒,黄巢与尚让收集余众渡江向东撤走。曹全晸劝刘巨容穷追不舍,一鼓作气将黄巢剿灭。刘巨容说:"朝廷信义尽失,大臣寡廉鲜耻,国家大难当前,才想起来抚存将士,不吝惜赏官赐爵。一旦渡过难关,朝廷立即将功臣宿将遗弃如敝屣,甚至还有人获罪下狱。与其赶尽杀绝贼寇,不如留下他们作为保全我们爵位和求取富贵的资本。"刘巨容的观点颇具有当时文臣武将的代表性,而曹全晸不赞成刘巨容的话,自己率所部一万人渡江追击黄巢。曹全晸有曹全晸的盘算,刘巨容有自己的地盘,而曹全晸没有地盘,何谈保全?只有打下地盘之后,才有的保,才有资本。曹全晸没追出多远,朝廷派出泰宁都将段彦谟做招讨使。

曹全晸打了胜仗却没有立功受赏，感到很气愤，这时候才明白刘巨容的话，于是他也停止了对黄巢的追击，做起了真正的游击将军。

转眼到了广明元年（公元880年），黄巢在南面没有取得突破，转而从东南北上。这次黄巢犯了一个大错误，他遇上了更加厉害的对手，比宋威、曾元裕、刘巨容加起来都厉害的对手——高骈，威震陇西四川的高骈。

由于卢携的保奏，朝廷以高骈为诸道行营兵马都统。高骈奉旨传檄天下，向各镇征兵，以分散自己的压力，并且趁机扩大招募扩充军队，加紧训练士卒，兵力很快达到了七万人，威望大振。

三月，春暖花开的三月。

三月是耕种的季节，不宜用兵。可是此时的天下已经乱作一团，手握重兵的人已经不再顾忌农业、农民、农村等"三农"问题。

高骈派大将张璘渡江迎战黄巢。黄巢派出部将王重霸力战张璘。大战十个回合之后，王重霸不是张璘对手，体力渐渐不支。正在此时，张璘虚晃一枪，拨马便走，王重霸一愣神儿，觉得奇怪，心想张璘占了上风，怎么忽然要跑呢？就在王重霸愣神儿的刹那，张璘俯下身弯弓搭箭，只听"嗖"的一声，张璘一箭射中了王重霸的右肩，王重霸应声落马。张璘将王重霸生擒活捉。黄巢见王重霸兵败，只得暂时避开张璘，退保饶州。张璘乘胜追击，一直追到饶州城下。黄巢又派出别将常宏带领三万人迎击张璘。张璘分兵两路，一路亲自率领正面攻击常宏，一路潜伏待发。张璘带领一万人，常宏三万人，两军一列阵，常宏便产生了轻敌之意。果然，张璘与常宏正酣战之际，突然唐军后面队伍大乱，继而扔下张璘四散逃走。张璘惊慌失措，扭头也跟着跑。常宏以为唐军怯阵了，于是将大刀向空中一举，大喝一声："追"。三万起义军跟随常宏向唐军追击过去。跑了没多久，张璘竟然重新整队杀了回来，而且多了两万人，喊杀声惊天动地。常宏给弄糊涂了，不管三七二十一，与张璘一团混战。唐军战斗力十分强悍，常宏只好边打边退，打算退入饶州城休息再战。可是常宏退到城外附近时，发现城门下面站着一万多唐军！原来，就在常宏发现唐军的同时，城下唐军如离弦之箭一般掩杀过来。常宏立即陷入了前后夹击的局面。唐军一阵箭雨齐射，起义军倒下

风雨飘摇

一大片。常宏见大势已去，只好率众投降。黄巢连败两仗，兵力损失大半，不得不弃城逃走，退屯信州。

屋漏偏逢连夜雨，退守信州的黄巢义军又遭遇了疾疫，发烧拉肚子发疟疾，士兵染病死亡甚多，队伍全部东倒西歪，几乎完全丧失了战斗力。而张璘发扬了高骈一贯连续作战的打法，不怕苦不怕累，抗疲劳提精神，日夜攻城。眼看信州城也摇摇欲坠，黄巢感到了莫大的压力，似乎到了山穷水尽的地步。打也打不过，跑也无处跑，黄巢在帅帐内烦躁地来回踱步，一颗心搅成了麻花。这时候，尚让来了。尚让看了看忧虑不安的黄巢，然后低声向黄巢建议："黄王，虽然唐军现在气焰嚣张，你可知高骈现在害怕什么？"

黄巢扭过头，狐疑地盯着尚让问道："高骈此时占尽上风，他有什么担心的？"

"黄王自起兵以来，所向披靡，天下州城府县无不震恐，朝廷组织了几次围剿，都被黄王击破，这是为何？"尚让没有直接回答黄巢的问题。

黄巢捻了捻胡须说道："这主要因为我义军是正义之师，英勇奋战。当然，朝廷各路军马人心涣散，各怀鬼胎，也误了不少事。"

尚让点点头，继续说道："高骈素有能征惯战的威名，是各路官军中的顶梁柱，朝廷对他深为依赖。可是朝廷对高骈的依赖，精神意义大于实际意义。朝廷有自己的心思，对高骈的计策屡屡不采纳。高骈虽然功劳大，但官爵却比别人升得慢，这其中大有文章可作。"

"此话怎讲？"黄巢停下脚步，转身面向尚让。

尚让继续说："在四川时，高骈建议朝廷一鼓作气，深入云南，彻底灭掉南诏。可是朝廷害怕打仗，没有同意高骈的意见。去年，高骈又上书朝廷，打算亲自统军从北面南征，由王铎从西面统军配合，联合征伐广州，打算剿灭我义军于岭南。可是朝廷内部意见不合，也未采纳他的策略。高骈这些计策应该说很高明，是具有全军战略价值的方案，可是混蛋朝廷偏偏就是不采用他的建议。"

"嗯，这个高骈果然是个人物。你是说，我们离间高骈与朝廷？"黄巢问道。

"是。高骈几经挫折，应该已对朝廷失望，况且即使将我们彻底击败，对他也没什么好处？"尚让进一步分析道。

尚让开始说出核心的意见："如果我们兵败，这次旷世奇功将是天下诸侯的，尽管高骈出力最多损失最大，可是他不得不将功劳分给其他人。这是高骈绝不愿意的，他一定会摒弃诸侯，独吞大功。这是其一。其二，高骈不一定急于消灭我们，他还需要通过我们向朝廷要官爵要封赏，他需要拖延一段时日。"

"嗯，言之有理。那么当务之急，如何才能阻止高骈的进攻呢？"黄巢疑虑重重地说。

尚让说道："这个不难，只要黄王舍得花钱。我们从广州带回大量金银财宝，我听说张璘虽然勇猛，但是贪恋货财，我们可以买通张璘，既可以暂解燃眉之急，也可以请他游说高骈。"

黄巢眉头稍稍舒展开来，点点头说道："就这么办，送张璘黄金千两，另向高骈递交诈降书，先渡过眼前这一劫再说。"

张璘勇猛强悍，刀架到脖子上都不会眨眼，可在钱财面前腿儿软了。收了黄巢的金银，张璘果然停止了攻击，带着黄巢的诈降书向高骈复命。

见到高骈后，张璘说："明公，黄巢已成瓮中之鳖，现在您节制天下之兵剿贼，如果贼灭，则为天下人之功，于明公无益。且朝廷暗弱，明公定国安邦之策多不见用。所谓'狡兔死，走狗烹'，明公不可不为后路着想。"

高骈拿着黄巢的信，哈哈大笑："黄巢匹夫，黔驴技穷而来投降，非真心也。不过，擒贼先擒王，既然黄巢开出了条件，我正可以此上奏朝廷，给他要官爵，等招安那一天，我不费吹灰之力即可擒拿反贼。不必劳费各路兵马，也避免了士卒血战。"高骈不是不在乎"鸟尽弓藏"的历史教训，但他另有打算，他要在历史教训与私利之间进行博弈。所谓的私利其实也是功利和公利，高骈打算假戏真做，趁机智取黄巢，同时罢退前来协助会战的各路诸侯，独吞剿灭黄巢的天下之功。

高骈上书朝廷说："黄巢反贼已被臣追击至偏僻小镇，伤亡殆尽，不日即可消灭，请朝廷将昭义、感化、义武等援军从淮南调回本镇，不必劳

费天下。"

僖宗皇帝接到高骈的奏报,大喜过望。几年来起义军烽烟四起,朝廷派出的各路兵马,败的败、亡的亡、观望的观望,剿抚进展十分不力,皇帝为此忧心忡忡。只有近来高骈屡屡得胜,大有力挽狂澜之势。皇帝不禁连连称赞高骈,的确是劳模将军,赤胆忠心,救亡图存。高骈再次红遍朝野,京城上下弥漫着胜利的欢悦。兵部尚书卢携更加得意忘形了,在皇帝心目中也更加重要了。权势如日中天的卢携,手舞足蹈没几天,便不能动了,因为他中风了。尽管卢携已经中风不能走路,皇帝觉得卢携懂事还会办事,心里很喜欢他,因此,提拔卢携作了宰相。卢携很喜欢贪恋包揽权力,虽然病重仍然坚持上班,他天天被小太监搀着上朝议事,奏章命令只能口授,命人代笔录写。虽然卢携身体病弱不堪,贪心及权欲仍然极其旺盛。为了营造一种自己总揽朝纲、平定社稷的势气,卢携下令将关东各地招讨兵马全部遣散,并发布消息说,贼寇不日即可荡平,天下很快会恢复太平。卢携和高骈出自不同的目的,做出了一件相同的事——遣散会剿兵马。这一小聪明,彻底断送了两人的命运,也为李唐王朝留下了极大的后患。

有一个人与卢携的意见不同。

此人虽然奸佞,但是脑袋十分好用。

他是卢携的同党,这次他与卢携没有同心。

此人就是大宦官田令孜。

田令孜深知关东局势危如累卵,如履薄冰,随时都有可能崩溃。卢携不过是自欺欺人、粉饰太平。田令孜在表面附和卢携的同时,已经着手准备退路,而且布下了一个惊天大阴谋,这个阴谋促使晚唐政治格局陷入了更加艰难动荡的境地。

黄巢离间计和缓兵计获得巨大成功。得知诸道官兵已北渡淮河,各自归镇,黄巢、尚让立即与高骈撕毁停战之盟,而且采取闪电战主动出击,趁高骈麻痹大意之际,挥师继续北上,乘胜攻占了睦州、婺州。高骈没想到黄巢会如此迅速地变卦反扑,可转念一想,早晚会有这一天,也并不奇怪。高骈下令张璘迎击。一向英勇善战的张璘这一次很不幸,在亲自冲锋强攻信州城时,被一块巨石砸中,当场身亡。唐军大将张璘一死,对高骈是个大大的损失，而对黄巢是个大大的利好。高骈懊悔不已，无奈只有哑巴吃黄连，此时有天大的苦也只有自己往肚里咽。黄巢立即纵兵出击饶、信、池、宣、歙、杭等十五州。所过之处黄巢、尚让禁止剽掠，只招募青壮年参加起义军。这一策略收到了巨大成效，起义军队伍很快又发展到了二十万。从黄巢队伍发展速度也可以看出老百姓对皇朝政府的不满与反抗。

农民怒了，后果很严重。

真的。

4. 满城尽带黄金甲

长安城换了主人。换了一群泥腿泥脚的土包子，领头的是个靠贩私盐为生的落第举子。安禄山、史思明如此强大嚣张都没能攻破长安，匈奴、契丹、吐蕃如此不可一世也没能兵犯阙前。这些手无寸铁的土包子怎么就能破关斩将，杀入了帝都长安？谁也没想到，谁也想不通。想不到和想不通的地方，容易发生历史的奇迹。

八月，黄巢军击败了游击将军曹全晟，渡过淮河，淮北相继告急。这位曹全晟刺史虽然职权不大，但一心以天下为己任，全心全意要报效朝廷，带领本部人马从山东打到湖北，从湖北打到安徽，从安徽打到江苏，一路上对起义军穷追不舍，缠斗不已。直到几次大仗硬仗之后，黄巢才彻底将曹全晟摆平。

高骈诱降之计未能成功，排斥诸侯独吞剿抚之功也未如愿，反倒给了黄巢起死回生的机会。黄巢起义军缓过劲来，迅速恢复了旺盛的斗志与冲杀能力。其实这次黄巢在十分不利的情势下，反败为胜，既有高骈私心失策的原因，更反映了李唐朝廷政治上的暗弱无能，在军事指挥决策机制上的混乱与短视。整个朝廷一直拿不出完整像样的策略，抽风似地头痛医头脚痛医脚，得过且过，好了疮疤忘了疼，对忠贞谋国之士既缺乏关爱也缺乏激励，皇帝和乱臣贼子一般模样，互相勾心斗角玩心眼儿。天下藩镇对起义军的围剿见利忘义，各怀私心，拈轻怕重，争功卸责，根本形不成合力。

风雨飘摇

巨大的挫折感以及对政治的失望情绪促使高骈的心态发生了重大变化。在重大历史转折时期，人心本来浮躁，况且如高骈这样栋梁之材，为朝廷出工出力，可是终究得不到重用，治国安邦之策无法打动庙堂。手握重兵、镇守一方、节制天下兵马的大将军，既得不到政治上的肯定，也得不到物质上的激励，那是什么滋味儿？再环顾周围情势，高骈的挫折感、失落感与消极感油然而生。高骈自从失去张璘这员大将之后，开始感到有些力不从心。更重要的是各路诸侯心怀叵测，不以天下为己任。先是河北军焚掠洛阳东市，后有援助汝州、郑州的各路官军内讧，发生自相残杀，导致郑许防线土崩瓦解。朝廷内部更是乱成一团糟，大臣们互相倾轧，争权夺利，忠贞之士流窜外地，藩镇贤良不愿入朝。经过几次大的战争，高骈的全局性谋划得不到重用，逐渐有些心灰意冷，志气和心态加重了其消极心理。现在的高骈已不再是意气风发、杀敌荡寇、尽忠报国的有志青年。对天下局势失望、无奈、自保的情绪渐渐侵袭了高骈的全身。高骈将自己关在扬州城内，开始把注意力都投入到了炼丹学仙之中。

高骈，生的英雄，死得窝囊。这是后话，以后再评说。

十月，黄巢以势如破竹、秋风扫落叶之势，连续攻陷了河南信阳、颍州、宋州、徐州、兖州，当地州县官吏望风逃窜。东都洛阳的东面和南面屏障尽失，完全暴露在了黄巢的大军之下。"黑云压城城欲摧"，城墙似乎层层爆裂崩毁的声音已经响彻洛阳的大街小巷，震撼着城内官员和百姓的心胆。

关于黄巢起义军杀人如麻、放火如花、拆屋破家、锯齿獠牙的流言充斥弥漫。而此时，东面招讨都统、东南面招讨都统、荆南招讨都统以及不可一世的各路藩镇诸侯，似乎一下子从地面上消失了。将偌大的东都洛阳孤零零地扔在了黄河边、旷野上、北风中、黑云下，摆在了黄巢锋利的刀刃上、流血的案板上、愤怒的狮口中、无坚不摧的铁蹄前。

黄巢这位自封为冲天大将军的农民起义军领袖，这位号称黄王的社会底层落第举子，自从揭竿起义以来，以他坚如磐石的意志力、感天动地的号召力、所向无敌的战斗力、风卷残云的运动力，挟裹着千百万光膀赤脚流离失所的农民，纵横驰骋，攻城略地，斩关开仓，杀暴屠富，半个天下被他翻了个底朝天。

现在黄巢咆哮着来到了东都洛阳城外，站在山顶上俯瞰这座古城，这座虽然已不是帝都但仍象征皇权的古城。黄巢下定决心，必须一战拿下洛阳，挥兵西进攻取长安，只有平灭皇帝的老窝，才能将腐朽衰败的统治者从圣坛上掀翻。

洛阳震恐。

长安震恐。

皇宫震恐。

皇帝震恐。

皇帝知道，大臣们也明白，东都洛阳如果失守，长安将危在旦夕。长安动摇，则自己的好日子也将到头。皇帝将再也不能踢球、弹琴、摸妃子的细皮嫩肉了。大臣们将再也不能喝酒作乐、吆五喝六了。想清楚了这些之后，这些人产生了从未有过的默契与配合，皇帝的手如点钞机一般急速地忙碌，在一打打的诏书上盖章。大臣们则如快递员一样手脚翻飞，发出一道道告急命令，要求各路藩镇全力救援洛阳。可是诏命发出后七八天过去了，音信全无。皇帝诏命如石沉大海，甚至连一点波纹都没激起。天下突然陷入了宁静、死寂和恐怖，关中的皇帝大臣在等待，洛阳城里的官员平民也在等待。等待，熬人的等待，未知的等待，除了等待只能等待。皇帝和大臣们的心一下子掉入了无底的万丈冰窟，屁股则坐上了针毡抬不起来。只有眼巴巴地看着东都洛阳与黄巢对峙，如同一头衰疲的大象远远地看着幼仔落入狮群。

为保卫长安，洛阳必须挺身而出，与黄巢殊死一战。

即使天下人都明白洛阳是白白牺牲，洛阳也必须一战。

这一战一定很艰难，很残酷，很关键，很悬念，很悲壮。

天下人都屏住了呼吸，等待这旷古一战的爆发。

万事都有出人意料之处。

万人担心的惨烈事情并没有发生，一切在喜庆中结束。

黄巢未费举手之劳就占取了洛阳。

因为洛阳留守刘允章决定举城投降。

投降是一件很不光彩的事。

这个谁都知道，所以不是任谁都能做到。

投降还是一件策略性非常高的事。

这个不是谁都清楚，更不是谁都能恰到好处地做到。所以有的人投降后继续高官厚禄，有的人投降后反倒死得更快、更惨。

伤心总是难免的，思想矛盾是绕不开的，关键是投降以后比伤心伤脑筋更重要的是，城破身死是否能够避免。刘允章犹豫不决，彻夜失眠。

经过整晚上的辗转反侧，刘允章终于下定了决心。第二天一大早，洛阳府衙传出了击鼓之声，刘允章开厅议事。文武官僚早已候立堂上，每个人都心情沉重，搓手顿足，不安地等待着刘允章的决策。因睡眠不足而黑着眼圈的刘允章神情沉重地端坐在帅案后面，面无表情地看着文武官员。沉默了片刻，刘允章打破宁静，询问文武官员对当前形势的意见。众人莫衷一是，有惶恐不能自禁者，有慷慨陈词甘心赴义者，议事厅像炸开了锅，嚷嚷成一团。最后，刘允章让大家安静下来，他缓慢而有力地说出了自己的决定——投降。大家以各种复杂的眼神、伸长了脖子看着刘允章。刘允章表情沉静，不慌不忙地说道："黄巢势不可挡，救援没有指望，如果战火一开，将是生灵涂炭，洛阳繁华从此陨落。我们不为个人计，也要为几十万黎民百姓着想。投降之责就由我刘某一人承担吧。"众人见刘允章打算投降，无论愿意与不愿意，都只有默然称是，即使原来主张抵抗的人也失去了斗志。

刘允章在属下中统一了思想后，提笔给黄巢写了封信："将军盛名由来已久，天下闻之莫不风动，洛阳孤城非将军敌手。然故都繁华，人丁兴旺，粮草殷实，带甲上万，如若开战，胜负殊难意料。刘某为百姓计，甘愿举城投降，希将军亦爱惜黎民士卒，安境保民，则厚德弥远。"黄巢看罢刘允章来信，先是一愣，他没想到东都洛阳会不顾长安的安危，未进行任何抵抗竟然举城投降。继而黄巢哈哈大笑，吩咐复书："请各镇藩抚，自守壁垒，勿犯吾锋！吾将入东都，即刻进伐京师，只问罪于李唐皇朝，与其他人无干！"

十一月十七日，洛阳留守刘允章率百官出城投降，分列东城门外大路两厢，俯首迎候黄巢义军。黄巢乘马徐徐入城，赦免刘允章等人，张榜安民，慰劳百姓，城内秩序如旧，该织布的织布，该卖柴的卖柴，酒馆照开，戏楼照演。老百姓莫不欢呼雀跃，主动送出酒肉劳军。黄巢吩咐开仓放粮，赦免囚犯。严肃军纪，维持秩序，对老百姓秋毫无犯。洛阳城一下子爆发出了欢天喜地的热情，上上下下街坊里巷张灯结彩，互相庆祝慰问。

部署已定，黄巢住进了东都行宫内。尽管是行宫，尽管皇帝多年不来居住，但是宫殿规模形制仍然不失皇家气派。晚上黄巢站在寝殿门外，一边在庭院里信步走动，一边负手沉思。街市上欢腾的锣鼓声忽高忽低地传来，烟花炮竹此起彼伏地闪烁。黄巢扭头忽然看到殿脚下有一丛丛金黄色的菊花，枝叶拥簇着在秋风中摇曳，枝头细长的花瓣已经残缺不全，凋零的花随风飘飞，散落一地。黄巢睹物伤怀，想起自己屡考进士不中，想起天下百姓走投无路，想起南征北战的险恶艰难，不觉心潮涌动。感于心，发于声，黄巢口中低沉地吟诵道："飒飒西风满院栽，蕊寒香冷蝶难来。他年我若为青帝，报与桃花一处开。"实话说，黄巢屡次考不中进士也实在有他自身原因，就看这首诗水平也不高，遣词造句、谋篇布局过于直白，在以文章取士、以门第荐人的唐朝，凭这两下子哪里能中得了进士？估计黄巢的高考作文调门太高，没合上考官的心思，只能落得不及格的分数。不过，黄巢的口气还是蛮雄壮的，这是骨子里的霸气，掩藏不住，无需做作。

黄巢身后跟随四名侍卫，其中一人身材魁梧、浓眉大眼、鼻直口阔、神情沉毅，看此人装束当为侍卫队长。听黄巢口中念念有词，这名侍卫队长走上前问道："黄王何事吩咐？"黄巢转过头，看了看四人，微微一笑，反问道："朱温，你看这菊花形孤影单，独自开放独自凋残，如果在春天是不是就不会如此凄凉？"这名叫做朱温的侍卫队长似乎没有明白黄巢的意思，眼睛转了转回答："要让菊花开在春天，恐怕只有玉皇大帝能办到。"黄巢闻言豪壮地仰天大笑："明年，我就让菊花开在春天！"说罢，黄巢昂首阔步在爽朗的笑声中消失在夜色里。大

家一定要记住朱温这个名字,此人后来颠覆了李唐王朝,做了五代之首朱梁帝国的皇帝。

洛阳欢庆,长安沮丧。

黄巢势如破竹地占领洛阳,犹如在广袤的中原大地上投掷了一颗原子弹,造成了巨大的震撼。特别是长安城内更是人心惶惶,谣言四起。有的人说黄巢是黄头发黄眼睛的天神下凡,来到人间就是要兴风作浪。有的说黄巢是在替穷苦人讨说法,争公道,在他带领下穷苦人都不再受官府欺压,能够过上好日子。也有人说黄巢带领着一群强盗土匪,打家劫舍,特别是专门抢劫富户官宦之家,所到之处,人财两空。更有一些消息灵通的官吏开始悄悄地转移资财,趁着夜色一车一车地将家里的金银细软女人家眷往城外拉,隐藏到远郊深山的亲戚家去。也有人不以为然,认为皇城帝都固若金汤,又有潼关天险,莫说泥腿把子黄巢,就是当年最强悍的正规军安禄山不也没有攻破潼关吗?放心吧,这里是皇帝住的家,是天下最安全的地方,绝非江夏、洛阳可比。长安城大街小巷、茶坊酒肆、买卖铺户到处都在议论黄巢要攻打长安城的事情,沸沸扬扬,像开了锅的粥。

黄巢豪气干云地作诗,僖宗皇帝现在可没有吟诗作赋的心情,感到世界末日似乎要来临了。李儇在延英殿召集文武百官研究对策。现在的皇帝已是二十来岁的青年,但除了体力和个头儿长了之外,治国理政的才能一点没长。七八年如同南柯一梦,皇帝整日里玩耍嬉闹,除上班时间主持一下朝会,其他时间就是玩啊玩。大难临头,慌了手脚、乱了心神的皇帝哭哭啼啼地对宰相大臣们说"各位爱卿,黄巢贼势凶猛,为之奈何"?

观军容使大宦官田令孜奏道:"陛下,请选左右神策军弓弩手守潼关,臣亲自为都指挥制置把截使,前去御敌。"

皇帝憋了憋嘴:"侍卫将士,不习征战,恐怕不堪重用。"

田令孜见皇帝钻入了自己设下的套儿,马上话头一转:"如果陛下担心潼关不保,还有一策可用。昔年安禄山叛逆,为避锋芒,玄宗巡幸蜀川。"

好家伙!田令孜老贼打算让皇帝弃城逃往四川。

原来这就是田令孜策划已久的大阴谋!

宰相崔沆战战兢兢地说道:"安禄山才五万人马,比之黄巢,小巫见大巫,现在的黄巢可是拥兵六十万来犯。"

豆卢瑑神不守舍,急促说道:"当年哥舒翰以十五万人尚不能守潼关,今黄巢来势汹汹,而潼关又无哥舒翰之兵。田令孜这是为社稷着想,蜀中三川官吏都是田令孜的心腹,与当年玄宗赴川时相比,可谓周到备至。"

皇帝听到崔沆和豆卢瑑这俩应声虫的话,气就不打一处来。无论找出多少假借的托词,什么"巡守、出幸、移驾",实质都是逃跑,任何人都知道逃跑不是光彩的事。他不愿意学李隆基逃跑四川的做法,那是人尽皆知的丢脸历史。如果逃离京城,不仅皇帝的脸面没处搁,连屁股也将没地方放。皇帝原本粉白的脸涨得通红,对田令孜命令道:"田爱卿你去为朕发兵守潼关。"

田令孜听到皇帝的命令,心里"咯噔"一下子,手心里顿时渗出了细汗。皇帝不仅没有按照田令孜的主意逃跑,还把田令孜给派往了战火前线。僖宗心想"你们这群饭桶,大难临头都想着要逃跑,想得美。我先让你们到危难前沿去挡一挡、烤一烤"。田令孜既窝火又害怕,一百二十万个不乐意。可是,圣旨不可违,田令孜只有硬着头皮领命。

各位大臣此时也没了主张,谁也不敢肯定黄巢与安禄山哪个更厉害,谁也提不出更好的抵御防卫对策,干脆集体失语,只有看田令孜上窜下跳地演出。

不过在有一点上皇帝和各位大臣是没有分歧的,那就是对黄巢要攻打长安占领长安的决心,谁也不怀疑。

散会后,皇帝亲自到左神策军,检阅鼓励将士。老滑头田令孜早就知道潼关守不住,他才不会甘心去当炮灰。他自告奋勇御敌也不过是障眼法,为自己的真实逃跑意图披上美丽的谎言外衣。这个外衣没想到让皇帝顺手给他披上,变成了带刺儿的刺猬皮。田令孜虽然领命,可是老贼自有周旋之策。田令孜可以御敌,但他只申请当指挥官,并没有说去潼关前线,他早已为自己选好了替死鬼、挡箭牌。

田令孜向皇帝举荐左神策军马军将军张承范、右神策军步军将军王师

风雨飘摇

会、左神策军兵马使赵珂。皇帝在教军场上召见三人,当场授命张承范为兵马先锋使兼把截潼关制置使,王师会为粮料使,赵珂为寨栅使,田令孜为左右神策军内外八镇及诸道兵马都指挥制置招讨使。这下老贼田令孜可高兴了,他算准了皇帝离不开他,不会当真把他调离身边派往前线。如果没了田令孜,皇帝就没了主心骨,睡觉都不踏实,所以皇帝不会派他去领兵作战。现在既然找到了领兵之人,皇帝也就坡下驴,稀里糊涂地同意由张承范统兵出征。

皇帝调兵遣将的命令刚刚发布完毕,郑州汝州把截置制使齐克让奏报:"黄巢已入东都境,臣收军退保潼关,在潼关城外安营下寨。河南一带州县残破,人烟灭绝,东西南北空空荡荡,既见不到官军也见不到官吏。将士屡经战斗,久乏粮草,很长时间没吃过饱饭了。饥寒交迫,甲仗器械残破不堪。现在人人思归乡闾,臣担心一旦军心溃散,将不可收拾。乞望朝廷早日遣送资粮和援军,如若来晚,臣可能会撑不下去了。"皇帝读罢齐克让的战报,两腿发软,立即命令左右神策军选拔弓弩手二千八百人,由张承范等三人率领,紧急支援齐克让。

神策军徒有虚名,实则金玉其外败絮其中。飞扬跋扈的神气不少,杀敌征战的神功一点没有。神策军士兵都是长安富家子弟,通过贿赂宦官邀取功名,加入军籍,熬年头混日子,既能领取比其他部队丰厚的粮饷,又容易封官晋爵,更重要的是远离战场、远离伤亡。这些纨绔子弟一天到晚无所事事,既不操练也不读书,只知道华衣怒马、打架斗殴。现在百年不遇上阵报国的机会来了,神策军要冲锋陷阵了,要上战场拼刀枪了,这些家伙不仅没有精神奋发,反倒个个跑肚拉稀,心慌腿麻。他们不去打仗,那谁去啊?事情总有办法,钱是所有办法中最容易想到也最好使的。回家和老子一商量,花钱免灾吧。呵,这一下可热闹了,明天出征,头天晚上两千多神策军揣着银子拎着绸缎,走街串巷,挨家挨户雇用贫困潦倒的人冒名顶替自己参军。长安城内这也算是一道蔚为壮观的境况。

第二天,日上三竿,皇帝亲自为张承范送行。僖宗站在章信门楼上俯看瞰明甲亮、旌旗招展的神策军列队出城。可是看着看着,皇帝觉得不对劲,两千八百人的队伍怎么东倒西歪,士兵个个一摇三晃,兵器是新的,可拿在这些人手里怎么如同面泥捏的呢？正在皇帝纳闷之时，张承范报告说："陛下，臣闻听黄巢拥数十万之众，鼓行而西，齐克让以饥卒万人驻扎潼关之外，臣带区区二千余人去守潼关，形势高下已然分明，可现在还没有听到粮草军饷的消息。如果以此拒贼，臣心里感到难过且十分不安。愿陛下抓紧时间催促各州府快派精兵救援。"皇帝无奈地向张承范摆摆手："爱卿你们先走，援兵随后就到。"

下午，张承范率军到达了长安城东的华州。华州本乃长安的东大门，东进西守的咽喉要道。可偏偏这时候华州刺史裴虔馀被调往别处任职。老百姓不见了父母官，无人敢在城中居住，全逃入了华山，偌大的华州城除了老鼠再没有喘气的了。

十二月初一，张承范到达潼关。同一天，黄巢的前锋柴存率领大军也抵达关下。义军旌旗蔽日，满山遍野，无边无际。齐克让率领疲惫不堪的军兵与柴存发生激战，起义军先锋锐气稍稍受挫。不一会儿，黄巢亲率主力部队杀到。六十万人云集潼关城东，马嘶人呼声雷动，震彻河川山岳。这时候齐克让狠劲也直冲脑顶，心想"是福不是祸、是祸躲不过"，别无退路，只有背城一战。狭路相逢，勇者胜。潼关城下，黄河岸边，山峦之间，几万人混战一团。黄巢并没有投入全部兵力，也不需要投入全部兵力。齐克让是顽强的，身先士卒，奋勇冲杀。只见得血肉横飞，只听得战鼓声声。这一仗从午时一直打到酉时，双方都有些累了，战事的节奏开始放缓。但齐克让的军兵最先累倒，确切地说是被饿倒。既流汗又流血，空着肚子无论如何也流不了太久。唐军实在扛不住了，持续下去不是战死就是饿死。突然，军中大乱，齐克让担心的哗变终究还是发生了。唐军烧掉自家营帐四处逃散。齐克让孤掌难鸣，无力无权无心无资本约束部下，只好满身是血地单骑退入潼关。

潼关左侧有一条山谷，谷中灌木藤枝茂密如织，平日禁止人们往来通行，为的是将行人归流关口城门，以凭借关隘收税。黄巢义军见唐军溃败，趁势大举掩杀。溃败的唐军无路可走，纷纷涌向这条山谷，瞬时就将山谷踏为平地。

张承范见城外唐军因饥饿溃散，赶紧将所带来的钱财粮食分发给自

风雨飘摇

己的士卒,以稳定军心。同时,张承范派人八百里加急向皇帝报告:"臣离京六日,甲卒未增一人,馈饷还没接济。我到关之日,贼寇大军也已压境。现在,我们以二千余人抗拒六十万贼寇,敌我力量悬殊太大,潼关摇摇欲坠。城外齐克让之军由于饥饿而溃散,夺路逃亡的军校将城外山谷都已踏平。臣若失守潼关甘愿受鼎镬之刑,可是为朝廷出谋划策的大臣们的颜面往哪里搁呢?臣还听说陛下已有意西巡,如果您銮舆一动,则朝野上下会立即土崩瓦解。臣冒死进言,请您与宰辅大臣详熟计议,决不可轻举妄动。现在赶快征兵驰援关防,我大唐社稷或许还可以支持下去。假若黄巢也和安禄山一样灭亡,那微臣我即使如哥舒翰般死去也无憾了!"

保卫潼关,保卫长安。

攻打潼关,直捣长安。

第二天天还没亮,黄巢调集人马强攻潼关。

潼关外是一条宽两丈深三丈的山涧,严冬季节虽然涧水不多,但深谷险峭,可谓潼关的天然屏障。黄巢派先锋柴存驱赶当地征集来的老百姓,搬石挖土拥填沟壑,不到一个时辰,山涧被填平。

起义军将官与士兵抬着云梯、举着盾牌,高声喊杀着向潼关城墙冲来。张承范与齐克让身披铠甲,站立城头亲自指挥城内军民拼死防守。士兵在城头向下射箭投掷石块,老百姓负责向城墙上运送器械。义军架起的云梯被城上唐军掀翻,冲上去一批批的敢死队被乱箭射死。在潼关东城外不到五百米宽的战场上云集了几万义军,如同蜂群蚁群一样排山倒海、不知疲倦、不畏死活地向城墙猛扑。城上唐军也杀红了眼,将城上一切可以找得到、有重量的利器、钝器如山洪暴发、瓢泼大雨般向仰攻的起义军投掷。

一会儿工夫,城下死伤的起义军枕积如山,后续的起义军就踩着倒下起义军的尸体向上冲击。惨烈的攻防战从早上持续到傍晚。攻城的和守城的都已麻木,失去了知觉与判断力,只剩下一个目标——赢,只重复着一个动作——杀。起义军攻了一天,潼关依然是潼关。潼关果然是潼关,天险不会轻易被攻破。

当天夜里,黄巢决定改变战术,正面以巨型木制战车装载油脂和柴草,由几十人一组推着冲向潼关城门,待五六组战车拥堵住城门后,点燃柴草焚烧。另派大将李谠率一万人袭取被齐克让残军踏平的山谷,从侧面攻击潼关北城。张承范在城头上对起义军动向看得清清楚楚,急忙分出八百人,由王师会率领去守卫山谷。山谷失守,潼关侧翼将暴露在敌军的刀斧之下。

可王师会到达山谷时,李谠已经攻陷山谷,并且爬上山脊展开了对北城的强大攻势。几乎在同一时间,北城失守,东城城门、箭楼被烧塌。在李谠与柴存两相夹击之下,不可一世的潼关终于崩溃。王师会自杀殉职,张承范改扮成平民,率领残兵败将逃走。张承范逃到长安城外的渭桥,遇到田令孜新招募的援军。蓬头垢面的败军见到衣裳温鲜的援军,禁不住怒火中烧,二话不说冲上去一顿抢劫之后,冲入长安。

听说潼关失守,起义军已乘胜追击到了华州,田令孜担心皇帝罪责,于是将洛阳沦陷、潼关失守的责任一股脑全推给了卢携。田令孜向皇帝奏称:全因为卢携主张遣散各藩镇剿贼大军,才导致黄巢临死重生,做大难制。朝廷今日之难皆因卢携失策,应该追究卢携误国亡民之罪。田令孜之所以此时此刻出卖卢携,有两个关键的原因,一是卢携位高权重,深受皇帝倚重,已经威胁到了田令孜的地位,田令孜对此早已嫉恨在心,隐忍未发。二是时局不利,天快要塌下来了,需要个头儿高的顶着,无疑卢携是站得最近个头儿最高的,卢携最值得出卖,也是最合适的人选。

卢携中风病卧在家已经多日。听到自己多年的政治盟友田令孜在皇帝面前陷害自己,卢携气得一口恶气涌上心头,感到天旋地转,呼吸急促,高血压、脑血栓、心肌梗塞一并发作。宰相府上上下下乱成一团,手忙脚乱地将卢携抢救过来。卢携靠在床上,口齿不清,鼻涕眼泪俱下。在极度惶恐、无奈、愤恨与绝望之下,卢携选择了吞毒药自杀。

皇帝此时更是六神无主,不知如何是好。田令孜对皇帝说:"陛下,此时只有西巡啦。"皇帝支支吾吾还没反应过来,田令孜命人将早已备置好的几辆漆金皇家马车赶到寝殿前,田令孜扶着皇帝磕磕绊绊地慌忙上车,连同几个皇子皇妃金银细软一股脑塞入车中。田令孜又调来五百神策军左右护驾,车队冲出金光门向西逃走。

田令孜几个月之前已经派哥哥陈敬瑄(田令孜在入宫作太监前本家姓

风雨飘摇

陈）做西川节度使，目的就是为自己铺好后路，为皇帝西逃蜀川做准备。也是在几个月前，田令孜已经决定要出卖卢携做亡国的替死鬼。这就是田令孜的惊天大阴谋。而卢携虽然蒙在鼓里，也算是恶有恶报，罪有应得。

早上上朝时，文武百官才发现皇帝已经不见了，找来值班太监禁卫一问才知道，皇帝跑啦！当场就有几个官员一屁股坐在地上，两眼发直，愣呆呆不知如何是好。还有几个调头儿就往家里跑，大呼小叫地张罗家里人也逃离长安。长安城里的低级官员听说乱兵入城的消息，更是无暇他顾，抱头鼠窜。军士和平民争着涌入国库、皇宫，抢劫米面钱粮珍奇器皿。皇帝和官员既已四散奔逃，城内秩序大乱套，三座城门被出逃的车马堵塞得水泄不通，大街小巷全是奔跑的人流，衙门府库的门板匾额横七竖八地摇摇欲坠，凝重沉闷的空气中回荡着混乱的哭喊与叫骂声。

黄巢以尚让为平唐大将军，盖洪、费全古为副将，率领先头部队进入长安。

日过中午，城中没来得及逃走的官员军校不得不到霸上请降，迎候黄巢。长安东城外宽阔的官道上，遥遥走来黑压压的队伍。打头儿有八名彪形大汉以红布包头，抬着一乘镶金包铜的肩舆，肩舆中端坐一人，身姿挺拔，神情严峻。双肩一字如山，双臂舒展似猿。生的黄白面皮，瘦长脸型，颧骨高耸，整齐的短须围绕海口，两道剑眉斜飞入鬓，一双眼睛细长，目光冷峻有神。头戴凤翅金盔，身披龙鳞金甲，赤红征衣，足登黑色战靴。此人正是黄巢！州官闻之而色变，军将遇之而愁苦，纵横四海、叱咤风云的黄巢！黄巢肩舆之后是四队亲兵随从，个个红巾包头，金绦系腰，精神饱满，挺胸腆肚，怀抱鬼头大刀，步履稳健有力。往后是一列列金盔金甲的武士，分乘红黑花白黄各色战马，在随风招展的旗幡下威武前行。再之后是手持长矛的几十万义军军卒。人马队伍之后是几十队满载粮草辎重的战车。战马的嘶鸣声、銮铃声、铁蹄声、隆隆的车轮声、此起彼伏的起义军口号声、高空盘旋的鹰叫声交织一起，响彻云霄，震山撼木。起义军兵马从长安城东门入城，浩浩荡荡络绎不绝，一直到掌灯时分进城军队的步伐杂沓之声还在街巷中回荡。

黄巢进城之后，由尚让张贴文榜，告谕吏民："黄王起兵，本为百姓，非如李氏不爱汝曹，汝曹但安居毋恐。"由于情势不明，为安全起见，黄巢当晚住在已人去楼空的田令孜府。老贼田令孜的私第奢侈豪华，屋宇壮丽，比东都洛阳的皇宫毫不逊色。

第二天，黄巢率百官在皇宫含元殿称帝，建国号为大齐。以尚让为太尉兼中书令，赵璋为侍中，孟楷、盖洪为尚书左、右仆射，皮日休为翰林学士，费传古为枢密使，马祥为右散骑常侍，王璠为京兆尹，封柴存为车骑将军先锋官，许建、米实、刘瑭、朱温、张全、彭攒、李逵等为诸将军游弈使。对唐朝官员四品以下的全部留用，其余都罢免归家。这位皮日休也是位愤青，虽然中了进士，可终日里狂傲不羁，尤其善于吟诗作赋。懿宗朝之后，诗人不少，成就不大，皮日休算是忧愤世事的少数之一。

皮日休有一首诗《橡媪叹》："秋深橡子熟，散落榛芜冈。伛伛黄发媪，拾之践晨霜。移时始盈掬，尽日方满筐。几曝复几蒸，用作三冬粮。山前有熟稻，紫穗袭人香。细获又精舂，粒粒如玉珰。持之纳于官，私室无仓箱。如何一石馀，只作五斗量。狡吏不畏刑，贪官不避赃。农时作私债，农毕归官仓。自冬及于春，橡实诳饥肠。吾闻田成子，诈仁犹自王。吁嗟逢橡媪，不觉泪沾裳"从这首诗中可以看出皮日休的政治观点，他哀伤当世农民的苦难，痛恨贪官污吏的横征暴敛。也可能是基于对当朝政府的不满，皮日休才接受了黄巢的邀请，到黄巢的大齐朝中做官。

黄巢当晚设宴大宴群臣，庆祝起义以来的最大胜利。皇宫内外灯火辉煌，鼓乐喧天，美味佳肴筵席大摆。文官武将鲜衣盛装，兴高采烈，互相道贺，矜伐战功。酒过三巡，菜过五味，黄巢从高阶上站立起身，喧闹的众人立即安静下来，仰头望着新皇帝。黄巢大声说道："众位弟兄，李唐无道，天下失望，抛黎民于水火，致灾祸以频仍。黄某应天顺人，与众弟兄披肝沥胆，揭竿起义，南征北讨近十年。今李唐气数已尽，京师遭弃，正是我大齐崛起之时！"

阶下众人山呼万岁。

黄巢举起一樽酒，继续说道："取天下皆我等齐心协力之功，来，我们干杯！"文武百官齐刷刷仰头将酒喝干。

黄巢的黄脸在酒精的作用下泛起了红光。就在众人猜拳行令吆五喝六

风雨飘摇

的时候,黄巢抽出腰间佩剑,以剑敲击着石阶,边敲边吟唱出了他早年的一首诗:"待到秋来九月八,我花开后百花杀;冲天香阵透长安,满城尽带黄金甲!"黄巢是个情绪型选手,很喜欢发感慨,很愿意作诗抒怀。

尚让对身旁的柴存等人低声说道:"大王龙兴之前,屡考唐进士不中,唐朝暗弱,选人失贤,大王一怒奋笔写下这首借颂菊花而抒怀的诗,不想今日果然成真,天意啊!"

伴随着黄巢豪情激烈、壮志干云的吟唱,宴席两厢五十名壮汉奋力擂响五十面牛皮大鼓,边擂鼓边和唱,五十名宫女翩翩起舞,酒宴气氛推向了高潮。当晚,黄巢和众人一样,酒不醉人人自醉,况且长安城皇宫内的酒都是陈酿美酒,在酒精与情绪的交互作用下,人人都烂醉如泥。

狂欢宴会直到子时方休。朱温扶着醉醺醺的黄巢回内殿就寝,一边走,朱温一边向黄巢建议:"陛下,现在李俨窜逃西去,我们应该派人追杀,或许能够追及,如此则斩草除根。"黄巢含含糊糊地说:"李俨竖子,惶惶如丧家之犬,由他去吧,成不了什么大事。"朱温腮帮子鼓了鼓,欲言又止。

义军在长安城中驻扎了不到十天,军纪开始失控。很多部队沿街抢掠,以至于随意杀人,特别是对官宦富户恨之入骨,见到就抢、遇到就杀。尚让急匆匆地找到黄巢禀报:"陛下,几十万人驻扎城内,部队纪律难以维持,有些部署劫掠杀人,请陛下定裁。"黄巢脸色立即沉下来,说道:"入城之时,已宣布军纪,不许滋扰百姓,违者军法从事。"尚让迟疑了一下,又说道:"生乱军士以柴存部下为最凶,几日来已连杀三个大户人家,将其家财洗劫一空。"黄巢一愣,继而说道:"这些军兵出身贫苦,爱惜钱财也是常情,况且劫掠的都是高官显贵、土豪富户,这些人原本可恨。"尚让见黄巢没有进一步严肃军纪的意思,只好默然退出。黄巢没有及时惩罚违纪军兵,客观上助长了违纪作乱的风气。义军自上而下肆无忌惮地在城中打劫,几乎与强盗土匪无异。

一个月之后,朔方节度使唐弘夫赶到长安城外,与尚让等激战数次,并在一次偷袭中成功,杀入长安,斩首齐军万人。齐军匆忙撤出城。齐军对唐军实施了反包围,埋伏在郊外,对大意的唐军进行了反攻,最后重新杀入城中。

这次唐军突袭入城时，城内官员百姓对官军表示出了欢迎，并给予了帮助。齐军反攻入城后，黄巢认为长安城内上至官员下至百姓不与起义军保持共同立场，都怀恋唐室，不可救药。黄巢展开了疯狂的报复，纵兵屠杀，豆卢瑑、崔沆及左仆射于琮、右仆射刘邺、太子少师裴谂、御史中丞赵濛、刑部侍郎李溥、京兆尹李汤、左金吾大将军张直方和皇室王子公主等几百人都被杀死，民众八万人身首异处。唐朝皇亲国戚、官员士绅全部遭到屠戮，豪宅门第被烧杀一空，公私财物被洗劫殆尽。一时间长安城内血流成河，腥风弥漫。有歌谣形容当时的恐怖情形："华轩绣毂皆消散，甲第朱门无一半"；"内库烧为锦绣灰，天街踏尽公卿骨"。

黄巢进驻了长安，但仅仅是住下，几乎是无所事事地住了下来。黄巢占据长安后有三大失误：

其一是起义军没有发布施政纲领，即使最简单最朴素的政治纲领和治国理念都没有提出来，更没有宣示天下。似乎打下长安成了战争和起义的唯一目的及终极追求。现在长安被踩在了脚下，当然意味着大功告成。大功既然告成，理应分封享乐。逻辑似乎是这样。但这的确是个错误的逻辑，而且是影响社会历史进程的错误逻辑。使得摇摇欲坠的唐帝国历史走向变得更加扑朔迷离、风波诡谲、血雨腥风。

第二个错误是没有追击僖宗及其逃亡势力。黄巢低估了封建帝王哪怕是十分窝囊的封建帝王所具有的能量，对这种能量甚至连封建帝王自己也未必认识充分，未必能够自由掌控。李唐皇室虽然落难逃亡，但其号召力仍然不可低估。仍然有名目繁多的各种利益集团需要这个落魄皇帝，需要借助这个皇帝以保全自己。无需皇帝招呼，还有很多力量会自动打出护驾复国的旗号，自动向皇帝靠拢，自动聚集围剿起义军。黄巢远远没有认识到这一层，放弃追击僖宗皇帝及其残余势力，就等于纵虎归山，等于为李唐官家势力留下了喘息和反扑的时间与空间。

第三个错误是没有为起义军指明今后的方向。几十万起义军驻扎长安不是长久之计，无论是驻军和进军，黄巢都没有提出下一步的方略。起义军本来就是起于社会底层，嫉富如仇、嫉官如仇，长期的游荡作战及剽掠

习性保持着巨大的惯性,如何能够安分守法地住在长安城?没有进一步发展的事业做引领,在长安这个狭小的范围内,起义军内部矛盾、起义军与地方官民之间的矛盾酝酿发酵直至激化,已成为了必然。

这些不作为或者错误的作为,使黄巢丧失了政治基础和民众基础,也坐失了扩大胜利的良机。

新人没有新气象,黄巢义军的迅速失败就此种下了祸根。

5. 我要投降

俗话说"识时务者为俊杰"。可这时务到底是什么?如何判断?是件让人大伤脑筋甚至要掉脑袋的事情。识别得准不准并非值得夸耀的事,最要紧的事是脑袋要保住,这一点是决不能含糊的。

话说僖宗皇帝与田令孜等人马不停蹄,一路狂奔,一天一夜没住脚,滴水未沾,粒米未进,早已是饥肠辘辘,满身虚汗。这是僖宗第一次千里大逃亡,从来没有亲身经历过挨饿受怕颠簸劳苦。

皇帝车队大汗淋漓、气喘吁吁大逃亡,一口气跑出几百里。刚刚到达一个叫做骆谷的地方,他们实在跑不动了,正打算稍事休息一下。突然,有哨探来报"前面有一支军队拦住去路"。

僖宗皇帝和田令孜脑袋同时"嗡"的一下,黄巢的追兵这么快就围追堵截上来啦?真是天要亡我!

正在僖宗皇帝等人忐忑不安着急想对策的时候,尘土飞扬中一队人马冲到了近前。为首一人在百步之外翻身下马,径直跑到皇帝车马跟前,高声喊道:"臣郑畋护驾来迟,请陛下恕罪!"

郑畋怎么来了?或者说怎么在此时此地出现了?

骆谷是凤翔的地盘,此时凤翔节度使是那位被卢携排挤出京的郑畋。郑畋虽然政治不得志,但一直关心时局的发展,忧心朝廷安危。听说黄巢逼近长安后,郑畋天天派人打探消息,翘首遥望京师。今天一大早,凤翔的哨探得到情报说长安被黄巢攻占,皇帝已经向西奔凤翔逃来。郑畋闻听这个晴天霹雳般的讯息,知道天朝出大事了,而且此事后果难以逆料。郑畎顾不了许多，马上率领部属赶到半路去迎接皇帝。

僖宗一听是郑畎来了，不是敌军，这才大大地松了一口气，提到嗓子眼的心"扑通"一声回归原位。

接驾的和逃亡的两队人在骆谷相遇。郑畎跪在路旁觐见皇帝，并挽留皇帝暂居凤翔。僖宗在车内挑起布帘看了看郑畎，见昔日的朝廷大臣于危难之际赶来近前，僖宗心中一时间酸甜苦辣难以说清，鼻子一酸眼泪滴落尘埃。

正在僖宗迟疑犹豫之际，田令孜在后面扯了一下皇帝的衣襟。田令孜与郑畎一向不睦，况且老贼还有自己的打算，扯皇帝衣襟的目的是暗示僖宗不要答应郑畎。僖宗长这么大没经历过如此变故，心里根本没有主意。别说六神无主，七神八仙也早已不知去向。惶恐之间，僖宗最大的主心骨就是田令孜。经田令孜煽动和欺骗，僖宗说道："朕不打算远避贼寇，只是暂时到四川兴元居住一段时间。到那里征集天下兵马，以图收复。爱卿你要全力以赴向东抵挡黄巢锋芒，向西号召各蕃汉镇守，与相邻藩镇同心协力，努力承担匡扶朝廷剿灭流贼的大任。"

郑畎心里想："当初，皇帝信任卢携、田令孜奸邪之徒，我逆耳忠言得不到采纳，以至于多年剿贼无功，贼势日炽。现在皇室沦落天涯，反求大功，怎么可能？"郑畎想到此处，仰头请示："陛下，贼寇弥漫，道路阻断，奏报难通，臣请临机决断，便宜从事。"皇帝黯然神伤地点点头，授予郑畎临阵决策的权利。然后李儇带领一帮惶惶惊恐的儿子妃子和太监向兴元跑去。

僖宗之所以不愿意留在凤翔，主要是惧怕黄巢尾随追来。如果郑畎抵挡不过，岂不大难临头。另外，田令孜早就向僖宗灌输了逃亡路线图，先到兴元再撤往成都。成都富庶条件优越，田令孜的哥哥陈敬瑄也已调兵遣将做好护驾准备。成都似乎成了世外桃源，具备了无限的诱惑力。其实，田令孜制定逃亡成都的计划，并非为皇帝安危着想，而是为自己的安全打算。现在破国亡家，田令孜罪责居首。他深知自己为藩镇诸侯所痛恨，如果住在凤翔，郑畎也有可能像他弄死卢携以推卸责任一样，逼迫皇帝将他杀掉以谢天下，所以田令孜拉着皇帝拼命往四川跑。只要到了四川，那就

一 残唐末路

风雨飘摇

是田令孜的天下了,皇帝不过一玩偶而已。

　　郑畋回到凤翔,召集将佐商议如何抗拒黄巢。大部分将官都说:"贼寇风头正健,我们应该先自守保全,等各路勤王兵马到齐后,再进一步研究收复京师的办法。"郑畋尽管抱怨皇帝不采纳他的忠言良策,不过事已至此,抱怨无益,唯有想办法抗敌。见大家士气低落,郑畋沉着骨骼峥嵘黑瘦的脸,愤然说道:"难道你们要劝我向黄巢屈服吗?"老头儿越说越激动,牛脾气又犯了,既哀李唐衰败之不幸,更怒皇帝朝臣没出息。郑畋盛怒之下,胸中憋闷,血压急速上升,气绝倒地,脸朝下重重地摔在地砖上。众人见把老爷子气得没气儿了,都慌了手脚,赶忙将老郑畋抬进卧室。掐人中、抚后背,忙活了大半天,郑畋才缓过气来。斜靠在枕头上的老郑畋仍然两眼紧闭,嘴唇颤抖,说不出话。

　　恰在这个时侯,黄巢派来了使者,对凤翔军威逼利诱,打算不战而屈人之兵。郑畋卧床不能办公,暂由监军彭敬柔接待来使。为了争取时间,拖延战事爆发,彭敬柔与众将替郑畋署名复书黄巢,表示愿意臣服。在招待黄巢使者的酒宴上,鼓乐齐鸣,可是凤翔将官谁也高兴不起来。酒喝下去如同苦药一般,菜嚼着像干草一样。凤翔将佐都暗自掉泪。黄巢使者觉得很奇怪,问道:"大家这是怎么啦?因何伤心?"郑畋帐下有一名叫孙储的幕客回答道:"因为我家老相公中风,以至于瘫痪,不能来接待贵使,所以为相公难过。"黄巢的使者闻听后,不冷不热地笑了笑,没当回事儿。一场外交风波总算勉强掩盖过去。

　　郑畋因愤慨病倒的消息很快传遍了大街小巷。老百姓听说后没有不被感动的,纷纷来衙门慰问郑畋病情,踊跃表示支持郑畋抗敌。几天之后,郑畋病情逐步好转。得知民情拥护,郑畋心里感到很欣慰,也增强了抗敌的信心。郑畋咬破手指,写下血书奏报皇帝,表达立志破贼的决心。然后聚齐将佐,强撑病弱老迈的身体向大家宣布:"众将官,郑畋老迈但未腐朽,兵民不多但人人奋勇,贼寇虽然得势,不过一时昌烈耳。现在皇帝正召集天下兵马勤王,我等若戮力同心,定能抗御逆贼!"将士们都被郑畋老而弥坚的斗志感染,齐声表示唯郑公之命是从,振臂高呼,立志破贼。郑畋见大家决心已定,为了进一步巩固士气,要求大家歃血为盟。伴随着一滴滴热血汇集到碗中，帅府上下抗敌气氛达到了顶点。

郑畋激励了部属士气后，立即征集民役修筑城池工事，加班加点打造刀枪器械，抓紧训练士卒，展开了热火朝天的备战。同时，郑畋深知本州兵力薄弱，必须传檄天下，号召各路官军共同勤王。郑畋秘密派出信使，与各藩镇约定克期会师凤翔，共同对付黄巢义军。郑畋还发布消息，收集散落关中各处的禁军。

不几日，来投奔的禁军达到了数万人。郑畋拿出自己所有的家财分给这些部队，很快聚拢了人心，军势大振。郑畋不愧曾是兵部侍郎，既懂得动员本部士气，也明白取得政治大势的作用，将唐朝一切还勉强能用的力量全部动员起来、拼凑起来，迅速形成了抵抗黄巢义军的主要力量。

郑畋忙于备战，黄巢也没闲着。

长安成了天下的靶心。打着勤王旗号的各路兵马从四面八方陆续赶来。虽然各路诸侯各怀心思，有快的，有慢的，有不紧不慢的，但毕竟都在向长安移动，对义军构成了威压合围之势。

黄巢以长安为中心，向外展开了主动进攻与被动反击兼而有之的作战。

各路诸侯互不统属、远近不一、各怀心思、强弱有差，会师长安的地点和速度也千差万别。虽然郑畋紧锣密鼓地张罗，可这些名为节度使实质为军阀的军头们，在不清楚皇帝下落的情况下，更不会听命于一个过了气的兵部侍郎，而且还是小藩镇的节度使。这为黄巢逐一击破唐室抵抗力量提供了机会。

黄巢将卫队长朱温派往了前线，令其负责把守住长安城北的第一道防线——渭桥。渭桥就是"匈奴犯渭桥"中的那座桥。唐太宗时期，突厥曾经突然袭击河套，突厥骑兵以迅雷不及掩耳之势打到了渭桥，长安城内慌乱成一片，也令唐太宗李世民虚惊一场，最后卑辞厚礼才退掉突厥兵。大唐帝国遭此大辱，待国盛兵强之后，唐朝对突厥展开了长期而艰苦的追剿战争，把突厥一路向西赶往了中亚。渭桥是长安的门帘子，如果挑起这幅门帘子，就可长驱直入长安城。

那么这个朱温到底是什么来历？

在此有必要对这个年轻人多花些篇幅介绍一番。

朱温原本河南砀山人,幼年父亲早亡,家里失去了主要的劳动力和收入来源。窘迫之下,朱温守寡的母亲带着年幼的朱温及两个哥哥被迫寄居在远方亲戚刘崇家。

这位刘崇虽然不是富户,日子规模也不算小,有一定家庭经济基础,在当时估计属于小地主阶级。看在亲戚情份上,刘崇接纳了朱氏三兄弟和他们的寡妇母亲。应该说刘崇还是有些同情心的,至少不算坏人,对近乎无产阶级贫农的朱温一家表现了足够的关心。封建社会妇女地位低下,不仅享受在后,连劳动的权利都没有。朱温的母亲无法出门打工,还带着三个未完全成年的孩子,一家四口人要吃饭,这可不是个小问题。朱温的母亲只能在刘家做佣人的工作。为了能够保持在刘家的基本生活,朱妈妈天天加倍小心,处处事事仔细,生怕惹得刘家人不高兴。

寄人篱下吃白食的日子非常难过,更非常难熬,无论精神还是物质方面都很艰难。虽然不至于有了上顿没下顿,但比乞讨挨饿也强不了太多,一顿饭最多也就是饪窝头一碗糊糊。朱温的两个哥哥还算老实安分,能够参加刘家的常规劳动,干些力所能及的力气活。朱温的母亲在刘家做些家务,洗衣做饭,洒扫庭除什么的。日子一天天过去,朱温逐渐长成了一个体格健壮的少年,可是刘家对他们母子四人的态度一天不如一天,表示了足够的不满与不友好。因为朱温一个人做的坏事全部抵消了他母亲和哥哥所作的一切努力。

老三朱温让刘家非常难以忍受。

朱温生的大个子,能吃饭能睡觉,就是不干活。刘家里里外外大大小小的活儿,朱温一样也不干。不仅不干,朱温还说风凉话,说这些活儿没意思,都是些粗活,他不屑于干。朱温的问题远不止于思想认识问题,在游手好闲之外,还到处惹是生非。仗着个头儿大,朱温经常逞勇斗狠,打架斗殴,顽劣异常,不是他挂彩回来了,就是别人鼻青脸肿找上门来了。朱温的泼皮无赖行径弄得十里八村不安生,街坊邻居都很讨厌他。人们常常在朱温背后指着他脊梁骨,侧目撇嘴地暗暗骂几句。

刘崇虽然收留了朱温一家,但毕竟刘崇不是大善人活菩萨,更不是圣人,不可能具有包容万物的善心爱心同情心和教诲心。只有圣人诲人不倦，刘崇"诲"朱温这个人很快就倦了。朱温的母亲也很为这个不肖儿子头疼伤心，总要向刘崇赔不是，低声下气地替儿子求情。回到柴房后，朱妈妈伤心地看着三个儿子暗自掉泪。

朱温如此不成器，不务正业，还引来周围人们对刘家的指指点点和风言风语。因此，刘崇对朱温非常恼恨。有时候刘崇气急了，会随便在身边抓起扫帚或棍棒，对朱温劈头盖脸就是一顿饱揍。朱温这小子有股子倔强劲儿，每次挨打时，咬着牙梗着脖子不吭气，既不承认错误更不求饶。挨打后的朱温回到母子三人挤着住的柴房，见憔悴的母亲因伤心和心疼在掩面啜泣，朱温跪在母亲面前，低声说："娘，将来会有一天，我们再也不会受人欺负，遭人白眼。让世上所有的人再也不敢小看我们。我要让你过上锦衣玉食的日子。"朱温的大哥朱全昱斜了一眼朱温，鼻子里"哼"了一声，冷冷说道："你先养活自己再说吧。"

是啊，毕竟吹牛是不能填饱肚子的。

不过，也不是每个人都瞧不起朱温。

刘崇的母亲刘老太太就对朱温青眼有加，倍加关爱。刘老太太时常亲自给朱温梳头束发，还告诫刘家人，不要欺凌朱温，一定要对朱温多加关照。刘家人对刘老太太的话不理解，感到很奇怪，一度怀疑刘老太太是否患了老年痴呆症。刘老太太说："朱老三可不是平常人，我见他睡觉的姿势都不一般，他熟睡之后变成了一条红色的蟒蛇，这是仙灵的化身。"别人听后都摇摇头，嘲讽地笑笑，不当回事。

不光刘家人不相信，笔者对刘老太太的话也感到深为可疑。很可能是朱温自己编出来骗大家的，或者直接编故事先骗过刘老太太，再由刘老太太之口广播几遍，以家喻户晓、尽人皆知，进而收到骗更多人的效果。

朱温知道刘家上上下下下谁说了算，谁才是一号人物，当然是年纪大辈份高的刘老太太。只要赢得了刘老太太的欢心，刘崇等人就不能把朱温扫地出门。很可能这位刘老太太已经思维迟钝，老眼昏花。朱温只需要花言巧语就能轻易哄得这位老太太开心。至于变成赤蛇帝子的事，按朱温的顽劣很容易就能自编自导自演一出障眼法的戏。

我们估计或者模拟一出情景戏。趁别人白天都不在家，某个午后，

刘老太太坐在廊檐下的凳子上晒太阳。此时，朱温来为刘老太太锤锤腿，揉揉背，陪老太太聊会闲嗑。朱温见刘老太太在暖烘烘的阳光下打起了瞌睡，精神昏昏沉沉，眼睛迷迷糊糊。然后，他趴在刘老太太耳边说："奶奶，我在门口坐着看门，您有事情就叫我。"刘老太太胡乱地点点头，进入了半睡梦乡。

朱温假装靠在庭院的门槛上打盹。过不一会儿，朱温闪到门外，推过来一只红布缠绕的长口袋放在门内。朱温一边稀里哗啦地鼓捣出来一些声音，一边用手牵动口袋摇摆几下。刘老太太被吵醒，吃力地抬起头，睡眼惺忪地朝这边望了望，显然是没看清楚。正在刘老太太揉眼睛要再定睛观瞧之际，朱温将口袋收走，藏起来，自己则继续倚靠门槛假装睡觉。如此三番几次。装神弄鬼的活动在亦幻亦真的感觉中上演。

在朱温的表演蒙蔽下，刘老太太认定了朱温是赤蛇帝子的化身。况且，能够亲眼见到赤蛇帝子现形，也是一件很不简单的事情，只有积德行善到了一定程度的人才有机会有福气见到，完全是值得夸耀的遭遇。因此，刘老太太更加坚定了自己的判断，天天颤巍巍地到处宣传朱温是神仙下凡。这就是朱温的狡猾之处，他花一点点气力就轻易取得了刘家大家长的庇护，比别人卖力干活儿取得的效果不知大多少倍。

在刘家寄居几年之后，黄巢义军路过砀山，朱温觉得在刘家的日子实在不好过没意思，还不如投军去闯荡一番，至少能混上一口饱饭。就这样，朱温抱着刀头谋富贵的念头和他二哥一起参加了义军。打仗和打架基本是一个套路，对此朱温早已很熟练，且经验丰富，再加上脑子活络，人机灵，胆子大，脸皮厚，心理素质好，在这些长期以安分种地为主的农民堆儿里，朱温很快就显山露水了。"能干"的朱温自然很快就得到了黄巢的赏识和重用。

长安城下，现在与朱温对阵的是夏绥节度使诸葛爽，诸葛爽此时屯兵栎阳。这位诸葛爽也是穷孩子苦出身，服过劳役、当过兵、逃过亡，既挨过饿，也受过气。后来通过积累军功，诸葛爽做到唐朝的汝州防御使，曾是黄巢义军的老对手。再后来因沙陀人进犯晋阳，朝廷调诸葛爽救援河东。长安陷落后，远在四川的僖宗四处发檄文，命令藩镇救驾勤王。诏命发出，可是没有几个响应的，只有弱小的诸葛爽第一个奉诏。诸葛爽怀揣着一颗热腾腾的救国之心，率领自己代北行营的五千人一路急行军赶到栎阳。

朱温得知诸葛爽千里来攻，不敢大意，勒令部署严阵以待，勿重蹈年初义军被唐军闪电战赶出城的覆辙。此时，朱温率一万人据守渭桥。朱温所部都是步兵，而诸葛爽虽然兵力比朱温少一半，可其中大部分为骑兵，这也是诸葛爽敢于首先出兵赴长安的主要原因。朱温丝毫不敢低估诸葛爽的战斗力。渭桥地势狭窄，无法展开作战面，也无多少地理屏障可以借重。朱温彻夜未眠，权衡来权衡去，觉得一旦与诸葛爽开战，自己胜算把握不大。可是两军对垒，必须要分出胜负结果，不打也不行。朱温经过反复思考，做出了一个极富挑战性的决定，以智取代替强攻，以文争代替武斗。朱温上奏黄巢，要求对诸葛爽采取招降策略。黄巢开始不赞成不相信，后来经朱温坚持，黄巢才勉强同意朱温去试一试。

朱温给诸葛爽写了封信，信中内容为："诸葛大帅台鉴，朱温早闻大帅驰骋天下之名，先则驻守中原，后又抗击沙胡，赫赫战功非庸藩可比，对李唐拳拳赤心足可面对日月。然则，李唐衰朽，李儇昏聩，忠臣良将扼腕于朝堂，有识之士抱憾以终生。唐室天下如沙丘，一触即溃。我大齐如旭日之东升，声势雄壮。今能与大帅相遇，乃我三生之幸。能与大帅息兵并辔，乃天下之福。愿大帅三思，我劝大帅归我大齐，共图大业。"朱温这封信送出去之后，诸葛爽没反应。朱温等了两天，诸葛爽既不回音也不叫阵，仍然没动静。

朱温等不及了。

朱温不能再等。

朱温决定行动。

朱温的决定再次出人意料。

朱温决定单刀赴会。

单刀赴会意味着赌命。每个人只有一条命，每次赌博却有输赢两种可能。只要百分之五十的博弈结果就会断送掉全部的性命与未来。

任何人看来朱温此番赌命风险极大。

任何人看来朱温此行胜算的把握很小。

谁也不知道朱温手上拿的什么牌。

二月春风似剪刀，钢刀凶利无论如何也没有春风的温柔。

二月的太阳半睡半醒，太阳底下的齐唐两军谁也不敢睡，瞪大眼睛盯着这场赌局。

辞别本部大营，朱温单身独骑不紧不慢地向诸葛爽营阵走来。朱温边走边思考、斟酌对诸葛爽的游说言辞。对于游说策略，朱温已经准备了两天，滚瓜烂熟。关于游说说辞是否恰当朱温还没有十足的把握。朱温在江淮作战时见过诸葛爽，只是隔着战场见过，没有直接交过锋。关于诸葛爽的身世经历、脾气秉性、当前处境，朱温虽然收集了些情报，但也是道听途说，并不完整，难以准确。所以，朱温心里也有些不安，如果诸葛爽不买账怎么办？如果自己的情报与实际出入太大怎么办？如果被诸葛爽看出破绽怎么办？一连串的问号在朱温脑海里盘旋。如果发生意外，朱温不仅劳而无功，弄不好还会凶多吉少。

在朱温离诸葛爽营寨还有二里路的时候，诸葛爽的哨探已经发现了他，并马上回去向诸葛爽报告。其实，不需要哨探报告，诸葛爽早知道朱温要来，因为，昨天晚上朱温已经派人给诸葛爽送来了口信，说第二天朱温要当面拜会诸葛爽。诸葛爽大吃一惊，他没想到朱温会来这一手儿。这哪里是两兵交战啊，分明成了走亲戚串朋友？前天给我来了一封劝降书，现在又要来探我营寨，朱温葫芦里卖的什么药？诸葛爽眼底布满血丝，显然他也是彻夜未眠，昨天肯定没休息好。诸葛爽岂止一夜没睡好？自从接到朱温的书信后，诸葛爽已连续两晚上没睡好觉了。

诸葛爽明白朱温书信所言非虚，切实中肯，符合当前实际情况。因为来到栎阳后，诸葛爽也更加明白了一个情况，他孤零零兴冲冲愣头青似的地跑到黄巢眼皮底下，扭头四顾，看不到其他唐朝兵马。那位天下招讨总都统高骈在扬州城外打了个晃又回去了，到处张罗抗击黄巢的郑畋在凤翔也迟迟不见动静。自己这五千人到长安还不够黄巢几十万人马塞牙缝儿的呢。怎么办？是打还是撤？打，怎么个打法？眼前的这个朱温没什么可怕，可怕的是长安城里几十万的齐军。撤，往哪儿撤？本来征讨沙陀就属于帮忙，是临时驻扎在代北，如果现在回去，还能找到落脚之处吗？诸葛爽接到的皇帝诏命是："卿速发兵，各镇同时到达，接应供给也随后便至。"现在既见不到各镇兵马，也见不到粮草供应。合着只有诸葛爽一个人脱光了跳进冰水里，其他人都站在岸上瞧着。上当受骗的感觉时时袭上心头，诸葛爽有些烦躁，有些委屈，也有些发慌。这几晚上失眠把诸葛爽折磨得够呛，眼圈都黑了，眼袋也出来了，脑袋也时不时地眩晕几下。今天一大早诸葛爽就起来在帐篷内来回踱步，早饭也没心思吃。

正在搓手跺脚的时候，哨探来报说朱温离我营寨二里，马上就到。诸葛爽摆摆手命哨探退下，随即叫过中军侍卫，对他耳语了一番，中军转身退出去布置准备。吩咐完毕，诸葛爽觉得朱温也该到了，二里路程骑马不就眨眼的功夫吗？可是迟迟不见辕门值守军兵来通报，诸葛爽心里纳闷，更加狐疑，更加沉不住气了。

诸葛爽觉得自己的呼吸开始变得有些急促，节律开始有些紊乱。人越是在等待的时候，越是觉得时间过得慢，一分一秒都是煎熬。诸葛爽一会儿到门口往外瞧瞧，一会儿在屋里面走走停停。诸葛爽忽然感到一股奇怪的念头在心里升起，现在似乎成了在急切地盼着见朱温一般。诸葛爽使劲咽了口唾液，定定神，提醒自己不能胡思乱想。

大约过了半柱香的时间，辕门军兵跑来报告说："齐军游弈将军朱温求见。"诸葛爽这才长出一口气，胸脯稍稍平复。刚透口气，诸葛爽立即又紧张起来，问道："朱温带了多少人马？"。

辕门军兵答道："只他一人。"

"只有一人？"诸葛爽彻底糊涂了。

"你可看清？"

"的确只有朱温一人，连个随从都没有"。

"马上顺朱温来路去侦查，看有无人马跟来？"

辕门军兵得令离去。

诸葛爽紧了紧腰间大带，迈步走出大帐。

诸葛爽走到大帐门口，一脚门外一脚门内，又停下了。他觉得自己去迎接朱温似乎不妥，显得自己比朱温矮了半截。想到此处，诸葛爽双手交

风雨飘摇

叉叠抱在胸前，站于帅帐门口，远远地看着朱温向辕门走来。朱温果然是一个人，但神情自若。甩镫离鞍下马之后，朱温步履稳健，从辕门不紧不慢地走入诸葛爽杀气腾腾、戒备森严、剑拔弩张的营地。对站立辕门两厢的刀斧手、长矛手、弓箭手，朱温连看都没有看一眼，径直向诸葛爽的大帐走来。朱温与诸葛爽四目交接，诸葛爽嘴角抽动了一下，话到喉咙又忍住了，他不打算先开口。可朱温脚步没有停，也没有说话。直到走到诸葛爽跟前，朱温突然哈哈大笑，冲诸葛爽抱抱拳说道："诸葛大帅，久闻大名，景仰之至，朱温特来拜访。"

诸葛爽感到一股霸气扑面而来，自己的整个身体和心神几乎被对方的这股霸气笼罩住，动弹不得。朱温名不见经传，只是黄巢手下一员低阶军官，诸葛爽这是第一次与朱温零距离接触。朱温比诸葛爽要高半头。诸葛爽细打量，见朱温肩宽背厚，双腿如柱子般扎根地面，生的鼻直口阔，面色稍黑，青虚虚根根透肉的络腮胡茬。而诸葛爽身材肥胖，脑袋比肚子小得多，眼睛比嘴又小得多。两人站在一起，实在具备滑稽的反差效果。

诸葛爽提了口气，不禁也冲朱温抱抱拳说道："朱将军，两军阵前何谈拜访，想必朱将军是来劝我降巢的吧。"

朱温并没有因为诸葛爽直截了当地揭穿其此行目的而慌乱，而是继续说道："诸葛大帅英明盖世，怎可沾投降二字。我朱温今天来访是另有情由啊。"

诸葛爽这下确实糊涂了，似乎在考试卷上突然出现了一道多元无解方程式。诸葛爽右手的食指下意识地摆弄了一下拇指。诸葛爽干咳了一声，将朱温让进大帐，随后命人给朱温看座上茶。

朱温看了看诸葛爽细白的手，心里奇怪，一名久历沙场的武将的手是如何保养成这样的？朱温同时也注意到了诸葛爽因失眠而发黑的眼圈。朱温还听到了帐外四周急促细碎的脚步声与兵器撞击声，这是诸葛爽埋伏下的刀斧手。一旦两人谈崩了，这些人随时会冲进来，将朱温碎尸万段。两人落座后，朱温只顾端着茶碗吹茶叶末子。帐内沉默了大约一分钟的时间，诸葛爽实在沉不住气了，首先开口，问道："朱将军不会是到我这里喝闲茶的吧？"

朱温笑了笑，将茶碗搁在几案上，说道："大帅的茶的确是好茶啊，可惜喝不了太久啦。"

"此话怎讲？"诸葛爽狐疑的小眼睛在朱温脸上转来转去。

"李唐无道，抛黎民于水火，将老百姓逼上绝路。大齐皇帝顺应天命，率我们揭竿起义。八年征战扫荡大江南北，现又不战而下京师。李俨只顾自己亡命逃走，虽然苟延残喘，可是天下无人响应。只有大帅你栉风沐雨，东挡西杀，为李唐朝廷尽忠，可是到头来又如何呢？现在诸侯作壁上观，大帅你只身来到长安城下，诸侯之心昭然若揭，李唐气数不日即尽。"

本来诸葛爽就对诸侯不来会战而愤懑，觉得自己像个剧场中的小丑，被一群人取笑。听了朱温的话，诸葛爽脸上一阵红一阵白，眼睛包含怨怒地盯着面前的茶碗。

朱温瞄了一眼诸葛爽，见他鼓着腮帮子不做声。于是，朱温继续说道："大帅自我估计能否抵御大齐皇帝六十万兵马吗？"

诸葛爽扶着茶碗的手抖动了一下。因为诸葛爽的注意力一直在朱温的一万人身上，现在朱温突然抬出黄巢的旗号，诸葛爽顿时感到有一股泰山压顶的力量从天而降。黄巢的部队不仅数量众多，而且战斗力极强。如果黄巢出兵来战，自己拼着性命积攒起来的这点人马和家底儿立即就会灰飞烟灭。这年头儿，没有队伍就意味着没有一切。之所以这些年自己还能有些地位，全仗着手下这几千人马。

诸葛爽没有回答朱温的话，而是拐了个弯不软不硬地说道："朱将军，战场之上胜负难料，我手下都是骑兵，如果失手，还可以迅速撤出战场。"

朱温侧过脸认真地听诸葛爽说完，又不慌不忙地端起茶碗，轻轻吹了吹碗中的茶叶末，说道："我素知赵代骑兵强悍，可我很为大帅惋惜。胜的希望不大，败的结果却很严重，要么全军覆没，要么威信扫地。到那时候，叫天天不应，叫地地不灵，没有人再会接纳你。况且代北本来就不是你的地盘，既然出来就再也不可能回去。虽然朝廷封你为夏绥节度使，

一 残唐末路

可夏绥一直在沙陀突厥手下，你要夺取，恐怕需要付出相当大的代价。所以，大帅你要珍惜自己手下这几千人马啊，不要令弟兄们居无定所。如果无处安身，队伍很快就会散掉的。"

诸葛爽白皙油亮的额头上开始渗出了细汗。诸葛爽心里明白，朱温目的是劝降。可自己手握几千骑兵，还要冒着投降失节的恶名，实在不甘心。诸葛爽提高嗓门说道："朱将军，我素来闻听黄王所过之处，草木焦枯，哀鸿遍野，我即使委身也难以幸免，不如一战，还落得忠义名节。"

朱温听出来诸葛爽话里有话，这是在流露要价之意，意味着诸葛爽要让步了，因为诸葛爽虽然嗓门拔得很高，可是底气不足。朱温说道："大齐皇帝爱民如子，优待部署。外界传言多为丑化之词。大帅如果息兵，既可保全部署也使本地黎民免遭战火之害，不仅不会损害你的名声，还会积德啊。大齐皇帝已有叮嘱，只要大帅愿意息兵，可不必按降顺礼节，你本部兵马仍由你指挥，你也不必入城。"

诸葛爽有些惊异，转过身盯着朱温问道："那黄王将如何安置我？"

朱温直了直腰，说道："河阳罗元杲残暴无道，如果大帅罢兵，大齐皇帝将封授大帅河阳节度使的实职，并派兵帮大帅袭取。河阳地肥物丰，远非夏绥可比，我想这一点大帅比我更清楚吧。"

诸葛爽白胖的脸上掠过一丝喜色，急忙端起茶碗喝了一大口，润一润干渴的喉咙。随即，诸葛爽立起身，走到朱温跟前，握住朱温的手说："朱将军冒着这么大险，为我着想，为百姓军兵着想，实乃大智大勇，诸葛爽佩服，感激之至。中午，我设宴招待将军。"

朱温也立即站起身，说道："一切全赖大帅明鉴，不枉我朱温来此一趟。吃饭就不必啦，因为大帅的危险还未解除。"

诸葛爽错愕地张着嘴，问道："此话怎讲？"

朱温很诚恳很近人情地压低声音说："我只身来大帅大营不假，想必大帅也早已侦知，否则，我项上人头早就被你帐外甲士摘走了。"

诸葛爽悻悻地笑笑，摆摆手。

朱温继续说道："大齐皇帝不放心，因此，我动身之前已与大齐皇帝约定，我只身来访，大齐皇帝另外调东城的二十万人马已经移动到你的背后。我如果中午不归，这二十万人将会不宣而战，直接来攻大帅。大帅你只侦查了正面，却忽略了背后。"

诸葛爽一听脸色有些慌乱，嘴唇抽动了两下，问道："那可怎么办？"

"只要大帅写下一封书信，表明心迹，我立即带给大齐皇帝，一切都会平息，大帅你也可以安心去河阳了。"

"对对，我马上写。"说着，诸葛爽命人取来纸笔，写下降书一封，交给朱温。

朱温将诸葛爽的降书收好，告辞离开唐军营寨，策马疾驰返回渭桥本部壁垒。朱温在奔跑的路上，感到胸前背后的衣襟冰凉，原来是刚才舌战诸葛爽，由于高度紧张，早已汗透重衣。现在被风一吹，汗湿的衣服全贴在了前胸后背上。朱温明白自己连哄带吓的一席话已将诸葛爽说服。封诸葛爽河阳节度使是事先征得黄巢同意的，至于移动到诸葛爽背后的二十万人完全是朱温虚构的。诸葛爽的处境远非朱温所说的那么危险窘迫。其实，只要诸葛爽避而不战坚持十天半个月，其他诸侯也会陆续赶来。即使诸葛爽不敌朱温，他也可以投奔郑畋。不过任何人都有弱点，诸葛爽虽然宽简，深得人心，但弱点是头脑简单、心无主见。朱温就是吃定了诸葛爽的弱点，又采取了大大出乎诸葛爽意料之外的方式，单刀赴会的确在气势上压倒了诸葛爽。诸葛爽的主场优势被一步步剥夺，心理防线全线崩溃，朱温在心理上将诸葛爽赶上绝路。再迫使诸葛爽写下降书，等于直接掌握了诸葛爽的把柄，不怕他反悔。

诸葛爽归顺黄巢。在黄巢的帮助下，诸葛爽带着自己的几千人将河阳（今河南孟县）的罗元杲赶跑，获得了河阳节度使的职位。说降诸葛爽，立下大功一件，令朱温的胆识和谋略脱颖而出，朱温在黄巢阵营中名声大噪，影响力迅速提升，马上就升了官儿。黄巢封朱温为东南面行营先锋使。朱温振奋精神、干劲十足，甩开膀子大干起来。先是攻下了邓州，控制住东南面来自荆湘岭南的唐朝援兵。后来又一战而下南阳。六月，朱温载誉归长安，黄巢亲自到灞上迎接慰劳。七月，黄巢又派遣朱温向西，到兴平抗击郑畋率

领的邠、岐、鄜、夏等州镇兵马。朱温屡有斩获，捷报频传。伴随着一连串的胜仗，朱温迅速成为黄巢麾下的一名新星。

转眼到了唐广明二年（公元882年），黄巢进入长安已经第三年了。这时候，黄巢在长安不仅没有像以前一样攻城略地、扩大战果，反倒被各路赶来的唐朝兵马围在长安动弹不得。而那位先跑到兴元后又被陈敬瑄接往成都的僖宗李俨，大有咸鱼翻身之势，大把大把的封官诰命往外发，赏赐鼓励各诸侯勤王攻打黄巢。

天下藩镇会战长安之势酝酿涌动。黄巢逐渐感到了"瘦死的骆驼比马大"这句话的深意，虽然各镇诸侯心怀鬼胎，但攻打黄巢却不含糊，令黄巢应接不暇，左右招架。真正令黄巢头疼的并非郑畋。郑畋虽然有政治号召力，由于不是武将，单打独斗、统军作战的水平一般般，召集来的诸侯力气不往一处使，所以对黄巢没有造成太大威胁。倒是河中节度使王重荣非常有战斗力，又善于煽风点火，对黄巢来说犹如一把尖刀插在长安腹地。黄巢派出了近来十分能干颇受信任而又屡建战功的朱温，任命他为同华防御使，向东拓展地盘，抵御王重荣。

唐广明二年二月，未来的同华防御使朱温兴致勃发地出发了，奉黄巢之命去攻打同州。朱温从丹州顺水南下，首先进击左冯翊，一番鼓噪攻城，顷刻之间打败了孤立无援的唐守军，乘胜进拔入主同州。同州刺史米逢逃走。攻下同州后，朱温偷渡渭水，以奇袭战术打跑了李孝昌和高浔，占据华州。

可就在朱温顺风顺水、春风得意的时候，他遇到了大麻烦，前敌和后方都出了麻烦。

朱温的一生就此改变。

唐朝的命运就此改变。

黄巢的悲剧开始上演。

朱温攻取同州华州后，遇到了王重荣。

王重荣，太原祁县人。出身军职世家，王重荣的父亲名叫王纵，太和末期为河中藩镇的骑将，曾参加过击败回鹘的战争，官职最大做到了盐州刺史。王重荣背景虽然不是非常显赫，可也是传承了几代的职业军人。王重荣兄弟二人，哥哥名为王重盈。子承父荫，两人继承父亲的职业，继续效力军中，多年来在边防对外作战中因英勇剽悍而著称。

黄巢攻占长安时，王重荣正在河中节度使李都手下做马步军都虞侯。都虞侯已经是军中较高级别的官职了，比节度使低不了三两级。李都惧怕黄巢威势，率部众投降了齐军。黄巢为了制衡河中军，尽管仍令李都负责河中事务，但提拔了都虞侯王重荣，遥授王重荣为河中节度副使。李都虽然归顺黄巢，可日子并没有得到改善，反倒日渐艰难。因为河中离长安近便，黄巢时不时总能想起李都，今天向李都征粮，明天向李都征兵，征调钱粮的齐使把河中的驿馆住得满满的。

终于有一天河中撑不住忍不住憋不住了。王重荣向李都建议："去年我们迫于形势才屈服于黄巢，现在黄巢不仅向我们要钱粮，还要兵马，这不是将我们吃干榨净嘛！？如此下去，无需多久，我们将会被他整死。请大帅与黄巢绝交，断绝通往长安的道路桥梁，加固城墙，严加守备，等待各路援军。"李都素来怯懦，听王重荣提出如此大胆的建议，立即心跳如兔，慌慌张张地说："我们兵少将寡，如果与黄巢绝交，那立即会招来杀身之祸。如果你想这么干，那我这个节度使也不做了，交给你做，河中事务听你全权调处。"王重荣心里暗自骂道："老滑头，胆小怕事，既然你这么说，那我就当仁不让了。"王重荣就此成为河中的代理节度使，立即下令将城中黄巢派来的齐使逮捕斩杀。同时，王重荣广募兵马，向相邻的各镇发出求援书信。王重荣将事情搞得这么大，与黄巢一场恶战在所难免。胆小怕事的李都在第二天就偷偷逃往成都，找僖宗李儇去了。

就在王重荣紧急备战的时候，朱温和黄巢的弟弟黄邺兵分两路夹道来攻。

盛夏七月，朱温率三万人乘战船自同州杀到，黄邺率军三万从陆上自华阴杀来，两人一起进攻河中镇府蒲州。王重荣不慌不忙，一面指挥部署加强防卫，一面亲自率军主动出击。王重荣骁勇善战，久经沙场，素来与突厥、沙陀等强大骑兵作战，手下部署也训练有素。所谓"兵熊熊一个，将熊熊一窝"，李都熊包饭桶，手下即便虎狼之师也只能委曲求全。现在王重荣这头猛狮做了头领，河中军队立即焕发了强大的战斗力。朱温、黄

邠无人能敌王重荣，被王重荣一败再败，损失惨重。不仅朱温督率的四十船粮草被王重荣夺取，而且留守华州的李详也被高浔与王重荣并力击败，华州失守。朱温的人马钱粮武器装备越打越少，王重荣却越战越勇，人马越来越多。

经过了两年多的焦虑、慌乱、颓废与观望之后，李唐朝廷也逐步稳定了方寸，开始组织系统性地反攻。朝廷派出老官僚王铎为诸道行营都统，以崔安潜为副都统。这位王铎大人真可谓谋生有道，皇帝秘密出逃他第一时间得到消息，而且能紧密跟随，在其他大臣成批被乱兵所杀的情况下，他跟着皇帝逃到了四川，清福照享，高官照做。另外，李俨委任义武节度使王处存等为京畿都统，忠武监军杨复光为西南面行营都监，中书舍人卢尹征为克复置制副使，还有沙陀人拓跋思恭等也来救援。如此一来，不仅西有凤翔郑畋、东有河中王重荣，而且南有山南、剑南兵马屯于感祠，北有朱玫率岐州夏州兵马屯于兴平，杨复光率寿州沧州荆南兵马屯于武功，程宗楚率本部屯于泾原。

各路大军乌云四合，总计兵力超过五十万，已经将长安城如靶心一般团团包围。而长安城内老百姓为避祸，纷纷逃出城外，躲入山林，农田大面积荒废，粮食奇缺，米价暴涨，一斗米卖到三十千钱，树皮都已成为紧俏食品。黄巢意识到长此下去，无异于坐以待毙，不得不决定主动出击，谋求通过攻战获取主动。黄巢派出尚让、柴存等人与唐军激战，双方互有胜负。但唐军可以得到粮草和兵员的补充，而齐军每打一次仗就消耗掉许多粮草和人马，黄巢逐步陷于左右掣肘、四面受敌、内外交困的境地。

朱温在这种情况下，退守同州。王重荣乘胜与王处存、高浔联手将朱温困在城中。危难之中的朱温派出信使紧急向黄巢求援，可是连续派出九名信使都没有回音。日子一天一天地在焦虑与惶恐中逝去，终于第十名信使回来了。这名信使虽然没有为朱温带回想要的消息，但诉说的情况也令朱温惊出了一身冷汗。十名信使突围送信去得艰难，回来更凶险，其中九个没有活着回来。

据冒死回来的第十名信使说，黄巢自从占据长安后，无意追剿僖宗，也没有对周边地区采取有步骤有效果的攻取策略，反倒在城内作威作福，屠杀抢掠，任用奸佞小人孟楷，朝政乱七八糟毫无章法。这不仅为几近灭亡的唐室留下了喘息之机，为各路藩镇留下邀功邀誉邀利邀赏的空间，更是毁掉了长安这个极具有优势的根据地，破坏了与本土黎民的关系，将自己送上了天怒人怨的境地。朱温的紧急求援奏章并没有送到黄巢手中，却被孟楷截留。由于朱温名声鹊起，招致了孟楷的羡慕嫉妒恨。孟楷故意从中作梗，费尽心机地截留了朱温的九道告急军事文书，以此拖延时间，要借机陷朱温于死地。每次朱温派来要面见朝廷的信使，都被孟楷诓骗拦截。孟楷先后将朱温派来的前九名信使逐一擒杀。第十名信使进长安后多了个心眼儿，先打听了一番情况，得知孟楷捣鬼后，不敢在城内逗留，连夜跑回同州。朱温得知这一情报，当即气得暴跳如雷，破口大骂孟楷小人误国。

朱温在黄巢入长安之初就建议黄巢追击僖宗，痛打落水狗，可是黄巢被暂时的巨大胜利冲昏了头脑，没有意识到李儇恢复能力与动员能量如此顽强。其实，朱温对黄巢近两年的施政策略也多不认可，根本看不出政治方略和攻守策略，齐军上下流寇习性依然如旧。朱温对黄巢手下那些文武大员多不屑一顾，个个都是莽夫悍将、头脑简单四肢发达之徒。

朱温骂孟楷毫无作用，因为危机在步步紧逼，毫无缓解的迹象。朱全温在面对唐军现实的逼迫与对黄巢长远气数失望的双重压力下，决定投降，向王重荣投降。尽管朱温认为唐祚也不会长久，毕竟投降可以活命。在这个尔虞我诈、乱象丛生的环境中，活下去才是唯一的法则。至于面子，朱温从来不计较面子，什么光彩不光彩，只要用得着，随时都可以换上一副面相。那些口口声声维护面子的高官权贵，哪个不是道貌岸然、男盗女娼？嘴上要求别人维护面子，可他们肚子里的坏水儿无穷无尽。

朱温向王重荣的投降很简单、很简捷、很直接，没讲任何条件，与左右亲信密谋定计后，诱斩杀掉黄巢大将马恭和监军使严实。朱温提着两颗人头献出同州城投降了王重荣。王重荣也很痛快、很顺利、很够意思、很重感情地接纳了朱温。

王重荣很喜爱朱温这个年轻人，决定收下朱温做自己的干儿子，也

风雨飘摇

称假子。末唐军阀混战,为了巩固力量,稳定队伍,各军头收假子之风很盛,有些军头对待假子与对待亲子一视同仁。但王重荣的好意在朱温那里却碰了个软钉子。朱温不愿既不忠又不孝,投降在先,认贼作父在后,朱温心里一百二十个不乐意。可是投降之将,犹如阶下之囚,哪里有讲条件的份儿。若是哪句话说不对路,冲撞了王重荣,朱温的脑袋就要搬家。谁都知道王重荣脾气不好,军法严厉,性情诡诈,心思捉摸不定,河中将校对王重荣个个畏惧异常。

朱温低着头,眼珠一转,计上心头,开口说道:"大帅,朱温自幼丧父,弟兄三人随母亲寄人篱下,饱受欺凌,是故对亡父追念之情多于常人。大帅与家母同姓,朱温愿以大帅为舅父,终身追随服侍。"

王重荣面皮粗糙,深纹密布的额头下两道浓黑的刷子眉,一双目光如电的鹰眼,狮子鼻,鼻孔粗大,喷射着低沉的咆哮声,一部茂盛的胡须围着脖颈铺撒在胸前。王重荣威严地盯着朱温看,从头看到脚,又从脚看到头。朱温觉得似乎有一台压路机在自己身上轧来轧去。河中帅堂内的空气凝结了,唐军将佐与朱温的部属紧张得大气不敢出。过了半天,王重荣突然仰天哈哈大笑,环顾左右说道:"朱温一片孝心,赤诚拳拳,令人感动,尔等也要学习朱温的重情重义。"王重荣不仅没有因朱温拒绝他而恼怒,反倒对朱温另眼相看,还上书朝廷报捷请功。

远在四川成都的僖宗李儇听说王重荣打了大胜仗,而且还收降了黄巢手下大将朱温,大喜过望,这是意外的收获啊,具有重要的现实意义与象征意义。王重荣本来不在僖宗号召之列,属于自发组织抵抗黄巢。这是令僖宗意外高兴的原因之一。而朱温的投降对于进一步瓦解黄巢部署具有特殊的作用,这是令僖宗意外高兴的原因之二。所以,僖宗毫不吝啬地加封王重荣为河中节度使、检校司空,封朱温为左金吾卫大将军,充河中行营副招讨使,还赐朱温名为朱全忠。以后我们就和历史保持一致,称他为朱全忠吧。

有意思的是,河阳诸葛爽听说曾慷慨激昂声情并茂劝说自己投降黄巢的朱全忠竟然投降了王重荣,当即觉得像吃了个苍蝇。诸葛爽感到很不爽,想来想去,索性提笔给朱全忠写了封信,故意令朱全忠难为情。

诸葛爽信中问道："朱将军，因何昨日姓黄，今日姓唐呢？事情无常何其速也？。"朱全忠用两根手指捏着诸葛爽这封很短却很有杀伤力的信，心里暗自骂道："有什么大惊小怪的，不就是投降这点事儿吗？老子我是被逼无奈，虽然做了官军，可我依然是我，不关别人屁事！"朱全忠好整以暇地回了封信，答道："某一直姓朱。此一时也彼一时也，大丈夫何必拘泥。"诸葛爽读罢信，觉得自己像吃了十个苍蝇，把朱全忠的信往桌子上一丢，立即上书僖宗皇帝表白心迹，要求重新回归唐朝，为光复效力。僖宗这会儿是来者不拒，其实也不敢挑三拣四了，不仅没有追究诸葛爽罪责，反倒正式封授其为河阳节度使，加封为检校司徒。投了两回降的诸葛爽也坐上了直升飞机，没费一刀一枪，屁股底下的座位连升三级。

　　降唐之后，朱全忠跟随王重荣四处征战，并借助王重荣这个平台扶摇直上。王重荣也是如虎添翼，所向征伐，攻无不取，战无不胜。

　　朱全忠的投降，对朱全忠个人来说是一次人生转折，对于黄巢来说，则标志着义军开始走下坡路。

6. 李克用想为人所用

　　学得文武艺，货与帝王家。这是封建社会升官发财、光宗耀祖的唯一途径。年轻的李克用没有继续他老子的老路，而是在等待时机，寻找攫取更大权势的捷径。在经历一番内忧外患之后，李克用选择了站在皇权一边。

　　同州、华州地处要冲，控扼长安与渭北的咽喉，是兵家必争之地。齐军既已失去同州华州，而且身负黄巢厚望的朱全忠竟然投降了唐军，使长安立即暴露在了唐朝诸侯军之下，齐军士气受到很大挫折。黄巢因此非常暴躁不安，犹如一头焦躁不安的猛虎，寻机要与王重荣决一死战，以图收复失地。

　　经过周密筹备，黄巢动用了主力部队，亲自带着首席大将尚让，率十万兵马进军华州。此时，王重荣已进军华阴之南，杨复光驻扎渭北，两

人互为援应。

尚让怒气冲冲地一路进击,寻找王重荣决战。王重荣兵马只有五万,明显众寡悬殊。大敌当前,王重荣没有退路,因为只要退了就没有活路。王重荣只能硬着头皮与黄巢开战。王重荣力拼黄巢的同时,紧急派人去渭北请杨复光前来救援。王重荣毕竟是悍将,率领部下殊死搏斗,在部队总量处于下风的境况下与齐军展开了混战。王重荣纵横冲杀,杀得血染征衣,几乎分不出来哪是他的血肉,哪是敌人的血肉。王重荣像一头发疯的雄狮,每到一处齐军就倒下一大片。尚让、王璠、赵璋等见状,知道此战关键在于制服王重荣,于是三人一起包抄过来,将王重荣围在中间。齐军三员大将协力并肩大战王重荣。黄邺侥幸没被朱全忠杀死,从同州死里逃生,回归了黄巢本部军队。这次黄邺随同尚让参加了会战。黄邺远远就看见了朱全忠,仇人见面分外眼红。黄邺拍马直奔朱全忠杀来。朱全忠知道今天不是你死就是我死,拼出十二分的力气大战黄邺。齐唐两军都是志在必得,求胜心切,对对方毫不手软,一场恶战直杀得风云变色,天昏地暗。

尽管齐唐两军搏战激烈,胶着得难解难分,可时间一长,王重荣的劣势逐步显现。王重荣毕竟人少,自己再勇敢,也敌不过黄巢手下几员大将的车轮战。王重荣的动作开始减缓,朱全忠也逐渐体力不支,眼看着只有招架之功,没有了还手之力。正在王重荣和朱全忠快要支持不住的时候,忽然西北方向喊杀声和狼烟骤起,原来是杨复光的援军赶到了。

杨复光的部队只有两万人,也不敢与齐军硬拼。不敢硬拼,那就智取。杨复光一面燃放狼烟制造混乱,为疑兵之计,一面奋力冲入战团。杨复光的突然出现,令齐军阵脚大乱。齐军原以为只有王重荣一部,所以将全部力量和注意力都压在了王重荣一面,万万没想到背后杀来了杨复光。在烟瘴弥漫之下,也搞不清楚到底唐朝援军来了多少。杨复光的疑兵之计发挥了作用,齐军的作战阵型有些慌乱。一度出现指挥失控的局面。可是,齐军毕竟历经百战,人数众多,在黄巢的强力领导下,经过短暂的混乱,很快恢复了秩序,分作两团将王重荣与杨复光分割包围。

正在齐军占据优势,快要控制战场主动权的时候,突然一支飞箭

"嘭"的声射在了黄巢肩头，黄巢在马背上摇晃了两下，坐立不稳险些落马。黄巢坐骑受惊，不听黄巢口令，自顾扭头狂奔而去。黄巢败走，齐军部队军心动摇，随之跟着溃败下来。唐军迅速把握住这次瞬间有利战机，一路掩杀扭转了战场形势。在杨复光和王重荣的联袂夹击下，黄巢率人退去。王重荣没有穷追齐军，因为王重荣的部队也被打残了，死伤超过一半。见好就收，王重荣也赶紧停下来收拾自己的残局。

王重荣一面包扎伤口，一面喘着低沉的粗气对杨复光说："杨帅，我们虽然取得了艰苦的胜利，可部队损失大半，剩下的人马也基本失去了战斗力。如果齐贼再次攻来，我们可能应付不了。"杨复光沉思了一会儿，思虑深远地说道："雁门关李仆射与我为世交，他父亲与家父曾为患难兄弟。李仆射很讲义气，为朋友甘愿赴汤蹈火。如果求得李仆射的帮助，我们就不怕打不过黄巢。"

这位李仆射何许人也？

李仆射姓李，仆射是官职，其人名叫李克用，号称"独眼龙"。

人的名，树的影。

提起李克用，长城内外无人不知，蕃汉军中无人不晓。

人的名声有很多种，威名、英名、贤名、仁厚之名、残暴之名、狭隘之名、奸邪之名，等等，不胜枚举。

李克用所当者勇武之名。

人的名声产生方式也有很多种，自立、炒作、称颂、累积、继承、封授等等，不胜其多。

李克用的勇武之名全来自本身的高超武艺与传奇战绩。

人的盛名从持久力上一般有红极一时、流芳百世、遗臭万年、昙花一现，等等，长短不一。

李克用的久负盛名已经十三年，可李克用今年才二十八岁。

李克用部族本乃西突厥之后，属于沙陀部族，原姓朱邪氏，世代为武将，祖上曾辅佐唐太宗征伐高丽、薛延陀部。李克用曾祖父朱邪尽忠世袭上五代官爵，为沙陀都护府都督。后来沙陀被吐蕃所破，迁徙至甘州，饱受吐蕃奴役。

风雨飘摇

在一次吐蕃与回鹘的战役中吐蕃战败,朱邪尽忠借此机会带领部族脱离吐蕃东迁。吐蕃发现沙陀逃脱后立即追杀,一直追到石门关。沙陀与吐蕃发生激战,结果朱邪尽忠战死,其子朱邪执宜独骑逃脱,投奔唐朝。

朱邪执宜归唐后隶属于河西节度使范希朝,后来又跟随范希朝内迁至太原。入关后,范希朝将朱邪执宜安置在定襄新城(今山西北部)。朱邪执宜逐步召集沙陀亡散的部落人马,很快聚集了一万余骑兵。沙陀军个个骁勇善战,犹善骑射,成为一支独立强悍的军事力量。僖宗父皇唐懿宗咸通十年,徐州庞勋率部作乱。朝廷派出神策大将军康承训平叛,朱邪执宜的儿子朱邪赤心随行。后来庞勋覆灭,朱邪赤心以军功被朝廷册封为单于大都护、振武军节度使,并赐姓名为李国昌,从了皇家姓氏。李国昌就是李克用的父亲。

李国昌性情强悍,恃功骄横,慢慢地淡忘了危难之际被李唐收留的恩情,并且潜滋暗长了一些坏毛病,逐渐对朝廷待答不理,还自专杀伐,即使对朝廷官吏也随意刑杀。这种离经叛道、忘恩负义的行径,自然不能被儒家仁义礼智信所主导的朝廷政治家们所容忍,懿宗因此打算修理修理李国昌。

李国昌不服朝廷诏命是有原因也是有凭持的。

李国昌第一倚重的就是自己的儿子李克用。李克用为李国昌第三子,自幼喜好军旅之事,擅长骑马射箭,技艺超群。同辈少年竞技,李克用总能技压群芳,拔得头筹。李克用十三岁那年,有一日天空中飞来两只兀鹫,在高空盘旋,久久不离去,很多人都在仰头指指点点。略加沉吟之后,李克用从肩上摘下自己的金背弓,鹿皮囊中抽出射日箭,仰身张开臂膀,张弓搭箭,手指一松,雕翎箭尾带着尖锐的呼哨声直冲云霄。众人只见空中两只兀鹫凄厉地尖鸣一声同时载落下来。正在人们惊呼之际,两只兀鹫摔落尘埃,宽大的翅膀扑腾几下之后再也不动了。众人围上去一看,面面相觑大惊失色。原来李克用射出的一支雕翎箭竟然洞穿了两只兀鹫的胸膛,串着两只兀鹫的箭杆直没箭羽。高空中射中一只飞行中的鸟已实属不易。不知道要有几万分之一的概率,这两只鸟飞行的位置才能处于同一个弹道上,被李克用强劲有力且速度极快的箭射中击穿。此事运气的成分不容忽视，但这种力道与机会的把握的确是李克用武艺高超的结果。围观的众人立即拜服在地，对李克用高超的箭法表示臣服。李克用则拍拍手，骄傲地昂首离去。小伙子一副满不在乎小菜一碟的范儿。

李克用还有一次半真半假的传奇经历。李国昌驻军的新城北有一个毗沙天王祠，祠前有一口深井。突然有一天，井里的水像开了锅，咕嘟咕嘟地冒烟，井水沸腾喷涌。估计是地下压力增大，属于地热喷泉的现象，可当时人们不懂这些地质现象，以为是神灵奇异事件。

李克用得知此事后，领着人来到井前，弄来一大壶烧酒，倒了几大碗，一字排开，祭奠天王神。李克用嘴里还念念有词："小人我有济世为民，辅佐主上之志，没来由地井中水沸，不知道是福还是祸，如果天王显灵，可和小人一起把酒对饮。"李克用说着将酒洒在井里。

正在李克用洒酒的时候，突然一位金甲天神手持大枪从墙壁中走出来。跟着李克用来的人见状，被吓得魂飞魄散，撒腿逃走。而李克用镇定自若，对着金甲天神行完礼之后才转身离开。这次神奇的经历使李克用身价暴涨，因为和神仙亲密接触对话交流可是十分了不起的事。李克用自己也更加自信自负起来，似乎浑身上下沾满了仙气儿。这件事估计是后来李克用富贵了，和追随者们一起编出来糊弄世人的。

李国昌跟康承训讨伐庞勋时，十五岁的李克用随父出征，也在官军之中。李克用冲锋陷阵，毫无惧色，出入敌阵自由驰骋，杀获甚多。康承训部将无人比李克用更勇猛，人人见到神色冷峻不苟言笑的小伙子李克用后都侧目侧身，不敢忤逆李克用锋芒。平灭庞勋之后，李国昌官拜振武节度使，李克用也被封为云中牙将。自此，李克用正式登上南征北战的军事舞台。

除了所部兵马强壮有实力之外，外属兵马也有拥戴李国昌之意。云州沙陀兵马使李尽忠曾与其牙将康君立、薛志勤、程怀信、李存璋密谋："现在天下大乱，河南盗贼蜂起，黄巢、王仙芝将中原掀翻了天。朝廷昏聩，号令不出都城，四方藩镇拥兵自重。这正是英雄男儿立功名求富贵的时代。我们这些人虽各拥兵众，但振武节度使李国昌功大官高，名闻天下，其子李克用更是勇冠三军。我们如果投靠他，共同建立霸业，取代北

之地雄踞一方则如探囊取物。"在李尽忠的蛊惑与动员之下，众人认为李尽忠言之有理。毕竟投靠一位老大没坏处，以后混吃混喝在江湖上行走要方便得多。这些不甘寂寞的小军头儿即刻向李国昌暗中联络，推举李国昌做老大。为了尽快弄块地盘，这些人天天寻思着举事的机会，看看把哪个地方官吏赶跑比较容易比较合适。

只要用心寻找，机会总会有。

况且有些机会原本就是人造的。

不久，代北发生饥荒，中原漕运粮草接济不上。大同防御使兼水陆发运使段文楚为了渡过难关，对驻守军士的衣服米酌量减少，动员大家共度时艰，以期待朝廷赶快周转接应。可并非人人都像段大人那样有高觉悟，军士们对衣食被减牢骚不断，对段大人的指示不理解不接受，于是天天找茬出气、寻衅滋事。偏偏这位段大人军法很严，平日里对军士们不施恩惠，也不善于做思想政治工作，军士们都惧怕他，队伍缺少温情。现在赶上缺吃少穿，军队开始群情恼恼，骚动不安。一场士兵群众的骚乱在酝酿发酵。

"苍蝇不叮无缝的蛋"，李尽忠瞅着了这个时机，认为这是煽动兵变的绝好机会。他派康君立悄悄潜入蔚州城，劝说李克用起兵，废掉段文楚，由李克用父子取而代之。李克用对这种冒险的作乱活动，表现出了应有的谨慎，回答说："我父亲在振武，等我向他禀报一下。"康君立一听这话着急了，哪能不急呢？策划造反是冒着杀头风险的，忙乎了半天，带头大哥却不热心，一旦事情败露，那这些参与策划的人还不都要脑袋搬家？干也得干，不干也得干，这种事没有回头路。

康君立等人催促道："现在我们的密谋已经泄露，如若行动迟缓，夜长梦多，会发生不测之变，哪里有时间千里迢迢地向你父亲报告！"李克用瞅着一只独眼，看了看康君立及众人，微微点了点头。这种事情的确不能研究来研究去，夜长梦多，消息极易泄露。其实，无论是李克用，还是李国昌，父子在日常肯定表达过割据一方的心思，李克用不过是将这种想法变成现实而已。即使不请示李国昌，也不存在决策的方向性错误。最后，李克用采纳了康君立的意见。

当天晚上，月黑风高，四下漆黑一片。老天爷也很配合。云州的李尽忠率领牙兵进攻牙城。此时段文楚还在睡大觉，对李尽忠的兵变一无所知。等段文楚明白过来，已经成了李尽忠的阶下囚。李尽忠将段文楚等人关押起来，马上派人去请李克用。李克用率领部下从蔚州出发，一路急行军奔赴云州。一路上李克用策马疾驰，四面飞书召集支持自己的人马，到达云州时已经召集马步兵近万人。由此可见李克用父子的号召与动员能力，也可见沙陀骑兵的移动迅速。

为了震慑威服云州唐军，李克用进入云州后，命令自己带来的和云州驻守的军士们将段文楚凌迟处死，每人从段文楚身上剜一条肉分吃，直到将段文楚的肉瓜分干净，只剩下一副骨头架子。段文楚死后，李克用命人将段文楚的骨骸扔在大街上，亲自带领铁骑马队反复践踏段文楚骸骨。段文楚一把骨头变成了粉末。李尽忠将大同防御使的符印奉送给李克用，并请李克用上书朝廷，申请作代理大同防御使。李克用心满意足地接受了云州符印，并向朝廷写去了书信，要求取得朝廷的正式承认。朝廷接到李克用的奏请，震怒异常，当然不答应李克用的申请。因此而上演了一出既滑稽又惊险刺激的闹剧。

李国昌早有扩大地盘之意，一直有称霸一方的野心。李国昌暗中支持儿子夺取云州后，反而做很无辜状上书朝廷表白："现在段文楚被乱兵杀死了，希望朝廷尽快新派驻大同防御使。另请朝廷放心，我家一定好好配合，如果李克用违背诏命，臣请率本部人马去讨伐，对儿子绝不姑息迁就，以不辜负国家的荣恩。"朝廷对李国昌的虚情假意也了然于胸，知道这父子俩在唱双簧，玩欲擒故纵的把戏。儿子在明里抢，老子在暗里夺。但朝廷正为四川南诏之乱和中原黄巢之祸忙得焦头烂额，根本无力分心去讨伐李克用，更没有勇气同时激怒李国昌。不过朝廷也不甘咽下这口窝囊气，不会乖乖地束手就范，别看朝政腐败，玩政治阴谋诡计的高手如云，会有办法的。

顺着李国昌的建议，僖宗皇帝真的派出了一个人出任大同防御使，此人为太仆卿卢简方。太仆卿是个什么官呢？大概相当于主管礼仪庆典活动的部级干部，是个文官。

风雨飘摇

李国昌原以为自己向朝廷示好，朝廷会知趣地顺水推舟，正式封授李克用为大同防御使。现在弄巧成拙，李克用没干上防御使，朝廷却派来一个卢简方。一不做二不休，撕破面皮干到底。李国昌马上暗中授意李克用反对卢简方出任大同防御使。为了阻止卢简方上任，李克用放出话来说，朝廷所任非人，卢简方德智体都不够条件，拒绝接纳卢简方。李克用公开反对卢简方，明摆着是占据此坑不挪窝，拒绝卢简方去大同。卢简方是不敢和李克用正面武斗的，不敢赴任，可也不能回长安，卡在半道，前不着村，后不着店。这位太仆卿大人一时也不知如何是好了。

不仅卢简方傻了，朝廷见卢简方被李克用拒绝，一下子也没了主意。此时，那位大宦官田令孜就又想出了一石二鸟的办法，让卢简方出任振武节度使，调振武节度使李国昌出任大同节度使。田令孜以为这样李克用不至于拒绝他老爹吧。这下倒好，朝廷的自作聪明和自以为是终于玩出了火。李国昌怎么可能亲近朝廷而疏远儿子呢，更不会被朝廷这种小儿科的伎俩挑唆而父子相争啊。皇帝和这帮混蛋大臣们简直是脑子进了水。想用卢简方收拾掉李国昌和李克用父子犹如痴人说梦。李国昌本就不是省油的灯，如此一来，李国昌索性甩开膀子明着干了，一举占据太原和云州两地，大肆剽掠长城内外，与朝廷断绝来往。

僖宗皇帝即位不久，被里里外外一堆烂事忙得团团转，实在是腾不出手来干别的。迫于形势，朝廷对李国昌、李克用父子一时无可奈何，才在田令孜导演下演出了卢简方逡巡徘徊于云州长安之间的闹剧。可接下来就不是闹剧了。朝廷被李国昌戏弄后，十分恼火，决定不惜一切代价派兵征讨，武力平叛。李国昌不听话，我大唐帝国朝廷派官军去砍了你。

卢简方不必进退两难了，直接在半路上被朝廷赋予了新的官职，且权力很大。朝廷命卢简方都统幽州、并州两镇兵马讨伐李国昌。这位太仆卿文官大人，握起了枪杆子。笔杆子换成了枪杆子，毕竟不一样，卢大人对打仗实在不内行。不等卢简方率军到达，李国昌就将朝廷诏书撕烂，杀死监军宦官，以迅雷不及掩耳之势攻陷遮虏、宁武和岢岚三镇。这位卢简方大人年事已高，被这么来回烙烧饼折腾几次之后，疲惫不堪，连惊带吓，还没到前线就在抑郁及水土不服中死去。

朝廷这下子没招了，有了前劲，没有了后劲。巧取不成，武斗也不行，只有老办法安抚了事。安抚无非就是封官许愿给银子。朝廷封授李克用为大同防御使、检校工部尚书。最终，朝廷颜面在极度挫伤的情况下，从了李国昌父子的愿。杨复光称李克用为仆射很可能是泛称。因为，在李克用与黄巢交战之前还没有正式被封授仆射之职，李克用得到仆射之职是在大败黄巢之后，距离攻入长安已经很近了。如果在李克用得到仆射之职后，杨复光才向李克用求援，时间上又很矛盾。

朝廷在李国昌父子面前栽了大跟头，颜面尽失，皇家体面扫地。朝廷上上下下哪里肯咽得下这口恶气，绞尽脑汁要报复。

机会也不总偏向一方，朝廷雪恨的机会终于来了。

僖宗乾符五年，党项侵略西北州府。朝廷正为黄巢之事发愁，无心无力无暇征讨党项。可党项离着长安也不远，若任其恣意妄为，必将酿成大患。要说朝廷内部还是有脑袋好使的人，宰相王铎出主意说："党项侵扰州府临近振武李国昌辖区，派李国昌去征讨党项，不管胜败，对朝廷都有利，最好是两败俱伤。"姜还是老的辣，王铎给他来个鹬蚌相争，朝廷要坐收渔利。僖宗大喜，觉得还是王铎老谋深算，公忠体国。朝廷采纳了王铎的意见，一纸诏书将李国昌派往了定边抵御党项。李国昌不管是顾全体面还是为切身利益考虑，都不得不率领他的沙陀军团出征党项。因为，党项进犯唐境作乱，首先危害到的就是李国昌的地盘。

李国昌率领沙陀骑兵主力离开驻地，浩浩荡荡去征伐党项。如此一来，李国昌的老巢振武空虚了。殊不知，螳螂捕蝉，黄雀在后。还没等朝廷动手，已经有人对李国昌下手了。早就对关内腹地垂涎三尺的吐谷浑部落见有机可乘，当即挥师南下，长驱直入到达蔚州，将李国昌族人部落男女及牲口货财洗劫一空。自此以后，吐谷浑的老大与沙陀的老大接下了不共戴天的世仇。

后院起火，李国昌这前线的仗也无法无心无力再打下去了，急忙挥师回家。云州的李克用得知吐谷浑偷袭的消息后，赶紧率所部人马前往定边接应李国昌。振武被夺，李国昌无家可归，只有与儿子合兵一处退保云州。屋漏偏逢连夜雨，意外的事情接连发生。

风雨飘摇

原本对李克用并未完全宾服的云州留守将校发生了叛变，紧闭城门，拒绝李国昌父子进城。这可真是内外交困。李国昌父子没地方去，上无片瓦遮雨，下无寸土立足，只好在蔚州、朔州之间大肆剽掠，搜刮忙乎了一大遭，也只弄到兵马三千。李国昌进入蔚州固守，李克用回到老家新城固守，父子二人在两个小城池内守望相助。

朝廷一看这情况，心里和脸上都乐开了花，可逮着机会修理修理这个沙陀硬爪螃蟹了。僖宗皇帝将大同防御使的官衔从李克用头上摘走送给了吐谷浑酋长赫连铎，又派出李钧出任招讨使，同时勒令幽州李可举出兵，三路兵马并力攻打李国昌。朝廷欲一战而平灭李国昌父子，彻底摘除心头之患。这次会战可是硬仗，各路官军都是虎狼之师，出手都是杀招，必欲置李国昌于死地。李国昌父子势单力孤，陷入困境，灭顶之灾迫在眉睫。

赫连铎入室之狼反成主人，自然干劲儿倍增，额头冒汗，兴奋不已。未等大军云集，赫连铎已经迫不及待，独自追击李克用到新城，将新城团团包围，日夜轮番进攻。李克用与两位哥哥奋力抵抗，在四门城头奔忙守御，两天两夜没合眼、未卸甲。正在紧急关头，得到消息后的李国昌从蔚州赶来救援。父子几人里应外合，殊死搏斗，一鼓作气将吐谷浑打跑。在处境十分不利的情况下，李国昌父子这一战打出了士气，打出了威风。沙陀军团乘胜追亡逐北，占据了北起蔚、朔，南至忻、代、岚、石门关的地方。会剿李国昌的计划因赫连铎单方面的贪功冒进而破产。

乾符六年隆冬，李钧率领上党、太原兵马两万，李可举率幽州兵马两万，逃而复来的赫连铎率吐谷浑八千人，卷土重来，联军一起进攻蔚州，再次围剿李国昌。

为了不使唐军形成合围之势，李国昌与李克用父子分兵两路主动出击，打算先发制人。李国昌率领蔚州城内一万人抵御李可举与赫连铎，李克用率八千人南向到达遮虏城迎击李钧。正在李克用与李钧两军交战之时，阴云密布，鹅毛大雪铺天盖地纷纷而下，气温骤降，滴水成冰，呵气成霜，寒风如刀。在冰冻的天气里，弓弩的牛筋弦变得十分刚脆，只要稍用力拉，即应声折断。不到半日大雪已经一尺多厚，掩埋到了人和马的膝盖。在呼啸的北风下，翻飞的冰雪和冻雨如同刀割斧削一般锋利，在兵马的身体上肆无忌惮地划过。唐朝士兵大部分为关内人氏，不习惯这么酷寒的天气，又是迎风北上作战，眼睛根本睁不开，手脚也早已麻木不听使唤，马匹瑟瑟发抖不肯挪窝。沙陀骑兵久在北地，不畏严寒，与唐官军相比具有极大的优势。李克用率领子弟兵乘机奋力出击。

这是一场残酷的战役，气候残酷，搏斗更残酷。可是整个沙场很寂静，听不到喊杀声，因为双方都节省下每一分力气与热气用来作战，只有"呼啦啦"的战旗声与"叮叮锵锵"的兵器交碰声。在持续无尽的寒冷侵袭下，人的神经和意志受到极大的考验与摧残。唐兵首先扛不住了，战斗意志瓦解，四下溃败，逃往代州。

就在唐军要掉头逃跑的时候，李克用眼疾手快抓起金背弓，搭上三支射日箭，双膀用力，"嘎吱吱"将弓拉开了，手指一松，三箭齐发。三支箭两前一后追上了唐军统帅李钧，前两支箭一左一右将护卫李钧的两名军校射穿后心坠马而亡，就在李钧护卫坠马的同时，第三支箭以三倍之力赶到，"嘭"的声射透了李钧的铠甲与棉衣，从后心进去，带着一腔鲜血从前心飞出，飞箭拖撒的鲜血在银白的雪地上划出一道殷红的印记。李钧尸体在马上奔出五十步后栽倒地下，深深地沉陷于积雪中。主帅阵亡，官军溃败，李可举与赫连铎也只能解围而去。

这一战又以唐军失利告终。

朝廷并不死心。咬着牙也要把李国昌弄死耗死逼死。

年轻的僖宗李儇这次是真的怒了。

第二年，唐朝又派遣李琢为招讨使率领五万人屯扎代州，联合李可举、赫连铎再次围剿李国昌。

这次李国昌仍然运用了一静一动的打法，自己固守蔚州，让李克用主动出击逆战。这次的李琢可不是先前的李钧可比。李琢虽然生性贪财腐败，但打起仗来很有一套。李琢吸取李钧蛮干的教训，采取了政治攻势与军事攻击相结合的办法，特别是对李国昌阵营实施了强大的政治诱导，达到了分化瓦解的目的。

李克用将李可举堵截在了雄武，两军相持之时，蔚州城破失守。原来，李国昌派部将傅文达出城迎战，但是傅文达却在两敌阵前被自己的左

右军将擒拿捆绑,直接被挟持投降了李琢。

不仅傅文达被挟持离盘,李克用的族内叔父李友金与李国昌也不是一条心,不愿意跟随李国昌干刀口上取富贵的事。李有金暗中与李琢勾结,趁夜偷偷打开城门向李琢投降。李琢与赫连铎大军得此内应,无异于省下五万兵马。唐军一通掩杀,直接攻下蔚州与朔州两城。

李克用得到蔚州父亲告急的消息,无心恋战,星夜回师救援。李可举死死咬住李克用部队紧追不放,在药儿岭终于追上李克用沙陀军。李克用一意回撤,无心恋战,士气大打折扣,因此被李可举杀得大败。李克用赶到蔚州城下时,李琢已经占据了蔚州,李国昌正从蔚州往外撤退。李琢与李可举两军趁机夹击李克用与李国昌,李国昌父子被杀得落花流水。

李国昌、李克用与左右大将杀出一条血路,冲出三道包围,夺路向北狂奔。朝廷的联军紧咬住死追不放,李国昌父子趴在马鞍子上不敢抬头不敢歇脚,帽子、铠甲甚至靴子都跑丢了,可是后面的唐军还在嗷嗷叫着追。李国昌、李克用精神紧张得快要发疯了。李克用自从出世以来,哪里被这么折磨过?李家自从几十年前被吐蕃追杀得无处安身之后,何曾受过这种逃亡?经过两天一夜的逃亡,马不停蹄,人不离鞍,水米不得食,终于越过大漠戈壁,朝廷的追兵携带的干粮不够,这才放弃了追击。

李国昌父子一行逃入漠北鞑靼部落,投靠了同样不受大唐待见的异性哥们儿,总算找到了一处可以接纳他们的地方暂时寄身。这次朝廷大获全胜,终于修理了李国昌。振武是回不去了,李国昌开始在鞑靼部落过起了政治流亡的生活。

李国昌逃入漠北鞑靼后,唐朝鞭长莫及,失去了进一步的追击能力。可是赫连铎并不死心,既然与李国昌已经撕破脸皮,结下深仇,就要白刀子进去红刀子出来,不见个你死我活无法罢休。不彻底将李国昌消灭,赫连铎也别想安安稳稳地填补李国昌留下的真空。

赫连铎秘密派人带着重金赴鞑靼部落游说,离间鞑靼酋长与李国昌的关系。有钱能使鬼推磨,经过吐谷浑三番五次的挑拨离间,鞑靼部落开始猜忌防范疏远厌恶乃至要加害李国昌、李克用父子。再说了,人家政治流亡者大多有很多钱,虽然地位暂时委屈,可是手头阔绰,日子不会太难过。这李国昌父子已经身无分文，寄人篱下，在鞑靼白吃白喝，那还不遭人白眼？

生活在白眼之下的人一般会多长心眼，李国昌父子这种处境之下对安全极其敏感，在鞑靼诸部的言行举止、款待礼仪上已经觉察到危险正在临近。所谓虎落平阳被犬欺。李氏父子损兵折将，失去了部队力量，无异于折翅的雄鹰，断刃的利剑，随时都有可能被人宰割。李国昌为此忧心忡忡，终日里愁眉不展。

鞑靼虽然收取了吐谷浑的钱财，可一时也不敢对李国昌父子贸然下手，毕竟李克用的名头太大了，弄不好，偷鸡不成反蚀把米。鞑靼王只能揣着满腹狐疑，表面上还要保持应有的热情与镇定，暗地里耐心寻找着除掉或者赶走李国昌一家的机会。

李克用常常与鞑靼部落酋长、勇士等人游玩射猎。在郊原上狩猎间隙，李克用自告奋勇演习箭法，作为游戏以为众人之乐。李克用命人在百步之外手举马鞭为靶子，自己挽起金背弓，抽出射日箭，瞄一瞄，"啪"的声，弦放箭发，伴随尖锐的呼啸声，射日箭破空而去。几乎与此同时，百米外仆从手中马鞭被李克用射出的箭击落。鞑靼各路勇悍头领虽然内心吃惊，但不服气，纷纷上前试射，结果没有一人能够射中。以前鞑靼只听说李克用的传奇神功，不曾亲眼看到，一度觉得只不过是夸大的传说而已，并不十分相信。这次竞技使他们亲眼目睹了李克用的绝招，射日神箭例不虚发，果然不是浪得虚名。其实李克用并不是真的要做技击游戏，只是以此为借口，向鞑靼部族证明一下实力。

另有一次，李克用正在家中练武，几个鞑靼部落贵族来访。李克用再次利用了表现的机会，他豪壮地对鞑靼众贵族说："各位头领，看到百步外松树低垂的树叶了吗，我站在此处可一箭射中。"鞑靼头领们交头接耳，表情古怪，对李克用的话表示怀疑，毕竟百步之外的松针目标实在是太渺小。虽然前段时间有的贵族见到或者听说了李克用射马鞭的事情，但马鞭毕竟比松针大得多。百步之外箭射松针，谈何容易！

李克用微微一笑，命小校用丝线标记出一根低垂的松针叶，以免别人认为胡乱射掉一根松针充数，以丝线作为明证，到时候以便检验。李克

风雨飘摇

用撤步拧身,弓箭步拉开,形神贯注于臂膀,心意凝结于箭镞,全神贯注地准备箭射松针。伴随李克用将那把传奇的金背弓"嘎吱吱"拉满,众人安静下来,四处鸦雀无声,仿佛风云为之静止,大地为之屏息,众鞑靼头领及仆人都伸长脖子瞪大双眼盯着李克用。在场的每个人都能听到自己的心脏在胸腔里加速跳动,不仅是自己的心脏,似乎李克用的心脏也进入了每个人的胸腔,与他们一起狂跳。其实,李克用此时的心跳反倒比平时沉静,静如止水,波澜不兴,心神旷渺,物我两忘。李克用已经不复存在,身与神都化作了一股锐利的杀气与弓箭融为一体。突然,一声清脆的弓弦颤音打破了寂静,如绝世银瓶乍破、如万年冰山爆裂、如世外水晶宫殿崩塌、如遥远暗夜苍穹电光石火。那支射日神箭耀眼的箭镞披破凝结的空气,带着令人窒息的尖锐呼啸声,以迅猛的速度射向系着丝线的松针。那枚松针被箭气逼迫的剧烈抖动。眨眼之间,箭锋已到松针近前,随即将松针从纤细的枝条上切下。松针带着丝线在空中翻滚了两下跌落尘埃。

松针落地,李克用如雕像一般仍然屹立不动。过了大约三秒钟,场院内沸腾了。人们呼啦啦齐刷刷地聚拢到那棵松树下,做标记的小校指指头上的树枝和脚下用丝线系着的松针,嘴巴张得像石洞,说不出话。原来那根做了细小标记的松针被李克用的箭截断成两截,一截挂在枝头,一截躺在地上。李克用这一招绝技,令在场的所有人无不震骇,纷纷向李克用施礼表示佩服,佩服中还有说不出的敬畏与惶恐。

李克用以进为退的绝技表演,在心理和实力上威慑住了鞑靼头领。暂时冻结了鞑靼头领暗害李国昌父子的计划。光有勇力显然是不够的,若想从根本上彻底铲除鞑靼偷袭暗杀李国昌父子的念头,必须治疗他们的心病。

鞑靼的心病是什么呢?畏惧李国昌父子之强,担心李国昌夺了鞑靼诸部的统治权,或者在部落中为祸生乱。这很正常,因为李国昌父子不良记录太多了,夺人家地盘的事情不是没做过。现在这么一大堆能拼能打的亡命徒来到鞑靼地盘上,保不齐哪一天李国昌兴致来了,很可能将鞑靼的地盘也给夺了。在卧榻之侧天天转悠着这么一伙强大的客人,况且不是忠厚老实的客人,让谁也不会放心。没准儿哪天早上醒来,自己家已经换了主人，老婆孩子金银财宝庄稼财产变成了李国昌的。那还了得，不行，不行，绝对不行，必须另想办法赶走这伙豺狼一般的父子。鞑靼王日夜不宁，寝食不安。

李国昌从鞑靼诸部上上下下的态度上，觉察到了危机一步步在临近，很明白自己的处境危险，可是一时又束手无策。李克用了解李国昌的心思，对李国昌说："父亲，现在鞑靼对我们有戒备之心，此地不可久留，应该寻找机会离开。"

李国昌仰天长叹道："唉，老天为何绝我？现在四面受敌，哪里又是容身之处呢？"

"父亲，我们虽然四面受敌，但我看长远之计，还是要在中原建功立业，边鄙诸胡非一日可图，即便图之也无法统御。"李克用不仅没有害怕收敛，反倒迎难而上，沉稳而豪壮地说。

李国昌摇摇头："我们已与唐室反目成仇，如果重新入关无异于自投罗网。"

李克用沉吟了一下，目光深邃地看着李国昌苍老的脸说："父亲，大唐王朝今非昔比，日渐衰微。我听闻黄巢等人一路向西，势如破竹，长安城已经陷落，僖宗皇帝出逃，下落不明。如果我们以荡寇为名入关，朝廷和诸侯会欢迎不迭，没有理由阻遏我们。"

李国昌微微点点头，长叹一声，说道："但愿如此。"

这一天，李克用在家里杀牛宰羊，置备上等好酒，摆下宴席，请鞑靼各部头领吃饭。酒过三巡、菜过五味，人人喝得面红耳赤、高谈阔论之时，李克用也粗着脖根子说："我父子被朝廷奸贼谗言所害，以至于受到朝廷怀疑，报国无门。我刚听说上个月黄巢已经向北，挺进江、淮之间，恐怕终究会祸乱中原。如果大唐天子一旦赦免我们的罪责，命我们入援荡寇，我真希望能和众位头领挥师南下，建功立业。人生世间，如白驹过隙，光阴如电，怎么能终老在沙漠戈壁呢？！来，干杯！我们都要奋力干一番惊天动地的大事业！"李克用的豪言壮语以及重返中原的表态，消除了鞑靼的疑虑。这个政治信号使鞑靼认为李氏父子不会久留沙漠。鞑靼的疑虑消除，李国昌父子的危险也就解除，从此鞑靼与李氏父子双方融洽共

处，只盼着离开漠北重返中原的日子快点来。

李克用的骑射绝技和少年勇武十几年来威震长城内外，盛传于蕃汉之间，已经成了家喻户晓的神射高手。李克用还有一个特点，一只眼睛视力极差，眼皮半睁，接近失明。所以人送外号"独眼龙"。

"独眼龙"的名号是足斤足两，足金足赤，不含水的硬通货。

这就是李克用。

这就是救长安之时的李克用。

李克用救长安这一年二十八岁。

李克用救长安的动因是一桩悬案。

史书说法不一，莫衷一是。

至少有五种说法：一是李克用为了摆脱鞑靼而主动挥师南下，以救国难为名，寻找立功且立足的新机会。二是李克用叔父李友金协助代北监军陈景思南下勤王，招募了几万沙陀军，可是李友金统御不了这些剽悍的乌合之众，无奈之下，经朝廷同意，陈景思携带诏命深入漠北邀请李克用入关代为统领。三是李克用受杨复光之请，驰援王重荣。四是与李克用儿女亲家的义武节度使王处存，在朝廷与李克用之间周旋，为李克用南下创造机会。五是朝廷下诏，命其入关，与诸侯并力讨伐黄巢。

如果是李克用自己找台阶，为摆脱鞑靼而南下攻击黄巢，可他的兵马从哪里来呢？李氏父子的家底已经被李琢、赫连铎和李可举打光了。李克用的台阶就那么好找吗？说和好就能和好？

如果是李友金召集李克用，那李友金本为叛离李国昌之人，李国昌恨之还犹不及，如何与之并力齐肩呢？

如果是杨复光、王处存因私交而请李克用南下支援，似乎理由又单薄了些。

如果是朝廷直接向李国昌父子下诏，邀请其南下勤王，但朝廷的台阶又是谁架起的呢？

看来，李克用南下之事绝非一种原因促成，或许以上五种因素兼而有之。那么哪种动因是主要的呢？我推测，李克用自己找台阶的可能性较大，被人保举在次。朝廷正是用人之际，有大臣提出让李国昌入关的建议，皇帝借坡下驴，顺势给李国昌父子下诏出兵。危难之际，利益永远是第一位的。面子稍微往后放一放也是可以的嘛。杨复光的邀请不过是巧合。其中最主要的可能是李克用主动采取了与唐朝皇室和解的态度，然后暗中通过私人关系帮助疏通打点，再积极寻找出兵入关的机会。

不管什么原因，李克用的确是来了。

李克用挟裹着刺骨的寒气与杀气赶来。

"独眼龙"乘御着漠北的黄沙与狂风扑来。

闻风丧胆，有人。

心惊胆战，有很多人。

怯避锋芒，有很多人。

哀叹时运不济，有更多人。

李克用来了，任何人也阻挡不了。

李克用来了，其他人都黯然失色。

7. 战京师

战京师，几百年帝都的长安会战，何等震撼，何等盛况，何等折磨与刺激人的神经。风云际会令人激动的时刻到了。大家都在拭目以待，争相目睹这千载难逢的决战场景，争相从这伺机已久的盛宴中瓜分利益。

唐僖宗中和二年八月，李国昌父子离开达靼部回归代州。鞑靼王总算松了一口气。既然互信危机解除，那么好见好散就是体现崇高政治觉悟的了。为了表示继续保持友好的兄弟般友谊与感情，为了天长地久，鞑靼王临别送给了李国昌父子三千骑兵和大量粮草物资。

李克用采取了与朝廷合作的策略，并促成了李国昌率族人南归，以及取得鞑靼信任与支持，这些策略显示了李克用的全局性谋划能力与胸襟，都远胜于其父李国昌的骄悍蛮干。李克用心中暗想，这次入关一定要好好干，以解救京师之难为契机，建立起和皇权的合作关系，决不能再过颠沛流离寄人篱下的日子了。往事不堪回首，努力就在今朝。

风雨飘摇

对于李克用的到来，朝廷也只有暂时搁置前嫌，采取了欢迎接纳的态度。因为此时的朝廷已经不敢在政治上挑肥拣瘦了，只要能有人愿意来勤王救驾，这就是朝廷最大的安慰。朝廷派陈景思代表皇帝封授李克用代州刺史、雁门以北行营节度使。其实是允许李克用父子仍旧占据原来的地盘。那个特殊时期能够代表皇帝行使封赏大权的不止陈景思一人，还有王铎、郑畋等人，这是战争状态下的一种临时运作方式。这些人实际上代替行使了皇权，他们的目的只有一个，拉拢住各种可能的援助力量。远在天边的皇帝也做不了什么事情，战斗一线奔走呼号的指挥官们，只有靠印发封官文件来收集抵抗力量，毕竟这个世界上最好使的激励方法还是封官授爵、升官发财。

在老地盘上经过短暂的休整，十月，李国昌派儿子李克用率领忻、代、蔚、朔等镇及达靼之军合计三万五千骑兵入雁门关，一路奔驰，救援长安。

李克用既然当上了雁门以北行营节度使，并且主动担负起了救援长安的大任，扯起大旗好办事。李克用第一次掌握了动用帝国政治资源的权力，但他不确定这种权力好不好使，为了检验这种权力的作用，李克用发号施令，首先通知驻军太原的河东节度使郑从谠，要求他赞助粮食钱物。

郑从谠是朝廷老官僚，曾作过宰相，哪里看得起亡命归来的沙陀李克用。老郑假惺惺地只拿出一千缗钱和几袋子粮食，想对李克用敷衍了事。李克用见老郑看不起他，勃然大怒，决定要借此立一立自己的威信，杀只老公鸡吓唬吓唬那帮瞎吵吵不干活的獝狖。李克用命令部下攻击太原。太原基本上是一座毫无军事防卫能力的空城，更何况面对的是李克用的代北铁骑。经过李克用的大肆抄掠，太原城里里外外陷入了战争恐怖之中。这下子郑从谠才知道李克用不好惹，但为时已晚。为了避免更大的损失，挽回一点颜面，老郑只好又献出大量米面钱粮甲杖器械。这位郑大人又是作揖又是鞠躬，连连向李克用赔不是道歉，急慌慌地设宴招待李克用。李克用这才勉强放过他。

在太原补充了装备给养，李克用毫不耽搁，从阴地关进入晋州和绛州，十二月，到达河中，与杨复光、王重荣阵地相距不远扎下营垒。这时候，诸道勤王大军都已络绎汇集京畿周围，但都畏惧黄巢齐军的强盛，逡巡不敢接战，大多处于等待观望之中。李克用的到来无异于雪中送炭，为云集长安外围逡巡不敢战的诸侯注射了一支强心剂。

中和三年（公元883年）正月，长安前敌总指挥晋国公王铎代表皇帝，授予李克用东北面行营都统之职。李克用一下子变成了阵前几路官军的统帅，可见李克用地位的重要性，也可见官军对于李克用寄予厚望。

听说李克用自雁门关来到河中，黄巢手下部将议论纷纷，暗自心中嘀咕："独眼龙军锋勇猛，千万不要来到我防守的阵地上。"黄巢也对李克用有所了解，知道李克用曾与李唐结怨，也知道李克用乃一员虎将。因此，黄巢不想与李克用为敌，有意招降李克用纳为己用。

黄巢派出部将米重威带着重金财物去拜访李克用，并给李克用写了份诏书，意思是挑拨李克用与唐朝廷的关系，劝李克用不要帮助李唐，最好能与大齐合作。李克用微微一笑，将米重威送来的财物金银和诏书照单全收，一番款待之后将米重威打发回黄巢那里。

米重威走后，李克用的堂弟李克修问李克用："三哥，你难道想与黄巢为伍？"李克用仰天大笑："岂有此理，流贼怎可立于庙堂之上，我等来此，正为剿贼立功，与黄寇势不两立。"李克修摸了摸后脑勺，指着地上堆积着的财物发愣。李克用吩咐道："将这些金银财物分赐给将士，将黄巢的书信遍示诸军后烧掉，大家要奋力杀敌。"李克修等人这才明白李克用的意思，送来的礼物不要白不要，要了也白要，不仅不欠人情，反而要更有力气更有干劲更猛烈地打。

正在唐朝各路大军要会剿齐军的关键时候，僖宗皇帝鬼使神差地将王铎和崔安潜一正一副两个总指挥全部罢免，李克用唯一的临时靠山突然消失。没有了司令官，李克用索性独立自主单打独斗，决意要以自己代北之师挡黄巢全军主力，李克用要凭实力证明自己。

二月，李克用带着沙陀军团从陕西夏阳向南渡过渭水，十分顺利、十分省事、十分不过瘾地就打跑了黄巢的弟弟黄揆，进驻乾坑店。

牛刀小试之后，李克用命令河中、易定、忠武三镇兵马向自己集结，要与黄巢打一次大会战。由于李克用不买黄巢的账，这令黄巢大为恼火。

风雨飘摇

黄巢决定调集重兵挫一挫李克用的锐气。黄巢命令大将王璠、林言率五万人为左路军,大将尚让、赵璋率五万人为右路军,号称十五万,浩浩荡荡向李克用阵地开来。

面对黑压压的齐军,李克用指挥若定,率番汉骑兵步兵七万迎着齐军发起冲锋。齐唐两军在梁田陂相遇发生激战。在距离齐军五十步远的时候,李克用军队齐刷刷开弓放箭,成千上万支雕翎箭排山倒海一样向齐军阵地倾泻,大半个天空被密密麻麻的箭雨遮蔽。沙陀骑兵发挥出了极大的冲锋优势和强大的杀伤力,在箭阵过后,"嗷嗷"叫着挥舞马刀在马背上居高临下冲入齐军阵地,横冲直撞,如同核潜艇在人海中撕开一道道缺口,齐军被冲得人仰马翻。

有了李克用这个主心骨,唐军步兵紧随骑兵之后,也是个个精神百倍,似乎力量壮大了许多。尚让、林言等人不甘示弱,使出了浑身解数,所谓"棋逢对手、将遇良才",齐唐双方兵对兵、将对将,两军展开了惨烈的肉搏战。

短兵相接之后,齐军的战斗力也是惊人的,唐军的优势大减。双方阵线在一寸一寸地拉锯式推移。这一仗从中午一直持续到下午。战斗进入拼命阶段,双方在拼体力、拼意志、拼决心、拼士气、拼刺刀、拼命,还要拼主帅。尚让、林言、王璠、赵璋与王重荣、杨复光、朱全忠、康君立、薛志勤等人厮杀的难解难分。李克用稳居中军,密切注视着战局的变化,不时用自己的金背弓和射日箭洞穿扑到近前的齐军胸膛。

战斗又持续了一个时辰之后,李克用发觉齐军显出疲惫之相,于是大吼一声,跃马腾空扑向齐军主帅尚让。李克用如猛虎下山一般,人马合为一体撞开一条血路,向尚让杀来。尚让正与王重荣交手,这是二人二度交手,双方都不敢大意。正拼全力厮杀之际,尚让打了一个冷颤,王重荣不约而同地也感到一股威压之气袭来。李克用人还未到,杀气已经笼罩了尚让全身。尚让猛地抬头,发现一个狐裘皮帽的青年将领正策马疾驰而来。当尚让看清有人冲他扑来的时候,他还看见了一样东西——破空而来的射日箭。从风声中尚让就能听出李克用箭的力量,小小一支雕翎箭似乎承载着千钧之力。尚让心中一惊,无暇思索,立即身体后仰。射日箭擦着尚让的前胸、贴着喉管，在其下巴上撕破一道血口，带着一缕胡须飞去。尚让大叫一声拨马便走。

主帅是军魂，是旗帜，是风向标，是胜败的杠杆。李克用大显神威，尚让慌乱离场，使唐齐两军的气势发生了巨大变化。齐军开始溃乱，而唐军越战越勇。齐军陆续放弃了抵抗，大面积地败逃。纯粹的杀戮开始了，唐军对齐军展开了掩杀。这一仗，李克用大获全胜，俘虏齐军三万，杀伤无数，齐军死尸枕积三十里，渭水以南空旷的土地上凝结了大片大片的冰血土砾。

当天夜里，王璠与黄揆逃到华州据守，尚让撤回长安。李克用追击到华州，命人开挖壕沟，引水将其灌满，把华州团团包围。然后李克用分出五千骑兵驻扎在渭水之北，将黄揆与长安隔离，使齐军不得相通，难为呼应。

伴随诸侯围压的态势越加紧张，经过几次策略性的突围、突破、突击都没成功，长安城内粮草消耗殆尽，黄巢感到日渐穷蹙。经过一番激烈的思想斗争后，黄巢开始打算撤离长安，向东做战略转移，回山东老家再图发展。

如果东撤，必须破除渭北李克用的威胁，这是撤出长安的必经之路。一场恶战在所难免。于是黄巢派出尚让去救援华州的王璠与黄揆，以打通这条交通要道。这次李克用采取了"围点打援"的战术，将华州死死困住不放松的同时，主动率军迎战来援华州的尚让。李克用的代北军与王重荣的河中军并肩作战，在零口堵截住了尚让。

代北军和河中军都是官军中作战能力最强的部队。齐唐两军交战，齐军已经对李克用产生了恐惧症，激战不到一个时辰，齐军再次大败。在撤退慌乱中，齐将赵璋马失前蹄扑倒在地。赵璋被甩出两丈远，腿部受伤站不起来。朱全忠纵马上前俯身将赵璋生擒活捉。李克用乘机追杀，直接进军驻扎渭桥，兵临长安城下。

安营下寨之后，李克用派出部将薛志勤率人偷袭长安。薛志勤来到长安门口放把大火，把城外齐军工事全部烧毁，掳掠了几十名值守齐军回归大营。

在华州的王璠与黄揆见援军无望，也打消了继续坚守的念头，弃城只身逃亡。

李克用连续大败黄巢齐军数次，威名大振，对唐军的士气也是极大的

鼓舞。这时候僖宗皇帝的脑筋活络起来,看到李克用的重要战略价值,立即下旨封授李克用为雁门节度使、检校尚书左仆射。李克用火线提官,连升三级。

四月。

冰开雪化。

百花开,菊花残。

菊花难争百花艳。

李克用经过充分的准备,决定实施最后的决战。

李克用派遣部将杨守宗率河中王重荣手下大将白志迁、忠武杨复光手下大将庞从为先锋官,进攻渭桥。其他诸侯环伺渭北作为声援。唐军斥候哨探往来驰骋,手持令旗的传令骑兵忙忙碌碌地在各军团之间穿梭,官军派出的游击部队时不时地滋扰长安四门。长安城被大战的空气包围。

杨守宗冲到渭桥桥头堡,选出五百名敢死之士,每人举着一人高的铁甲盾牌,手持弯刀、短斧向桥头堡冲锋。桥头堡上齐军的灰瓶滚木火箭连续不断地发射出来。杨守宗手提宝剑,亲自站在敢死队之后督阵,发现唐军有怯阵撤退者当即斩首。在强大的立功冲动及军法压力双重作用下,唐军前后发起三次冲锋,终于将渭桥攻下。渭桥一破,长安城北大门立即暴露在了唐军刀枪之下,铁马之前。

唐诸侯头领一看渭桥壁垒崩溃,马上来了精神儿,都知道摆在他们面前的是什么,他们的行动意味着什么,这正是他们千里迢迢、不辞劳苦、经年累月、枕戈待旦的所有目的与意义所在。谁先入城谁就是头功,谁先入城谁就能发号施令,谁先入城谁就能抢得最多的财宝,谁先入城谁就可能把黄巢捉住或杀死,谁先入城谁就会封侯拜爵千古留名。本来驻军渭北环列观战的诸侯唐军一下子像决堤的洪水,打了鸡血一般争先恐后地涌上渭桥,杀入长安。李克用当然也明白这些,更不会将血汗换来的机会拱手与人。

李克用大吼一声,催动胯下马,带领李克修、康君立、薛志勤等亲信部下还有自己的沙陀军团,第一批次冲过渭桥,闯入光泰门。王重荣、朱全忠率河中军团紧随其后,再后是杨复光的忠武军团。唐军以泰山压顶之势彻底摧毁了黄巢的齐军心理和军事防线，齐军抱头鼠窜，溃败无纪，狂奔夺路逃出长安。

李克用攻入长安后，没有实行巷战，没有与黄巢齐军纠缠，而是直奔皇宫大内。李克用来到皇宫子城跟前，看了看巍峨的门楼。这是李克用第一次见到皇宫，还是不免有些激动，也同时感到了皇权的威仪。尽管沦陷兵祸，宫禁依然是皇家气象。李克用命令封府库，放哨卡，分兵把守皇宫各处通道，维持秩序。李克用深知皇家财产的重要性，也很明白在战争混乱中，这些财物会轻易被敌我双方的乱军哄抢或破坏。宁可少杀敌一万，也要保全皇家财产。李克用很聪明，他知道皇帝更关心什么。这些财产将来在皇帝还京之时，将发挥重要作用。其实，李克用在封府库的同时，也将自己的势力范围在第一时间划定，他占据了大部分战果。特别是保全皇宫，这可是无可代替的战果，天下第一的功劳。

黄巢见大势已去，放火将长安城官宅民宅粮仓衙门烧毁，率领中军所部匆匆撤出长安，从蓝田奔出，经商山离开陕西，直奔东去。为了避免唐军穷追不放，黄巢命令将大量金银财宝粮草辎重沿路遗弃。这一招以前也有人常用，现在果然管用、仍然管用、必然管用，追击的诸侯军纷纷停下来争抢这些战利品，根本顾不上追击逃跑的齐军。天下哪有不贪财的乱军。趁着官军贪财捡便宜的时候，黄巢这才得以从容离开。黄巢不仅离开了陕西，而且基本上是全身而退，军容建制还算完好，有生力量仍然保有十五万之众。

长安收复，黄巢大败，这是天大的喜讯。

喜讯以最快的速度到达了成都，报给了僖宗。

僖宗皇帝喜极而泣。下诏犒赏勤王的各路诸侯。

以王重荣主动倡议，主动抗敌，功列第一，封为检校太尉、同平章事、琅琊郡王。朱全忠因协助王重荣立功，官拜宣武节度使。李克用击败黄巢，收复京师，官拜检校司空、同平章事兼太原尹、京师留守，充河东节度、管内观察处置使、陇西郡公。二十八岁的李克用位列公卿，称爵将相，这是何等的殊荣与辉煌！李克用不仅自己官领方镇，而且其父李国昌也被朝廷封为雁门以北行营节度使，后来李克用的弟弟李克修封为昭义节

度使。李国昌一门三镇使，可谓一时之盛，无人能及。李克用挥师南下，驰援京师，一战而定天下，名满朝野，功盖群伦。

长安城内尘埃落定，诸侯各自归镇。

渭桥边，长亭下。

春风里，碧云天。

朱全忠握着李克用的手，诚恳地说："克用老弟，少年英俊，朝廷日后赖以为柱石啊。"李克用骄傲自负地仰天大笑："朱兄过奖，方今国家有难，你我共勉之。"说罢，两人拱手而别。李克用策马向北，赴河东镇府太原。朱全忠策马向东，去宣武镇府开封汴梁。

二十八岁的李克用已成为天下的传奇。

三十二岁的朱全忠也将成为中原腹地的封疆大吏。

李克用成为一镇诸侯，得来不易。

朱全忠要想称霸一方，噩梦一般的磨难才刚刚开始。

朱全忠、李克用两个枭雄自此登上中国历史的舞台。

此时此刻，谁也没有想到朱全忠和李克用未来会释放出什么样的能量，或许会与天下成百的诸侯一样昙花一现淹没成尘，因为大家都在忙着皇权的恢复与帝都的重建，没有人太在意他们两人的去向。

可历史的规律是江山代有人才出。偏偏就是这两个年轻的诸侯，到后来几乎主导了大唐晚景残破的政局、天下四分五裂的格局和社会动荡复杂的时局。

朱全忠和李克用是如何成了末唐并峙双雄的呢？

8. 刺史的约会

危难之处显真情，有人为情所动，有人为情所困，有人只为利益奔忙。动与不动，大有不同。困与不困，全靠突围。不过，有付出就会有回报。你帮我一时，我将帮你一世。

黄巢撤出长安，并非逃出长安。

撤是有秩序、有力量、有目的的败。

逃是无秩序、无力量、无目的的败。

黄巢还有十五万建制完好战斗力极强的军队。

军队尚在，黄巢仍然是黄巢。

黄巢要去哪里呢？向东。

东方很大，具体去哪里？黄巢原打算回老家曹县一带。

老家好不好？老家可以令遭受挫折的造反进程挽回颓势吗？

黄巢不知道。

没有人知道。

眼看黄巢就要到家了，但他遇到了意想不到的阻力，迫使他更改了计划。

黄巢派手下二号人物骁将孟楷为先锋官，率领一万兵马向东开路。由于唐军贻误追击的战机，黄巢很快很锋锐很急迫地就到达了河南蔡州（今河南汝南附近，许昌东南）。

唐朝蔡州节度使秦宗权是一员极其凶悍的武将，手下将校也如豺狼，既能打仗也很凶残。孟楷兵临蔡州城下，战场乌云密布。秦宗权出城，摆开架势，迎战孟楷。可是秦宗权没想到，孟楷比他还凶猛强悍。因为，黄巢早已经向孟楷下达拿下蔡州的死命令。这次撤出长安，如果不攻下蔡州，齐军将没有立足之地，无处栖身，一路狂奔后，势久则散，将不可收拾。

到达蔡州城下的孟楷根本就不按兵法打仗。秦宗权刚刚列好队，正准备通名报号，放炮开打。没想到孟楷既不通名报信，也不列阵对垒，直接就率大军掩杀过来。秦宗权心想这是什么狗屁打法？简直是流氓嘛！齐唐两军混战厮杀成一团，两支如狼似虎残暴非常的军队厮杀，其场景和惨烈可想而知。孟楷在与秦宗权恶战的同时，已经派人抢夺城门冲入了蔡州。秦宗权正与孟楷打得难解难分之际，猛发觉本部观敌掠阵的守军已被齐军击溃。秦宗权再举目四望，自己被齐军里三层外三层地围了个严严实实。秦宗权知道再打下去，自己的命就没了。凶悍残忍的秦宗权深刻地明白，对别人要凶悍残忍，对自己千万要小心厚爱，保命

特别是保住自己的性命比多杀敌人重要一万倍。在被乱刃分尸之前秦宗权选择了向孟楷投降。

黄巢率主力进入蔡州城。

孟楷攻下蔡州后，齐军士气大振。孟楷不愧是黄巢手下的一流高手，在他统领下，齐军先锋乘胜进兵攻打与蔡州相邻的陈州（今河南淮阳县，在许昌东南，蔡州偏东北）。陈州与蔡州都属忠武一镇节度，两个城市都不大，但在战略上与忠武治府许州成掎角之势，成为控扼关东与关中的要道。

谁也没想到，就在这小小的陈州城下爆发了一场旷日持久、惨烈异常、规模浩大的战争。这场战争的分量在中国战争史上具有举足轻重的地位，但因所处乱世，史料不详、人物难品、是非难断，所以，后人很少了解陈州之战的全貌，更很少有人重视到这场战争的军事价值。这一战几乎凝结了所有典型案例的特点与要素，大规模的兵力投入与厮杀、阵地坚守战、运动拉锯战、阻击战、千里救援、奇袭诡计、心理打击、信念与操守、理想与道德、坚持与煎熬、新式武器与装备、军事对抗与民众发动、众寡悬殊的争斗、强势与弱势的转换。这是一场匪夷所思、令天下人惊奇惊恐惊叹惊呆的战争，谁也没有想到这一战如此荡气回肠、泣血惊魂，谁也没有想到这一战改变了末唐的命运，谁也没有想到这一战成了一个历史大片段的分水岭。

双方力量强弱的巨大反差之下，更映衬了这场战争的酷烈与价值。

如果没有这场战争，黄巢或许会得到喘息的机会，重整旗鼓、东山再起，检讨之前的教训，重新掀起滔天巨浪，或许会将李唐王朝覆灭。

如果没有这场战争，朱全忠和李克用或许不会成为仇敌，不会将两人的争霸精力牵扯的那么巨大。

如果没有这场战争，朱全忠或许就只能做一个小小的节度使，不可能在李唐皇室博取显赫的权势。

一切都是或许，历史只有一个结果。

陈州刺史是赵犨。这位赵刺史出身将门世家，相当有见识，对时局有着高度的敏感性与洞察力。赵犨的见识超过常人，绝非事后诸葛亮，更不是自夸其词。还在黄巢与诸侯会战长安的时候，赵犨就已经加紧备战了。

赵犨曾对部下将佐说："现在诸侯云集长安，黄巢已成困兽，齐唐激战不可避免。黄巢如果不在长安被诸侯歼灭，一定会向东逃跑，因为流贼返乡意识很浓。我们陈州是黄巢东归的必经之路。另外，我们忠武一带军民与黄巢一向互为仇敌，势不两立。黄巢如果路经陈州，定当有一番恶战。我们要加紧准备，不可大意。"

赵犨命令军民深沟高垒，加固城池防御工事，抓紧时间打造甲仗器械，四处征集粮草，把城内粮仓堆得满满当当。同时，将方圆六十里以内家有余粮的老百姓全部内迁城内，以免被黄巢掳掠。街市里巷广帖文榜告示，招募兵勇，扩充军队，加紧训练。

赵犨的判断是正确的。

赵犨的准备是有效的。

赵犨后来的处境比他原来的想象还要艰难凶险数倍。

孟楷率先锋部队很快就兵临陈州城下。齐军旌旗招展，号带飘扬，刀枪林立，人喊马嘶，几万人马似乎要将陈州吞噬淹没。孟楷原本就在黄巢手下骄横恃宠，飞扬跋扈，不可一世。刚刚一战而降悍将秦宗权，孟楷更加觉得威风八面，盛气凌人。他身披利甲单身独骑在陈州城下耀武扬威，手中令旗遥指城头，破口大骂，威胁赵犨及城内军民及早投降，否则将死无葬身之处。

赵犨率领一班将佐正站在城头注视着齐军。陈州地小兵少，城内的正规军与民兵拼凑到一起也不足一万，与齐军相比众寡悬殊。似乎是齐军虎狼之师血盆大口之下的几只瘦巴巴的羔羊。赵犨紧锁双眉，默默不语。身边的军校也都紧张地看着城下黑压压的齐军阵列，心里七上八下。

孟楷骂累了，又派出几十名壮汉轮流骂阵。突然，城头挂出了一块牌子，上面写着"免战"。孟楷嘿嘿冷笑道："匹夫赵犨，哪里是我的对手，害怕了吧。"眼看太阳升高，晒得齐军燥热难耐，孟楷吩咐先安营扎寨，部队埋锅造饭，下午再来叫阵。一天之中，孟楷几次挑衅，赵犨都避而不战。在齐军震天动地的威喊与战鼓声中，陈州城孤独地伫立在那里，

风雨飘摇

似乎在发抖。时至傍晚,孟楷判断赵犨胆怯畏战,是在拖延时间,以待援兵。如果赵犨明天再闭门不出,孟楷决定强攻一举夷平陈州城。

所谓骄兵必败,就是因为自负而大意疏忽。孟楷无疑是高手,但高手只是在发挥出高水平时才堪称高手。所谓高手是能够持续发挥高水平的人,这是训练有素修为稳定的外在表现,偶尔"高"一把不会成为高手。此时孟楷目空一切,空门大开,已经失去了高手应有的必要警觉。

晚上,夜幕低垂,天空无月,四下寂静无声,齐军大营旗楼上"气死风"灯的火光一闪一闪。奔波逃跑了几天的齐军身心很疲惫,又刚刚经历了一场并不轻松的蔡州之战,齐军将校很快就进入了梦乡。这时候陈州城门悄悄开启,赵犨率领一队人马冲出城外。这队人马全是骑兵,士兵身披铁甲,手持长柄大砍刀,人衔枚、马勒口、马蹄包着茅草。陈州唐军如鬼魅一般悄无声息地冲向齐军大营。

齐军正沉浸在酣睡之中,对于偷袭而来的唐军丝毫没有察觉。即便是巡更的警戒哨兵也在打盹的时候就被唐军砍了。赵犨率人冲入齐营后,直奔中军帅帐杀来,这是孟楷的大帐,擒贼当然先擒王。擒贼必须要先擒王,只要擒住王,剩下的事情都要好办得多。赵犨一马当先,手起剑落劈裂帅帐,冲进帐内。孟楷在梦中被篷布断裂的刺耳声惊醒,一个鲤鱼打挺跃起身形,抹了一把眼睛,粗略看清眼前形势后,慌忙抄起床头立着的长矛迎战。孟楷既无铠甲也无战马更无卫兵,被赵犨及其部将围住,三十招过后,孟楷累得汗如雨下,浑身上下已经披挂了十多处创伤。毕竟双拳难敌四手,恶虎斗不过群狼。光着膀子的孟楷终因体力不支被俘就擒。擒获敌军主将后,赵犨率部下在齐军营中一番冲踏砍杀。齐军惨叫不迭,死伤无数,乱作一团。唐军砍杀之后,放火将齐军营寨点着。齐军连营顿时陷入了一片火海,火光照亮半边夜空,映红了赵犨坚毅持重的脸面。

世间事就是这么可爱可悲可惜可叹可喜可恨。

世间事就是这么有趣有味有乐有戏有意思。

世上的大事件未必都由赫赫有名的大人物办成。

世上的大人物未必都摔倒在轰轰烈烈的大事件上。

叱咤风云的孟楷居然栽在了小小的陈州刺史手里。

白天陈州唐军似乎害怕得不得了，根本不敢与齐军对阵开战。没想到名不见经传的赵刺史居然隐藏着大计谋，白天示弱以故意麻痹敌人，晚上才露出果敢本色，不仅夜袭齐军大营，而且直接冲入了孟楷的帅帐，这既需要过人的胆识，周详的谋略，还需要精准的操作。

赵犨夜袭的行动是成功的。

赵犨偷营劫寨大获全胜，擒获齐军核心骁将孟楷，无异于剪除了黄巢一支臂膀。第二天日上三竿，赵犨在陈州城中召集军民集会，把孟楷脑袋砍下来示众，将人头悬挂在陈州城楼之上，以示与黄巢血战到底的决心，同时也是对城外齐军的一种巨大心理威慑。初战告捷，陈州城内军民群情踊跃，斗志大振。

孟楷失利被俘被杀被辱，这如同一个晴天霹雳，噩耗在第一时间传到黄巢那里。黄巢对孟楷素来宠信，得知孟楷被赵犨擒杀，一时哀痛难禁，顿足捶胸，咬牙切齿地说："朕要吃赵犨之肉，寝赵犨之皮，为我爱卿孟楷报仇！来人，朕要御驾亲征！"黄巢决定亲自率大军攻打陈州。

俗话说"杀鸡焉用宰牛刀"，小小陈州值得黄巢如此兴师动众吗？

俗话的确是那么说的。但牛刀未必总能宰得了鸡。

不仅孟楷低估了赵犨。

黄巢也没想到小小陈州如此顽固。

黄巢遇到了自起兵以来最难啃的一块硬骨头。

这块骨头之硬既超出了黄巢的意料，也超出了朝廷的意料，甚至超出了赵犨自己的意料。

黄巢与秦宗权的部队合二为一，大军乌云四合，黑压压一大片。黄巢下令在陈州外围挖出五匝壕沟，将陈州包围得如同铁桶一般。在齐军围困下，飞鸟不得过，走兽不得通。七月的骄阳烧烤着中原大地，也将陈州城变成了大蒸笼。蒸笼里弥漫着烦躁、惶恐、紧张与不安。

赵犨知道此时最重要的是什么，最重要的是人心。他必须安抚住城内的人心，包括军心与民心，他必须一颗一颗地安抚。统一人心是世上最难的事。况且统一这么多的人心，在如此生死存亡的危急环境下统一人心，是何其困难的事情！任何躁动、异动和盲动都有可能将陈州断送。

风雨飘摇

赵犨亲自带领两个弟弟和两个儿子召开战前动员大会。盛夏的知了底气十足地"嘶嘶"鸣叫，歌唱着它们生命中最绚丽的乐章。赵犨头顶烈日，手扶剑柄，渊渟岳峙地站在帅府大门前的石阶上，神情慷慨语调激昂地对众人说："忠武一镇向来以死义英勇著称，我们陈州也以将校善战闻名天下，况且我们赵家世代在陈州为将，受陈州养育，与陈州百姓休戚与共，生死同命。男子汉大丈夫，应当将生死置之度外，绝不降贼以苟且偷生，陈州虽小，我等同心协力，定能置之死地而后生！如果有蛊惑人心，动摇通敌者，格杀勿论！我发誓要与陈州共存亡！"阶下军民被赵犨的忠义精神和深厚感情深深感染，纷纷振臂高呼"誓与陈州共存亡，唯刺史马首是瞻！""将军，我们绝不投降，绝不气馁！""奋勇杀敌，保家卫国！"陈州城内军民呼号声此起彼伏。

赵犨在激励士气，积极备战的同时，保持着应有的自知之明和必要的冷静。毕竟这是打仗，不是吹牛侃大山。实力决定一切，陈州弹丸之地怎么可能是黄巢十几万大军的对手？赵犨回到府衙内堂将两个弟弟召集在一起商议。赵犨思谋长远地说道："黄巢自从长安败退，十几万人马士气大为受阻，意欲尽快找到栖身之处和东山再起的机会。如果贼寇不能攻破陈州，我判断黄巢绝不会再像以前那样四处流窜，看来他要以陈蔡为基地，扎下巢穴以便周转。"

时任陈州防御使的二弟赵昶说道："大哥，我们虽然兵精粮足，对付一般流寇绰绰有余，但如果与黄巢决战，恐怕力有未逮。"

赵犨点点头，表示同意："陈州本来小镇，如何承担得起如此级别的会战。朝廷仍远在四川，音信不畅。为今之计，我们全力坚守的同时，必须尽快传檄天下，向临近各镇求援。"

三弟赵珝官居陈州知兵马使，身形中等，面骨棱角分明，一双剑眉斜插入鬓，两只虎目炯炯有神。他威猛地说道："黄巢毕竟流寇，虽然凶悍，然缺章法，尤其对百姓毫无怜惜，其势必不能久。"

赵犨心思沉重，双眉紧锁，一边踱步，一边徐徐说道："长安繁华，流寇贫贱之徒一旦享受，便不愿再返归穷迫。尽管大势已去，但仍将会负隅顽抗。敌我双方如此大规模的人马驻扎此地，一场持久战在所难免，看其态势不亚于又一次长安会战。"

赵玶从椅子上站起身，音容慷慨激越，说道："无论贼寇有多少，有多凶，只要我们城内军民一心，抵抗三个月应该不成问题。待各路援军赶到，定能一举破贼！"

赵犨嘉许地看了看三弟，说道："尽管如此，以京师几十万雄师尚不能将其歼灭，此战的残酷性绝不可低估，我等不能大意，只可智取不可强攻。"

兄弟三人商议已毕，赵犨立即派出四路信使由长子赵麓率领，趁夜在两位叔叔掩护下突出重围，向周边的开封宣武节度使朱全忠、徐州武宁节度使时溥、许州忠武节度使周岌、河阳节度使诸葛爽、河东节度使李克用、淮南节度使高骈等求援。

赵犨做完大战之前的部署，立即点炮出征，开门迎敌。

赵犨打开城门、放下吊桥，派出二弟赵昶率领三千人马冲出陈州城，向兵力较弱的王璠阵地杀来。赵昶手挥长槊率先向齐军栅栏冲杀。齐军掠阵弓箭手急忙开弓放箭，赵昶挥舞长槊拨打射来的飞箭，身后骑兵步兵紧紧跟上。

齐军哨探早已向主将王璠报告陈州有人出战，王璠心想"正合我意，就怕他不出战"。王璠刚刚披挂上马，没想到赵昶已经杀过弓箭手的第一道防线，破除栅栏杀到辕门。王璠一惊，没弄明白唐军这是什么打法，居然不通名报信，也不列阵对垒，直接就打到家门上来。

王璠见唐军当头一员大将，四方脸，身材魁梧，一看就知道是个力量型选手。王璠不敢大意直接催马迎上前去，大刀横在胸前，高声喝问："来者何人？"赵昶答道："陈州防御使赵昶是也。"赵昶语调平缓但透着一股杀气和威慑力，王璠不禁心头一紧，知道来者不善。两人不再答话，举兵器战在一处。王璠也是久经沙场，随黄巢弟兄八人起兵以来，大小数百战，绝非平庸之辈。但王璠很不幸，今天遇到了赵昶。赵昶自幼习武，力大无穷，性格深沉，反应机敏，属于外表敦厚而内心灵秀之人。

赵昶与王璠争斗五个回合之后，趁两马交叉错蹬之际，赵昶反手一槊横扫过来。王璠眼角余光看到赵昶扭头斜身，随即就听到一股强劲的风声

袭来，顿时左边身体被笼罩在巨大的力量推动之下。王璠急忙仰身双手握住大刀柄往外封挡，可为时已晚，一声金铁交击巨响，赵昶长槊的铁头重重地砸在了王璠的刀柄上。尽管是砸在了刀柄上，但槊头的力量没有减，连同王璠的刀柄一起击在王璠左胸。王璠被这巨大的一击，眼前一阵眩晕，胸腔憋闷，然后一口鲜血喷出五尺之远。这时，赵昶拨马回来，见王璠躺在马背，大刀脱手掉落地上。这一槊已将王璠重创。赵昶催马来到王璠近前，抡起大槊将王璠砸了个脑浆迸裂，死尸栽倒马下。

齐军见主将被杀，一下子乱了阵脚，慌乱抵抗的同时向后撤退。赵昶趁势大喝一声："杀！"唐军立即蜂拥向前，抡起大砍刀向齐军砍去，一口气将王璠所部杀得四散奔逃，又擒获裨将四人，杀伤千余。赵昶担心黄巢主力救援赶到，在一阵攻杀之后，见好就收，不敢恋战，迅速撤出阵地，返回陈州城。赵昶以闪电战术，速战速决，在瞬息之间击溃王璠营阵，并生擒齐军几员战将。这进一步扩大了战果，提振了陈州军民的士气。

孟楷兵败在前，王璠被杀在后，齐军连输两阵。十几万齐军的锐气大受挫折，而黄巢更加的烦躁。大齐皇帝黄巢下令加紧攻城。黄巢开始意识到这个陈州不比蔡州，的确是一个很棘手的地方，可能非一朝一夕可破。此战如果失利，或者绕道避开陈州，将对齐军士气造成极大挫伤，即便东归，也很难再找到立足之所，因此黄巢决定做长期围困部署。这正如赵犨所料，一场持久战拉开序幕。黄巢命人在陈州城北建造行宫大营，建立百司衙门，将办公与打仗合二为一。齐军以陈州为中心铺开作战半径，一面围攻陈州，一面向四处攻掠，并且到处抢人抢粮抢地盘。

此时，距离赵犨派出求救信使已经过了一个月，可各镇援兵迟迟不来救援，连个音信也没有。

在调整战略部署后，黄巢集中优势兵力向陈州发起了强攻。派大将柴存率领一万人马从北门攻击。柴存屡次充当黄巢开路先锋，攻城夺寨很有经验，作战英勇，打法强悍，是齐军中一等一的猛将。柴存命人建造了长方约丈余的硕大战车，这是一种可以通过杠杆原理抛掷石块和火把的机器，其抛射距离可达两百米。同时柴存还建造了一辆大锤车。大锤车通过三角木梁做支撑，吊悬一整根合抱粗的树干，树干前头装上斗大的铁块。这种大锤车可以撞裂达五尺厚的城墙。柴存命人将二十辆抛石车一字摆列在离陈州城一箭射程开外的地方。往前是大锤车，由五百人一组负责推动操作。抛石机和大锤车都用宽大的布幔罩住，在外面看不清到底是什么东西。再往前是五千藤甲兵，手持上可护头下可护脚的盾牌，抬着云梯列成方阵。外围藤甲兵面朝外，将盾牌立在身前，内侧藤甲兵紧随其后，将盾牌高举，遮挡住头顶，盾牌联成一体如同有盖的铁桶。

　　柴存将一切部署到位，开始命人在城下叫阵。其实不用齐军叫阵，陈州城上早就站满了人，赵犨率领部下将校已在城头箭楼上眺望多时。见到柴存这种阵势，赵犨明白柴存志在必得的目的，看来今日必有一场恶战。光看到柴存指挥这支机械化装甲部队的架势，陈州城头从将领到士兵每人心里都沉甸甸的。赵犨严肃地命令军校往城头上搬运弓箭、柴草、灰瓶和滚木、石块、挠钩等等防城战具，做好充分的迎战准备。

　　柴存在城下叫骂三声，故意留一点时间展示自己的阵势，目的是为了给陈州城内的唐军造成心理上的震慑。估计唐军已经看到自己的阵势后，柴存一摆令旗。五千藤甲兵像一座堡垒一样迈着整齐的步伐，以一个整体向陈州城下移动。方阵边行进，藤甲兵边用腰刀拍打着盾牌，发出震耳欲聋的敲击声。齐军的敲击与口号声波沿着阵地、陈州城墙，一直传到城内的军民耳中。陈州军民全都心弦紧绷，待命出战。城上唐军伏在垛口，将弓箭拉得满满的，双手青筋暴露，双眼死死盯着咄咄逼人的齐军方阵，只待方阵进入射程后赵犨下达射击的命令。齐军方阵一步步逼近，距离城墙一百步、八十步、五十步，可赵犨仍然如石像一般凝固不动，攻击的命令迟迟不发。齐军已经到达了城下，开始陆续架设云梯。唐军已经可以清晰地看到齐军的脸，甚至能够听到彼此沉重的呼吸声。这时候，赵犨一声大吼："放箭！"赵犨的命令开启了千万只箭的泄洪闸门。

　　赵犨拿捏的时机是十分精确的，因为他已经看明白齐军方阵的防守能力，即使进入射程之内，无论从哪个角度射击，都是密不透风，弓箭射过去与射在冰面上没有区别。只有等到齐军到达城下开始架设云梯仰攻的刹那间，方阵才会在头部掀起缝隙，这是进攻的绝好时机，也几乎是稍纵即

风雨飘摇

逝的时机。只有抓住并利用好这个稍纵即逝的机会，才有可能撕开齐军方阵的缺口。果然如赵犨的判断，一排箭雨带着呼啸钻入齐军方阵头部的缝隙，齐军第一排盾牌开始摇晃，说明有齐军被射中了。盾牌摇晃造成了更多的缝隙，更多的缝隙导致更多的飞箭射入阵中，又有更多的齐军受伤跌倒，后面的齐军紧急替补上来，意欲将缺口补好，但方阵的秩序已经开始杂乱。

伴随城下齐军被射中，盾牌方阵被撕开缺口，但齐军也已经架设起十几道云梯，蚁拥蜂攒嗷嗷叫着往陈州城上攀来。有几百齐军已经爬到垛口，挥舞腰刀与城头唐军展开了肉搏。肉搏是残酷的，弓箭已经失去了作用，唐军齐军都手持短兵器厮杀在一起。由于仰攻齐军还是处于劣势，虽然箭雨不能彻底摧毁盾牌阵，但齐军无论如何也登不上城头，一批一批的齐军在几丈高的云梯上被唐军推下砍下砸下扔下甩下，摔得粉身碎骨。

藤甲兵强攻，陈州兵力守。喊杀声震耳欲聋。

柴存发现藤甲兵攻城一时难以奏效，于是将手中令旗向前一指。几百名军校齐刷刷将盖在抛石机和大锤车上的布幔扯下，露出了高大如猛兽般的战车。二十辆抛石战车轰隆隆地启动，长长的抛石臂上下翻飞，将石块呼呼地抛射往陈州城内。巨大沉重的大锤车在五百名士兵推动下，"嘎吱吱"响着向陈州城缓缓移动。城头上本来渊渟岳峙的赵犨看到柴存突然亮出的秘密武器，不禁心头一惊。这一惊非同小可。谁也不认识这是什么武器，虽然搞不清楚它的作用，但从体积上可以估计到这玩意的厉害。抛石机虽然并非战场常用战具，可是赵犨并不陌生，至少听说过这种武器。但对于那座如小山一般的大锤车，赵犨却是平生闻所未闻，更不知那是一种怎样的武器，猜不透这怪物将发挥何种威力。赵犨紧张起来，他死死盯着这个庞然大物一步一步地向城下逼近。

抛石机虽然在后，但先发挥了威力，大小石块雨点般飞过来，砸向城头和城内。由于抛石机在弓箭射程之外，唐军除了躲避奈何不了它们，顿时被砸得纷纷扑倒。

赵犨急忙下令城上作战的军兵分堆集结在一起，顶起门板、床板抵挡石块，城内的老百姓和运输兵要么躲进地窖中，要么贴着北面墙根向城上运送武器战具。抛石机的杀伤力是巨大的，翻飞的没完没了的铺天盖地的石块将城上的唐军砸伤，将城内房屋砸漏，使大批军民死伤失去战斗力，城内陷入了混乱。不过石头打击的精确度很低，在大面积杀伤唐军的同时，也砸死砸伤了不少攻城的齐军，齐军的攻城势头大为减弱。

正在赵犨紧锁双眉之际，更加令人恐怖的事情发生了。那大锤车已经来到城墙底下，五百名齐军一起喊着号子，将大锤车横梁下悬挂的铁头圆木像拽牛尾巴似的向后拉，然后同时放手，铁头圆木靠悬摆惯性"咚"的声重重地撞在了城墙上。城墙外壁的灰泥掉落锅盖那么大一片，厚厚的城墙从下而上传来一波震颤。赵犨身体摇晃了一下，立即明白过来，这个大怪物虽然笨重，但冲击力十分巨大，每撞击一次，陈州城墙都震颤一下。尽管陈州城墙经过了加固，然而照此下去，不出十几下，城墙必定会被撞出个大窟窿。赵犨震惊地眼睁睁看着大锤车又一次重重地撞在了城墙上，一阵剧烈的震颤再次传来，墙砖在撞击下开始凹陷，砖石碎屑横飞四溅。赵犨立即命人向大锤车放箭，可是唐兵刚站起身就被飞来的石块击倒，即便偶尔放出的几支箭也被大铁锤两翼的弧形护板封挡住。唐军只有眼巴巴地看着大铁锤肆无忌惮地撞击城墙，干着急却没任何办法。每一下沉重的撞击似乎都是城破的倒计时。大家心急如焚。

正在赵犨束手无策之时，忽然有人报告："大人，三爷来了。"赵犨猛然抬头，问道："赵珝？他去哪啦？怎么才来？"这时从赵犨身后传来一个洪亮刚毅的声音："大哥，我们有办法对付齐军那些怪物了！"赵犨转身看到三弟赵珝已经站在跟前。

赵犨看了看三弟，急切地问道："你有什么办法？"

赵珝向后摆了摆手，说道："大哥你看。"

赵犨顺着赵珝手指的方向看去，激动地问道："重机弩？你从哪里弄来的？"

"原本兵器库中堆放着五百架残破的重机弩，无人能修。备战时，我发现了这些机弩，并试着修了修，居然修复了四百架，不想今日可派上用场。"赵珝答道。

赵犨重重地点点头，一挥手，命令道："来人，赶快将这些机弩摆上

城头。"

唐军在门板掩护下将四百只重机弩沿城墙排列在垛口上。赵玥亲自居中指挥。重机弩分两批，一批射远处的抛石机，一批射近处的藤甲兵。重机弩强劲有力，弩箭粗如杯口，射程在一般弓箭的两倍以上，力量是一般弓箭的十倍。

柴存见自己的战术很成功，攻城进展顺利，眼看陈州城就要被一举攻破，正在暗自高兴之际。突然，柴存看到陈州城上飞出来几百飞鸟，不过很快他就发现那不是飞鸟，是比长矛还厉害的弩箭。弩箭不仅越过宽阔的战场空地，射到了自己跟前，而且直接洞穿了操作抛石机士兵的身体，抛石机士兵当场喷血倒地毙命。不到一盏茶的时间，齐军二十辆抛石机有十五六辆陷入瘫痪。攻城的藤甲兵虽然有厚大的盾牌护体，但在重机弩面前这些盾牌都变成了纸糊的馅饼，被弩箭连盾牌带人一起击穿，有的仰攻齐军被从上而下成批射穿，串成了肉串。一时间，齐军哀号遍地。

正在唐军的重机弩大显神威之际，猛然间一块大石头从空中飞来，重重地砸在了赵玥左臂，"咔嚓"一声，赵玥臂膀骨折。赵玥忍着剧痛仍然若无其事地继续指挥战斗，豆大的汗珠顺着他面颊吧嗒吧嗒往下滴。战场局面很快发生了逆转，齐军抛石机全部哑巴停止工作，攻城的藤甲兵死伤惨重。被动防守的唐军转守为攻，奋力向混乱的藤甲兵放箭。

这时候有些唐军弄来了几张大草席，草席与油布粘裹在一起，厚达四五寸。几十个人抬着油布席站在大铁锤正上方，照准大铁锤扔了下去。赵昶张弓搭箭，将一支点燃的火箭射向飞舞而下的油布席。油布席遇到火箭"轰"地声暴燃起来，如同一大片燃烧的云彩扑向大锤车，将大锤车紧紧盖住。大锤车的护卫早已散去，躲在挡板下面的几十名士兵也嗷嗷叫着冲出火海逃命。大锤车的五百名操作士兵死伤逃亡殆尽，大怪物在撞击第五次时终于停下来，变成了一堆没用的焦黑木炭。而陈州城墙也被大锤车撞得深深陷下去一个大坑，墙壁已经裂开近一尺宽的口子。

就在血战白热化的时候，柴存身体突然一晃栽倒马下。原来一支弩箭洞穿了柴存坐骑的脖颈，战马挣扎了几下即刻毙命。几名亲兵急忙将柴存救起后撤。正在柴存后撤之际，陈州城门打开，赵昶率领两千人马冲了过来。齐军士气扫地，慌了手脚，来不及接战就往后逃去。赵昶没有穷追，见齐军远去，收兵回城。陈州城内军民伤亡也很惨重，赵犨紧急指挥抢救伤员、修复城墙、恢复秩序。

陈州城在惊险之中得以保全。

赵犨对那个大怪物战车仍然心有余悸。

黄巢再一次遭受挫折。

黄巢不再小看这个小小的陈州。

黄巢决定不再急于求成，对陈州改为长期围困的策略。

转眼，陈州已经被围三个月，虽然经过浴血奋战挫败了黄巢大大小小百十次进攻，但陈州唐军也受到极大伤亡，特别是城内粮草面临断绝，粮食供应开始实行一日一餐一人的配给制，普通百姓已经开始将糠菜、树叶与粟米面掺和在一起吃，街巷上到处是伤痕累累和面黄肌瘦的军民。

各路援军仍然没有音信。

陈州陷入了孤立无援的境地。

陈州军民孤零零地要坐以待毙了。

陈州还能坚持吗？

陈州还值得坚持下去吗？

陈州还能坚持多久？

答案在每个人的心里都有所不同。

不仅是普通民众与士兵在减粮，赵犨一日三餐也早已减为两餐。在旷日持久的重压之下，陈州城内的矛盾也在发酵。一旦出现坏分子，变生肘腋是太容易不过的事了。这是赵犨忧心忡忡的事。即便是军民同心，这种艰难局面持续下去，不用黄巢攻打，陈州自己就会崩溃坠毁沦陷。

陈州已经弱不禁风，憔悴不堪。

赵犨心急如焚。

赵昶急躁地对赵犨说："大哥，这远道援兵赶不过来，难道近处的河阳、忠武等地也来不了吗？"

赵犨叹口气："唉，长安帝都，诸侯尚且观望。我陈州小镇，诸侯哪里有心思来冒如此风险，自然各怀渔翁得利之心。"

赵翙用布条和木板缠裹着骨折的胳膊，表情愤慨，说道："大哥，现在朝廷暗弱，人心离散，公忠体国的人寥寥无几，诸侯及朝中大臣都在为私利争斗。我看，陈州还要靠我们自己，诸侯是指望不上了。"

不仅大家怀疑诸侯来援的可能性渺茫，赵犨也觉得此事越来越不靠谱儿。毕竟陈州不是长安，谁愿意为了解救一个小小的州城赶来相助呢？即使解救了陈州，赵刺史又能给帮忙的人什么呢？

就在陈州军民焦虑不安的时候，忽然发现城外齐军在减少，有时候连续几天也见不到来城下骚扰和巡逻的散兵。这是怎么回事？难道齐军要撤走啦？

其实黄巢的日子也不好过。他在围困陈州的同时，不得不将主力部队和精力投放到周边城市上去。

因为十几万大军云集在陈蔡小镇，给养出现了问题。

这么多人耗在这里不能靠喝西北风活着啊。

况且天天风吹日晒的，又是值班又是巡逻，每到晚上还担惊受怕地提防陈州夜袭，齐军疲惫不堪。

燃眉之急是到哪里去弄吃的？

齐军撤出长安时为延宕追兵将粮草辎重丢弃大半，存粮很快就会用光。现在的黄巢也非四年前可比，不仅妃嫔成群，排场也大起来，比照皇帝规模，日常起居用度消费巨大。各位臣僚大员前半生一直艰苦奋斗，在京师尝到美酒美女美食美梦的荣华富贵甜头后，自然舍不得放弃，日常开支伙食的标准与起兵初期比那是天壤之别。仅存不多的粮草积蓄必须首先也只能勉强维持黄巢及臣僚大员使用。军兵将校只有靠自己自力更生了。如何自力？一个字，抢，用自己的力气去抢。谁先抢到谁先有，抢到什么算什么。抢是十分能够激发人类动物兽性的一种行为，它会催生无穷的动力，麻木所有的恐惧，泯灭基本的良知。

挤在臭烘烘的牛皮帐篷里睡觉还可以忍受，饥饿是无论如何也难以忍受的。因此，对于齐军来说，重中之重需要抢的是粮食。

饥寒交迫是濒临绝境的先兆。大夏天，可以衣不蔽体，所以寒冷不是威胁。但若没有粮食却连一日也无法度过。齐军尽管不寒，不至于交迫，但"饥"这一"迫"就足以将人推往绝境。齐军为避免自己进入绝境,只有将别人推向绝境。所谓的别人无非是两类,一类是守卫各城市的唐军;一类是城镇与乡村的平民。要把唐军推向绝境不是很容易,所以齐军先从弱者下手,将平民推向了绝境。本来中原一代,饱受战乱,既有农民起义的战火,也有唐军各镇内部及之间的战火,还有盗贼土匪的祸害,民不聊生,赤地千里,不仅没有庄稼,连人烟也近乎稀绝。现在十几万齐军如蝗虫一般铺天盖地而来,把家家户户的现粮陈粮杂粮发霉的粮食全部搜刮一空,将所有带毛喘气的鸡狗鸟雀一网打尽,即使这样,仍然没有抢到多少粮食。

齐军开始了抢人。

抢人最初的目的是补充兵员。不仅齐军抢人,各诸侯军阀也抢人。打仗打得就是人,谁剩的人多,谁就有希望赢。

当粮食如同金子一样极度稀缺时,抢人就有了另一番更加残酷恐怖的目的和作用。吃人!

黄巢手下饥饿的军队叫嚣着在许、汝、唐、邓、孟、郑、汴、曹、濮、徐、兖等数十个州,四处抢人。不分男女老少,抢来之后直接扔进大石臼中,活生生捣碎,砸成肉泥,充当军粮吃掉。这种专门用来制作人肉军粮的绞肉机,叫作"春磨寨"。既然叫作寨,一般意味着是群体作业,不只一两台绞肉机,而是几百台绞肉机开足马力,不分白天与黑夜地制造人肉馅人肉泥人肉饼。不知道人肉是什么味道,不知道吃了人肉的人心里是什么滋味。同类相残在禽兽界并不罕见,但在思维健全、七情六欲发达的人类中,这种吃同类肉、喝同类血、嚼同类骨的情形,是何等恐怖与残忍!是何等天良丧尽!更何况不是同类搏杀之后的残食,而是军事暴力下的弱肉强食,群体杀戮下的残虐屠戮。

屠戮吃掉的都是自己的衣食父母。

这样的带头大哥已经走火入魔,这样的军队已经疯狂。

天欲其灭亡,必先使其疯狂。

由疯狂而走向绝境,因绝境而更加疯狂。

疯狂能摧毁肉体,但疯狂无法摧毁人心。

风雨飘摇

人心焕发力量并不需要太久，或许几个月就够了。

各镇诸侯迟迟不来救援，是因为家家有本难念的经。

抑或是，家家在拨自己的小算盘。

从情理上说，最近最先最应该赶来救援的当是陈州本地所属的忠武节度使周岌。忠武一镇下辖蔡州、陈州、许州等地。周岌也非善类，原本忠武战将，后来发动兵变上台篡夺了节度使之位。当初黄巢北上大举渡淮之前，唐王朝曾试图组织郑许会战，以遏制黄巢攻势，可事情就偏偏坏在这些半吊子军头身上。郑许会战的主战场在溵水（即隐水，亦曰大溵河，为北汝河之下游，俗称沙河。北汝河出河南嵩县西南天息山，东北流经伊阳、临汝，又东南经郏县、襄城，与沙河（即古淀水）合，遂称沙河，自河南许昌，东南历鄢城、西华、商水诸县于颖），徐州派出三千兵马途径许昌参加溵水会战。当时的忠武节度使薛能自认为曾在徐州做官，对徐州军兵有恩，于是将徐州兵接待安置在球场中，善加款待。可是徐州兵卒素来强悍蛮横，得寸进尺，贪得无厌。天近傍晚的时候，徐州兵大肆骚乱。薛能登上塔楼询问情况，徐州兵说许昌怠慢了他们，寝食不周。薛能很是迁就徐州兵，老熟人总要给些情面的嘛，他安排人增加了伙食供应，这才使徐州兵安定下来。许州人哪里见过这么不讲理且蛮横的军队？被这变故弄得有些惊慌失措。而许昌已经派往溵水会战的部将周岌刚刚出发不久，听到许昌之变，当夜就率军往许昌赶。

许昌兵黎明时分入城，大开杀戒，将徐州三千人全部杀死。也算徐州人活该，这些兵卒经常哗变，性情刁悍，确实需要整治。周岌不仅全部杀死徐州兵，而且抱怨薛能过于迁就偏爱徐州兵。抱怨是借口，其实是周岌对薛能早有不服之心，趁此机会将薛能驱逐赶走。在薛能逃亡襄阳的途中，周岌派人将其及一家老小追杀屠戮。周岌自己大模大样地自称代理节度使，占据了许昌。

当初薛能还派出了另一支参加会战的兵马，是许州牙将秦宗权。秦宗权到达蔡州的时候，听说周岌发动了兵变，于是诈称援救薛能，大肆招募兵勇。其实，秦宗权与周岌素来不和，虽然同在薛能帐下为将，但互相瞧不上眼。秦宗权见周岌自立了山头，自己也野心勃发，赶跑蔡州刺史，占据了蔡州城。汝、郑把截制置使齐克让担心被周岌搂草打兔子，顺手连锅端，惶恐之中急忙带领所部人马退回兖州。其实，未必齐克让就怕了周岌，只不过他实在惧怕黄巢，借此机会拿周岌说事儿，找个借口退兵自保而已。

如此一来，唐王朝组织许郑会战的计划全部泡汤，各路兵马自顾自地作鸟兽散去，给黄巢创造了一个真空的绝好机会。更可悲可气可笑的是这混蛋朝廷，每次对造反的诸镇将官都束手无策，不仅无力讨伐以正法典，反倒屁颠颠地将诰命文书主动送上。薛能一死，朝廷就顺势封周岌为忠武节度使，封秦宗权为蔡州刺史。当然朝廷并不信任周岌，为了牵制监视他，朝廷派来了大宦官杨复光做监军。

周岌虽然诛杀了薛能，但他的确没什么大本事，属于那种有胆子做官，没脑子做事的人，做得了官，担不起责。黄巢打进长安后，已经被朝廷册封为忠武节度使的周岌首先腿一弯降服了黄巢。后来，逃亡四川的僖宗皇帝，传檄天下，要求各路诸侯会集长安，以图光复。杨复光见周岌和秦宗权都是满口忠义，实无救驾尽忠之心，只好独自带领六千人赶赴河中，与王重荣会师。

这位周岌大人就这样在委屈瑟缩中喝着小酒，当着地盘已经缩小了大半的小小节度使。秦宗权陷落，周岌见死不救，主要是因为他与秦宗权不睦，不打算救蔡州，恨不得秦宗权早死。陈州被围，周岌迟迟不发兵，是由于他实在太弱小，实在太恐惧黄巢，感到诸侯援军未到，自己势单力孤，不敢贸然出兵。周岌缩着头躲在许州城内，装作什么也没发生，对赵犨发来的求援书信丢在一边置之不理。

驻扎在徐州的宁武节度使时溥接到赵犨的求援书信之前，就已经与黄巢和秦宗权的外围部队接上仗了。时溥此人颇有韬略，虽然人马数量少，但每战都能有所斩获，胜仗打了不少，在东面牢牢地阻挡了黄巢向东发展。九月份，时溥亲自率领五千人马赶赴陈蔡前线，驻扎在潋水与黄巢主力隔岸相望。

那位毛躁躁的河阳节度使诸葛爽，这次却没有毛躁，而是机灵精怪地

一　残唐末路

推脱说道路不通、桥梁断绝,难以赶赴陈蔡会剿黄巢。

各位是否还记得前文书中说到的大将军高骈?此时任淮南节度使。那高骈为什么不来救援?现在的高骈早已不是昔日叱咤风云、雄视诸侯的封疆大吏、朝廷柱石了。高骈位高权重,坐镇东南,却被朝中权臣左右掣肘,难有作为。自从黄巢北渡淮河、下洛阳破潼关之后,高骈像泄了气的皮球,锐气顿消,进取之心荡然无存。特别是长安城不战而为黄巢所据,皇帝狼狈逃窜,更令高骈心灰意冷,对朝廷彻底失去信心。

高骈天天在院子里来回转磨磨儿,一边转一边骂朝廷大员:个个都是废物笨蛋、熊包饭袋。高骈抱怨朝廷,朝廷也怨恨高骈,两厢里如同凄凄艾艾的小女子,不断地互相攻击、数落与谩骂。具有代表性的是,高骈与朝廷展开了一番互相埋怨与责难的文笔大战。

高骈上书说:"是陛下不用微臣,固非微臣有负陛下","奸臣未悟,陛下犹迷,不思宗庙之焚烧,不痛园陵之开毁","王铎败军之将,崔安潜在蜀贪黩,岂二儒士能率强兵","今之所用,上至帅臣,下及裨将,依臣来看,都是坐以待毙的料","无使百代有抱恨之臣,千古留刮席之耻。臣但虑寇生东土,刘氏复兴,即轵道之灾,岂独往日","今贤才在野,庸人满朝,致陛下为亡国之君,我看这帮小资们还有什么高招妙计"。

高骈的奏章寄到朝廷,从皇上到文武大臣都被惹毛了,人人心里一百八十个不痛快。嚇!这高骈,站着说话不腰疼,不来救援国难,还说一大堆风凉话,真忘了自己也是朝廷命官?!指桑骂槐的,说谁呢!越是没本事的人,越怕别人说他没本事。唐僖宗李儇决定批评批评高骈,最好能通过帮助教育,促使高骈改邪归正。于是皇帝让左右臣下起草切责诏书。可是这些腿长见识短的大臣们你推我我推你,磨磨蹭蹭谁也不肯写。这是为什么呢?只有两个字——心虚。这些人全是"亡命之徒",从长安一路逃跑出来,还有什么资格去教训别人?自然心里底气不足。李儇一看这些软蛋臣属,心里像倒了五味瓶,一时不知道说什么好。

这时候,田令孜说话了:"陛下,现在前敌一切事务都由郑畋负责,可以让他给高骈回信,将其训诫一番。"僖宗一听田令孜所言,点点头,表示认可。这帮成事不足败事有余的太监和大臣，把郑畋推上了火线。

耿直的郑畋不知是圈套，挽起袖子起草诏书，答复高骈："绾利则牢盆在手，主兵则都统当权，直至京北、京西神策诸镇，悉在你指挥之下，具有专征之权。而你又贵作司徒，荣为太尉，却认为朝廷不重用你，那如何才是重用？""朕缘久付卿兵柄，不能翦荡元凶。自从黄巢漏网渡过淮河之后，你不出一兵袭逐，以至于两京相继陷落，首尾已经三年。你所属的部队，没离开过淮南半步，忠臣良将对你屡屡失望，勇猛兵士无不扼腕叹息。所以朝廷才启用老臣，统兵荡寇"，"一直以来，朝廷对你深为倚仗，现在你却坐镇东南，心生怨望"，"谢玄破苻坚于淝水，裴度平元济于淮西，谁说文臣不如武将？""宗庙焚烧，园陵开毁，龟玉毁椟，这是谁的过错？！""你所说的'奸臣未悟'之言，何人肯认！'陛下犹迷'之语，朕不敢当！""卿尚不能缚黄巢于天长，安能坐擒诸将！""卿云刘氏复兴，不知谁为魁首？比朕于刘玄、子婴，何太诬罔！""况天步未倾，皇纲尚整，三灵不昧，百度俱存，君臣之礼仪，上下之名分，所宜遵守，不可坠毁。朕虽然年轻，怎么能受你如此侮辱！"

应该说高骈的话还是有十之八九符合事实的，虽然没有提出安邦定国的长远谋略，倒也切中时弊，只不过有失封疆大吏的风范。相比之下，郑畋代朝廷起草诏书虽然文辞犀利、气势凌人，但细读起来会觉得更加失水准，不仅没有达到庙堂朝廷的应有的水平，甚至不如臣子。所谓"大人不和小孩子一般见识"，皇帝及大臣将国家祸乱、帝都失守、用人失当等等责任，尽皆开拓推诿，甚至耍赖不认，这样的朝廷显然必然当然没有什么指望和希望了，只有令人失望与绝望。高骈见朝廷既不醒悟，也不再相信与重用自己，干脆撂挑子不干了，谁愿意干谁干，你们认为谁能干就让谁干去吧。"自是贡赋遂绝"，抗税抗捐抗粮，不伺候皇帝那小子了。

高骈作为天下最强的藩镇诸侯，竟然与朝廷打起了嘴仗，如同小孩子一般。可以想象，在扬州与成都之间，君臣书信往来如同鹅毛雪片，络绎不绝，每封书信中都充满了抱怨与责难，也算是五代时期独特的一景了。那个有兵就是草头王的时代，连徐州、许州等等这些小藩镇都敢惹是生非，对抗朝廷，高骈实力雄厚的淮南就不敢吗？高骈为何没有心生异志？

风雨飘摇

应该说当时争霸天下最有条件的就属高骈。可是高骈没有这么做，连这么想都没有。这是因为高骈有自己克服不了的心结。

高骈在大失所望之余，不知道应该为谁奋斗为谁效力，人生目标和终极意义发生了崩塌。儒将也有儒将自己克服不了的缺陷，高骈自幼喜好圣贤之书，辨识事物道理，爱思考，有理想，曾经是个有抱负、有追求的青年。就是这个爱思考的习惯，现在成了高骈的致命伤，而且是自我伤害。有理想的人一般比较痛苦。那些打打杀杀的军头大老粗，只知道刀头滚命，发财享乐，从来不思考天下兴亡这些大命题。他们那些榆木脑袋里没地方装这些"稀奇古怪"的想法。高骈不行，他克服不了思想上的矛盾，破解不了这些道理的死结。在高骈看来，天下兴亡应由皇帝与朝廷负责，天下是李唐的天下，天下衰败是治理问题。高骈从来没有想过换个人做天下之主会是什么样？高骈更没有想过，换上他做天下之主会是什么样？高骈在李唐家天下的死棋局中自我博弈，无论多么痛苦地思考，最终仍然找不到出路。高骈有实力争霸，但高骈没有那么做，为何？因为他被自己的思想困死了。

在发了一阵牢骚之后，高骈开始向修仙觅道寻求精神寄托，深陷其中不能自拔。此时，江湖术士吕用之乘虚而入，利用高骈的心理弱点，假借炼丹修道之名，将高骈玩弄于股掌之上。人人都有弱点，有人能够规避自己的弱点，有人无法规避，因此而吃亏受损，甚至因此丧命。但能量巨大的人，一旦其弱点被人操控，这个弱点将成为操控者的杠杆支点，将操控效应放大数倍，造成数倍的杀伤力和破坏力。

高骈将一切军府事务全部交给了吕用之，甚至为了保护吕用之不惜刑杀部下疏远骨肉。高骈的小儿子高澞上书进谏，请求高骈擦亮眼睛，远离吕用之，后来竟然被高骈杀死。高骈因沉迷修仙而废弃政事，从此人心离散，军府解体。外有秦宗权的进攻，内有将佐作乱。终于有一天变起肘腋，高骈在道院中被叛将杀死，一家老小被埋在一个土坑中。世事沧桑，英雄沦落，身死名裂，如此下场，可悲可叹！高骈的地盘被小军校杨行密逐步占据，后来杨行密成长为一镇诸侯，雄踞江淮间几十年，成为朱全忠南向发展的劲敌，成为末唐割据东部的重量级人物。

赵刺史发出的邀请，仍然杳无信息。

被围在陈州城里的赵犨不知道外界发生了什么，他只知道援军仍然不见踪影。

赵犨失望了，绝望了，感到了孤助无援的痛苦，感到了以死殉城的迫近。

就在赵犨绝望之际，有一个人赶来了。

朱全忠赴约。

9. 朱全忠要为自己拼搏

朱全忠带着八百人的家底，来到开封，这才发现此地根本是一个大火坑。离开长安那个龙潭，又入了陈蔡战场的虎穴。事已至此，只有自救，才能有自己的地盘。皇帝给予的只不过是一纸空文。空文上要靠朱全忠自己去描画未来。

七月，宣武节度使朱全忠辞别帝都，率领本部人马八百人赶赴宣武镇府大梁。朱全忠兴奋异常，因为他终于有了自己的地盘。这年头，只有有地盘才有可能有别的，否则，流贼草寇一个，谁搭理你？朱全忠满怀憧憬地与一杆部属奔向了新天地。

令朱全忠十分沮丧的是，宣武并不是一个草肥水美的好地方，而是一个乱糟糟的烂摊子。与诸葛爽相比，朱全忠得到的是个又穷又危险的地方。开封、许州、蔡州、郑州一带几十年前就是令朝廷十分头疼的地方，虽然各藩镇地盘都不大，可是几任节度使都不是好鸟。你杀我我杀你，你抢我我抢你，老子杀儿子，儿子杀老子，朋友杀朋友，同学杀同学，反正一直是一片乱得很壮观的地方。黄巢起义这几年河南地区的藩镇格局被打乱了套。宣武一镇原本无此建制，是皇帝为了安置朱全忠临时设置的一个地方藩镇。说宣武是个藩镇，其实也就是开封城及其周围十里地巴掌大的地方，比现在的一个县大不了多少。

朝廷虽说擢升朱全忠，其实是给朱全忠开了一张空头支票，而且是城际汇票，需要朱全忠自己跑到宣武去兑现。朱全忠要想做成名副其实的宣

武节度使，必须自行前往通过战争夺取，因为整个宣武一镇几乎都在黄巢秦宗权的占领之下。而朱全忠此时既无钱也无兵更没有地盘，大靠山王重荣远在河中，根本指望不上。没有靠山，办起事情来自然要艰难的多。朱全忠带领开封汴梁城内的一千人和自己带来的八百人，几乎天天都加班加点地熬夜值班，为了生存与齐军无时无刻不在战斗。

处于如此不利的情势下，宣武军民人心惶惶，即便不崩溃散去，也几乎失去了战斗力。然而背水一战、身处绝境的朱全忠没有挑三拣四，也容不得他挑三拣四，宣武虽小，可苍蝇也是肉啊。朱全忠咬紧牙关，愈挫愈勇、越战越强，暗自下定决心，既然来了就不能轻易放弃，无论如何也要挺住熬下去。每到极度困难的时候，朱全忠就想想李克用那志得意满的脸，然后，努力坚持下去。朱全忠对自己说，一定要有出头之日，要凌驾万人之上，到时候比李克用还要威风八百倍。七八年来，朱全忠出生入死，也没混出个名堂，还极不光彩地留下了一次投降纪录。现在，总算有了个头衔，这是进取的台阶和本钱，尽管这个台阶凶险了些，本钱单薄了些，毕竟比没有强。朱全忠对内激励士气，对外连接诸侯，虽然没有取得大胜仗，但没多久已经能够草草扎下阵脚。

这时候，朝廷也看到了陈蔡一带战场的重要性，在对高骈失望之后，再一次擢升朱全忠，任命他为东北面都招讨使，负责指挥调遣附近各镇兵马，其实是给年轻人朱全忠压担子。这副担子不容得朱全忠挑三拣四，挑也得挑，不挑也得挑。如果不挑后果只有两个，要么下岗，要么被黄巢灭掉。虽然朝廷没有支援朱全忠一兵一卒一车草一袋粮，但这个东北面招讨使的名分也还是为朱全忠增添了很多力量，至少是形势上的力量。因为，朱全忠很善于处理与诸侯的关系，具有极强的组织与号召能力。后来的事态发展表明，陈蔡一带的会战之所以能够苦撑危局，与朱全忠坚忍不拔和卓有成效的组织调遣是密不可分的。

朱全忠接到赵犨求援飞书的时候，刚刚来到大梁开封，立足尚且未稳。赵犨一筹莫展，朱全忠也好不到哪里去，他是泥菩萨过河自身难保，既不是生力军也不属于援军。朱全忠掂量着赵犨的书信在房间内来回踱步，眉头紧锁，正在思考万全之策。这时候，朱全忠的老婆张夫人从屏风后走出来,见朱全忠踌躇犹豫的样子,趋步上前问道:"将军因何愁眉不展?"

"哦,夫人,陈州已被黄巢包围攻打很久,这是陈州刺史赵犨写来的求援书信。"朱全忠神情庄重且语带尊重地对夫人说道。

张夫人略一沉吟,说道:"妾素闻赵犨一门忠义,现在据一孤城,力敌黄巢,其情势危急,其所为可敬。"

朱全忠点点头:"赵犨兄弟在陈蔡久负盛名,为朝廷抗敌,忠勇可嘉。可是我刚来宣武,四面受敌,泥菩萨过河自身难保,救陈州等于是拿着鸡蛋往石头上碰。"

张夫人不紧不慢地说道:"敌我力量固然悬殊,可是如果不救陈州会遗人耻笑,落个见死不救的骂名。何况即便不救陈州,我们大梁就能独善其身吗?还不是要受到贼寇的侵扰?进攻是最好的防守,既然无论如何都不能避免与贼寇争斗,倒不如以救援陈州的名义号召诸侯,联合起来共同对敌。"

朱全忠恍然大悟,紧紧握住张夫人的双手,感慨地说道:"夫人所言极是,所言极是!"

朱全忠立即给赵犨回信,鼓励赵犨要坚持,一定要顶住,并说自己正在号召诸侯驰援陈州。

朱全忠的这位张夫人是史书不多见的女性杰出人物,也是五代初期的风云贤内助之一。

朱全忠与李克用以争霸并称于世,不过两人还有一个可相提并论的事,就是都有一个非凡的老婆。朱全忠的老婆张夫人,李克用的老婆刘夫人,都是当世奇女子,且在史书留名,地位可见一斑。

张夫人老家是砀山人,与朱全忠是一个地方的。张夫人的父亲当年是宋州刺史,算是大户人家。朱全忠如何娶到了这位既美貌又富有的张小姐?史书不详,据《新五代史》记载"太祖少以妇聘之",显然这里有"为尊者隐"的嫌疑,语言含糊简略,却也未必作假。据《北梦琐言》记载"……及温在同州,得张于兵间……",所载内容颇为详细,似乎合理些。综合起来推断大致如此:早年还是张小姐的张夫人颇有姿

风雨飘摇

色,而且闻名乡里,用时下流行的话说是最美砀山美眉,是砀山的山花。张小姐的芳名很快就传入朱全忠的耳朵里。朱全忠没有见过张小姐,不知道长什么样?只知道人长得漂亮。到底多漂亮,怎么个漂亮法儿?朱全忠很想知道。

朱全忠揣着憧憬和好奇的心态专程跑了一趟县城,想去看看张小姐。深宅大户的千金小姐哪里是随随便便抛头露面的,那会儿也没有广告、专栏、照片什么的,不似现在互联网上一搜索,能搜出来一打。况且张小姐也没有爱秀的毛病和卖弄风骚的心理障碍。朱全忠乘兴而去,因没见到张小姐,只好败兴而归。越是见不到张小姐,朱全忠这心里越是按捺不住想见一见的冲动。

终于在正月十五的元宵节灯会上,朱全忠总算在人头攒动的灯海人海烟花海中看到了张小姐。"人潮人海中,我找到了你,一样温柔一样美丽"。所谓看到,其实也不过是惊鸿一瞥,朱全忠只看到张小姐粉面桃花地向他这个方向张望了一下,随后就在丫鬟仆妇簇拥下消失在人流中。在张小姐向朱全忠这边厢观瞧的一刹那,朱全忠的心几乎要弹出胸腔,双眼直勾勾地望着张小姐的背影,腿脚一动也不动,全身都似僵硬麻木一般。真应了那句话"茫茫人海,有你有我",朱全忠此刻的心情就是这般写照。

从此之后,朱全忠害上了相思病,对张小姐产生了浓浓的爱慕之情。这么一个顽劣异常、身无长物、不名一文,近乎井市混混的朱全忠,日思夜想地要娶貌美如花的张小姐,这不是癞蛤蟆想吃天鹅肉吗?距离虽然产生美,可这个距离也太大了,几乎是不可逾越的天堑鸿沟,这种距离产生的只能是望洋兴叹。

朱全忠明知有距离,却偏偏不死心。朱全忠在他柴房兼卧室黑乎乎的土墙壁上,描绘出张小姐那惊鸿一瞥的倩影,整日里望着发呆。不知多少个夜半醒来,朱全忠辗转反侧,暗下决心,一定要娶到张小姐。决心可以下,下一百次一万次都行,但若决心没有实现的途径,还是等于肥皂泡。

后来朱全忠和哥哥朱存一起参加了黄巢的农民起义军,转战南北,既没有机会见到张小姐,也没有心思想张小姐了。世间事,冥冥之中或有安排，不巧都不行，但如果太巧了不免会引起人的怀疑。几年之后，朱全忠做齐军的同华防御使时，手下士兵虏获了一些流民，将其中一个姿色美貌的女子进献给朱全忠。朱全忠看到眼前的这位女子，忽然有似曾相识之感，眨了眨眼睛对这女子再仔细打量一番之后，朱全忠的心脏狂跳起来，脑门子热乎乎嗡嗡直响。朱全忠强力按捺住激动的情绪，问道："这女子姓甚名谁？何方人氏？"。

那女子形容憔悴，一身破旧衣衫，显然是长期逃难所致。听到的朱全忠的问话后，那女子面无表情地说道："小女子姓张，砀山人。"

朱全忠听完后，耳朵边犹如趴着五百只蝉在齐鸣，脸颊僵硬发烧。他向前探了探身，试探地再次问道："你可是宋州张刺史之女？"

那女子以惊异的眼神看了看朱全忠，点点头。

朱全忠反复搓着双手，上半身不自主地左右摇晃，用激动的语调说道："我是砀山朱全忠，早年就仰慕小姐，不想今日在这里得见，幸事幸事！"朱全忠心花怒放，这真是送上门的大好事。要不是盔甲在身，朱全忠简直要跳起来。多年前的夙愿，今天竟然有机会要成真。朱全忠赶紧安排人给张小姐沐浴更衣，然后盛情款待。

在进一步的谈话中，朱全忠得知张刺史已经死于战争，张小姐随同宋州流民到处逃亡流落至此。朱全忠弄清这些情况后，腰板挺了挺，觉得自己的形象高大起来。现在朱全忠既有了官职地位，也手握重兵，娶张小姐的愿望举手就可实现。没想到这位张小姐自幼熟读诗书，通晓礼仪，不是三招两式就能糊弄得了的，人家不吃这一套。

朱全忠虽对张小姐心仪已久，可张小姐并不认识朱全忠，对朱全忠没感觉。朱全忠的一厢情愿是"剃头挑子一头热"，张小姐对朱全忠没有任何印象与好感。朱全忠满心欢喜地要英雄救美娶美，可遭到了张小姐的拒绝。这令朱全忠十分受打击，如同迎头被浇了一盆冰水，肚子里顿时被失望、委屈和憋闷填满。可是朱全忠不死心，魂牵梦绕的美人送到眼前，怎可轻易放弃？朱全忠的欲念已经变成了脱缰的野马，收不住也快守不住了。

张小姐见朱全忠变幻不定的复杂神情，额头上已经渗出了细汗，似乎

风雨飘摇

朱全忠紧张地在思考什么。张小姐以为朱全忠这个军头正在打算采取暴力手段，心里顿时感到有些七上八下。激动得有些乱了方寸的朱全忠，向张小姐近前跨了一步，急切地想再做一番陈述与表白。可是这一步令张小姐十分紧张。各位有所不知，这位张小姐虽然是位美人，可一点也不娇弱，反倒很是有性格，性情果敢刚毅。

张小姐慌乱之下，双手前伸"仓啷"一声把朱全忠腰中佩剑给抽出来了。张小姐用剑尖指着朱全忠的胸膛，怒目而视。朱全忠倒是吓了一跳，愣在当场。片刻之后，朱全忠两手向张小姐摆了摆，说道："小姐，我并无恶意，只是仰慕小姐已久，现在我们都背井离乡，你留在我军中作伴，互相也可为照应。"

张小姐这才发现眼前这个壮小伙并不像奸淫掳掠的兵痞。经过复杂运算之后，张小姐转念一想，朱全忠对她原本一片爱慕，况且朱全忠既不傻也不丑，不似邪恶之人。如果自己坚持不答应，很可能将事情弄糟，真到那个地步将不可收拾。兵荒马乱颠沛流离的年月，一个无依无靠的弱女子根本无法生存，下一步流落何处仍然没有目的。况且这位张小姐十之八九已经不是小姐了，因为一个官宦人家的大小姐不可能二十大几了还没出嫁，更不可能为了迎合所谓的冥冥巧遇而特意待字闺中。

其实，情况没有张小姐揣摩的那么糟，朱全忠没有霸王硬上弓的念头。对张小姐的印象是留在朱全忠内心深处一朵完美无瑕高高在上的晶莹之花，朱全忠仍然怀有极大的热情和追求，挥之不去，无可代替。无论此时的张小姐是小姐还是大姐，或者大嫂甚至大妈，在朱全忠看来都是张小妹，是西施，是梦中的情人，是心中的太阳和月亮。

思虑一番之后，张小姐首先开口，对朱全忠说："朱将军，乱军将我掳掠献予你，这有污你的英名。若将军对我果真是一片真情，那请将军以明媒正娶的礼仪对待我。"

朱全忠闻听后，连连说："那是自然，那是自然。"

这个太好办了，别说明媒正娶，就是大操大办，朱全忠内心也一百二十个愿意。

朱全忠和张小姐虽然嘴上这么说，可根本没有可操作的条件。当时前敌剑拔弩张，两军正在作战之际，朱全忠和张小姐都没有父母家属在身边，朱全忠又猴急的火上房了，所谓明媒正娶不过是个幌子而已，说给外人听的。在朱全忠"枪炮加玫瑰"的攻势下，当天，张小姐就变成了张夫人，确切地说是变成了朱夫人。两人之间该发生的那天都发生了。朱全忠得到这位夫人之后，大合心意。所谓情人眼里出西施，朱全忠就是这种状态。此后，张夫人一直随军跟在朱全忠左右。

史书记载朱全忠的这位张夫人"贤明精悍，动有礼法，虽太祖刚暴，亦尝畏之"。可见这位张夫人有头脑、知礼仪、有性格、有脾气，还有威势，甚至有手腕。张夫人能够带给朱全忠温柔关爱的同时，也能摸透朱全忠的脾性，拿捏得住朱全忠的痒处和麻筋儿。张夫人不仅仅具有高超的床笫工夫和家事操持的本领，还帮助朱全忠决策过不少军国大事。因此，朱全忠对张夫人除了心理和生理依赖之外，在智谋和心术上都畏惧有加。真是"一物降一物，卤水点豆腐"，这朱全忠朝思暮想的娶美女，到头来竟然把自己变成了"妻管严"。细想想，如果谁娶个这种老婆放在身边，日子一定不会太好过。

话说赵犨接到朱全忠书信后，心里稍稍慰藉些。不过赵犨心里也很清楚，朱全忠的开封处境不比陈州好多少，要抗敌必须靠陈州自救以争取时间。就在赵犨兄弟苦苦坚守支撑的时候，黄巢与秦宗权的外围部队正在四处出击，与时溥、朱全忠、周岌等人纠缠征战。黄巢外围作战在客观上也减轻了陈州的军事压力。时间在艰难中一天一天地流逝，陈州被围四个多月之后进入了严寒的冬季。真正的饥寒交迫来临了，不仅是饥寒交迫，而且还有流血牺牲，时刻威胁着陈州城内的唐军和百姓。

赵犨仍在坚持。

咬牙坚持。

靠一腔热血激励一支虚弱疲惫的军队坚持。

率领一支虚弱疲惫的军队将陈州筑成钢铁一般的堡垒。

赵犨做好了以身殉职的准备。

在内外交困、军事与精神双重折磨之下，陈州城内竟然没有一个人叛变，没有一个人放弃，没有一个人逃亡。不知道赵犨用了什么办法，将人

心凝聚的如此牢固。就凭这一点，赵犨足以称为战神了。

十一月，朱全忠在鹿邑与黄巢发生了一场激战。在这一战中朱全忠取得了宝贵的胜利，斩首齐军二千余级，而且攻占了东部的亳州。秦宗权此时正南下伐许州，去找他的老对头周岌。周岌坚守不战，秦宗权无功离去，对湖北、河南大肆剽掠一番。

朱全忠、时溥、赵犨、周岌等人毕竟力量不敌黄巢秦宗权，虽然周旋战斗，但也岌岌可危，随时都有倾覆的危险。这时候他们不约而同地想到了一个人——李克用。

必须请李克用来救援。

只有名动天下的李克用才能克制黄巢。

十二月，许州监军田从异、大梁朱全忠、徐州时溥、陈州赵犨纷纷派人赶赴河东晋阳向李克用求援。求援的信使在赶赴太原的路上络绎不绝，一批接一批，首尾相望，寄托着无数人的期望与期待。

僖宗中和四年（公元884年）二月，河东节度使李克用亲自率领蕃、汉兵马五万出天井关驰援中原。李克用之所以顺利接受朱全忠等人的邀请，有其自己的打算。现在黄巢是朝廷最大的敌人，而且强大到足以令整个天下玩儿完。能够挫败黄巢者，现在看普天之下只有李克用。所以，李克用将平灭黄巢作为一生事业的转折点与基石。如果灭黄巢扶朝廷之功可成，那李克用就是第二个郭子仪。李克用对这个辉煌的目标充满憧憬，满怀信心。

可是，李克用这次出兵并不顺利。李克用走到河阳境内被河阳节度使诸葛爽挡住了。诸葛爽通知李克用现在黄河上的桥梁无法架设，请李克用绕道而行，并且派出重兵把守黄河渡口万善。诸葛爽阻挡李克用并非阻挠其剿贼，而是另有顾虑。人吃亏多了自会变得狡猾起来，吃过几次哑巴亏的诸葛爽现在总能将个人安危置之度内。诸葛爽听过一个故事，李克用南救长安路经太原时，打着御敌筹粮的旗号，顺手把原来的河东节度使郑从谠袭击剽掠一番。李克用从长安回师时，摇身一变成了河东节度使，鸠占了鹊巢，郑从谠只好搬家挪窝。因此，诸葛爽担心自己也被李克用以借粮借钱助军为名搂草打兔子，弄不好李克用还可能将河阳吞并掉。李克用见诸葛爽有防备有敌意，不愿与之纠缠，因为李克用明白陈州的黄巢才是首要猎物。李克用不能从万善渡河，只好回师陕西，从蒲州渡过黄河，向东往洛阳和汝州进发。如此一折腾，李克用的行程延误了一个多月，到达陈蔡时已是三月底。

在李克用辗转来援的过程中，朱全忠又打了一次大胜仗。朱全忠在瓦子寨与黄巢主力发生激战，经过一番苦战恶战血肉战和计谋战，朱全忠攻克了瓦子寨，齐军大败。这一战，朱全忠取得另一项重要收获。黄巢手下猛将李唐宾和王虔裕投降朱全忠，后来李唐宾与朱全忠旧部朱珍成为朱全忠霸业早期的得力干将，立下了汗马功劳。

李克用率领河东军浩浩荡荡地赶到大梁，与朱全忠会师，这是二人第二次并肩作战。李克用的到来，对于已经疲惫之极的唐军是个巨大的襄助。李克用带来的不仅仅是几万能征善战的生力军，更重要的是李克用如日中天、威震天下的盛名。朱全忠、李克用两人一见面，朱全忠就紧紧拉着李克用的手，爽朗地边笑边说："李老弟，你我刚刚从长安分别半年，天下局势又发生如此变化。不想黄巢流贼'百足之虫死而不僵'，中原百姓遍遭涂炭，朝廷圣上深受煎熬，你来得真是时候啊！"

李克用仍然是那副矜持傲物的神态，一只半睁的眼睛更增添了几分杀气与霸气。李克用说道："我接到老兄你的书信，星夜兼程，唯恐错失灭敌良机，不能为朝廷分忧，难以为大家解难。现在你我戮力同心，不怕破不了黄巢土贼！"

朱全忠哈哈大笑："好，你我兄弟共赴国难，同心协力，不荡平贼寇决不罢休！"

朱全忠深知李克用的克敌作用，也很了解兵贵神速、借势借力的奥妙。作为东北面都统，朱全忠号令诸侯，先从外围集中攻击黄巢主力。此时，黄巢大将尚让驻扎在陈州东南的太康，黄巢弟弟黄思业驻扎在陈州西北的西华，与陈州之围遥相呼应。诸侯联军采取了保持锐气，集中兵力，各个击破的策略。唐军首先进攻尚让的部队。尚让本来乃李克用手下败将，更不敌李克用、朱全忠和时溥的联军，一战而太康失守，为唐军所占。攻下太康之后，朱全忠马不停蹄，挥军直逼黄思业。黄思业

闻听尚让不敌唐军,心已有怯意,与唐军刚刚接战,便大溃逃走。西华也为唐军攻下。

连拔太康与西华之后,朱全忠立即通知赵犨,约定陈州会师日期,要求他们做好准备,里应外合与黄巢决战。这时候,陈州城内的赵氏兄弟早已疲惫不堪,度日如年。军民把一切可以吃的都吃光了,已经开始吃墙根的碱土和树皮的粉末。接到朱全忠会师决战的通知后,赵犨激动的双手颤抖,语言哽咽。这已经是朱全忠第二次来信,通知戮力破敌。之前,朱全忠召集许州、徐州等镇兵马,做过破围努力,终因兵力薄弱以失败告终。

四月初十拂晓,朱全忠率领各路兵马在陈州西北汇集。

这天早上三更,赵犨就已经迫不及待地命令造饭整军。难道赵犨还有饭可造吗?赵犨在疲弱不堪的军兵中精挑细选出两千人,作为突围主力,命人再次杀掉几匹瘦弱的战马,把府库里存着的几口袋米搬出来,让这些主力军吃了一顿饱饭。赵犨在弹尽粮绝的时候坚持没有动用这最后几袋米,为的就是等待破围这一天的到来。赵犨早早登上城头,久久地注视着西北方向。

暗夜逐渐散去,天空现出鱼肚白。赵犨忽然看到了城西北齐军的阵地发生了骚动,很快就传来了喊杀声,紧接着赵犨就看到了唐军的旗号。赵犨知道是朱全忠他们率领援军赶来,已经与黄巢军发生战斗。赵犨果决地下令,兄弟三人率领城内将士冲出陈州城,怀着满腔的激愤激动激烈激昂之情,挥舞着兵器向齐军杀来。赵犨军队的战斗力已经因饥寒折磨损失大半,但赵犨还是为自己的部队找到了发挥作用的方法。赵犨率人一面与齐军力战,一面在齐营中放火。而朱全忠率汴许徐州军与李克用的河东军如同一把大剪刀,插入黄巢行阵,立即将齐军剪成碎块。黄巢的齐军也遭受着饥寒之苦,又在连失太康与西华的打击之后,黄巢的军队斗志大不如前。为避开唐军锋芒,黄巢只好撤围,退兵故阳里。

黄巢围解去。

陈州军民如释重负,好像从鬼门关走了一圈,大有重获新生的感觉。

赵犨来到朱全忠面前,甩蹬离鞍下马,"扑通"一声向朱全忠施以大礼,泣不自禁,口中说道:"多谢汴帅与诸镇救围之恩,我陈州城内军民百姓全赖大帅得以保全，赵犨在此代替陈州军民拜谢大恩！"

朱全忠以前没有见过赵犨，这是第一次见面。朱全忠见赵犨已经形容枯槁，胡子拉碴，蓬头垢面，战袍战甲残破褴褛，可见陈州防御之艰苦卓绝。朱全忠不免为之动容。见赵犨如此激动，朱全忠也立即下马，趋步上前，双手扶起赵犨，语气凝重地说："赵大人，你为朝廷坚守陈州三百余日，以孤军挡十万贼寇，挫敌气焰，阻敌扩散，实乃大智大勇，我等应该向你致敬才是。"

朱全忠扶起赵犨，拉着赵犨的手说道："赵大人，非我朱全忠一己所能，这次会战多靠各位大帅前来襄助。这位就是威震关中，底定长安的李克用大帅。"

朱全忠将李克用介绍给赵犨，李克用傲然地对赵犨拱了拱手，赵犨向"独眼龙"李克用深施一礼，口中颂道："久仰晋帅盛名，乃我大唐柱石，长安一战威震天下，我赵犨深为敬佩。"

李克用微微一笑，然后举目向长天，铿锵有力地说道："黄巢流贼，天人共愤，长安一战贼幸逃脱。我闻中原危难，星夜自太原赶来，誓与巢贼决生死。"

接着，朱全忠又将时溥和许州监军田从异一一向赵犨介绍。每介绍到一位，朱全忠都大加赞誉一番，诸侯都甚觉欢慰。为什么周岌没有来呢？周岌实在是个色厉内荏之徒，既无颜面来见赵犨，更无胆量会战黄巢，倒是朝廷派来的许州监军田从异颇有胆识，主动与朱全忠会合。

城外不是说话之处，赵犨引导诸侯入城。此时，陈州城内已是锣鼓喧天，男女老幼纷纷赶到大街上，列队欢迎王师到来，庆祝破贼大捷。

赵犨在帅府摆下宴席款待诸侯。

残破的陈州城哪里还有酒肉宴席？是朱全忠将随军的牛羊酒菜调来，让赵犨的人安排妥当，慰问大家。

这次陈州破围，论实力当以李克用居首，李克用兵强马壮，出力最多。论指挥权当以朱全忠为首，朱全忠为前敌总指挥，有调度诸侯之权。所以，陈州之役胜利的原因有多个版本，在后唐的正史中，说是李克用会集诸侯，大破黄巢。在朱梁的正史中说是朱全忠居中调遣，合诸侯之力，

保存中原。其实,各有道理。

对于赵犨来说,陈州的生死困局解去才是最重要的。赵犨认为朱全忠作为前敌总指挥,坚持不懈与敌周旋,并多方汇集诸侯,对破围解困发挥了主导作用。况且朱全忠初来中原,兵少力微,如此逆境中越战越勇,并能团结心思各异的诸侯,实乃非比常人。赵犨以前对朱全忠很陌生,这次破围相见,朱全忠给赵犨留下了深刻印象。赵犨见朱全忠言谈举止流露沉思机谋,心神胆气蕴含王霸之资,不禁暗生敬佩,有心与之结盟。

待诸侯散去后,赵犨又专程带领弟弟、儿子到朱全忠大营拜见,表达感激之情。赵犨当着朱全忠的面,嘱咐弟弟、儿子:"尔等,要永远记住汴帅对陈州再造、对赵家活命之恩,无论什么时候都要唯汴帅马首是瞻。"朱全忠也深为赵犨的忠勇所打动,惺惺相惜之情油然而生。朱全忠与赵犨就此机会还彼此下了聘约,成了儿女亲家,朱全忠将女儿嫁给了赵犨的二儿子赵岩。陈州之战胜利后,陈州与汴梁结下亲密同盟,源源不断地向朱全忠供应粮草军需,成为朱全忠立足宣武争霸中原的重要基地。从此之后,赵犨帮助朱全忠打天下,出力甚多。不过今天这个赵岩大家要注意,若干年后,朱梁的驸马爷赵岩配合朱全忠的混蛋儿子,对搞垮梁帝国也做出了巨大"贡献",这是后话,在此暂且不表。

李克用与朱全忠短暂的离别之后,再度联手合作,取得了辉煌的战绩。可是谁也没想到,关系好的像亲兄弟一般的朱全忠和李克用差点闹出了人命。

10. 末路

黄巢死了。尽管起义失败,但黄巢死的像模像样。黄巢虽然失败,但也同时为李唐王朝奏响了挽歌。李唐的狂欢不过是最后的自我陶醉与迷失。

唐军进逼故阳里,与刚刚扎下阵脚的齐军对峙。这时候时令已经进入了五月初,这个五月恰逢暴雨连日。雨季极不利于行军打仗,这是常理和常识。可是，偏偏有人利用了恶劣气候，而有人却被恶劣气候所害。其中差别除了智慧还有心理作用。

黑压压的云层不仅向大地抛洒着如注的暴雨，而且还夹杂着雷电，霹雳声此起彼伏。李克用的晋军和齐军都静静地站在暴雨与雷电中，谁也不敢松懈，谁也不敢退却，但谁也不敢进攻。雨水如刷子一般在每个军校的脸上一层层地刷过，每个人的衣角和铠甲都湿淋淋冷冰冰。每个人的膝盖以下都浸泡在泥水里。每一把兵刃上都映出闪闪的寒光。

突然，天空一道耀眼的弧光射向齐军新筑的垒寨，在震耳的霹雳声中，齐军垒寨被闪电击塌一大片。齐军本就因撤退而精神高度紧张，本就因李克用的威名而胆怯。心弦紧绷的时刻，被横插进来的雷击突袭后，顿时有一部分人的心理防线崩溃了，发生了惊慌哗变。整体的防线是以各个局部为必要条件的，部分齐军的慌乱顿时以比闪电还快的速度传染给了所有的齐军。恐慌这东西的杀伤力是无法形容的，因为他是一种个体无序和群体有序的集体行为，在其发作的短时间内无法控制无法纠正。心理的崩溃直接导致了齐军营寨的崩溃，崩溃的结果是混乱与奔散。李克用见敌军惊乱，果决地下达了进击的命令。唐军发了疯似的号叫着冲向齐军，一举掩杀扫荡，齐军丢盔弃甲，溃败千里，一败涂地。

黄巢知道朱全忠在外，汴梁一定空虚，于是亲率一部北进汴梁，打算打朱全忠措手不及。

朱全忠听说黄巢亲率齐军扑向了大梁，不敢怠慢，赶紧回师救援。齐军大将尚让率领五千骑兵劲旅作为先头部队，很快就冲到了汴梁附近的繁台。朱全忠派出大将朱珍与庞师古迎战尚让，两人经过一番力战苦战鏖战，终于阻遏了尚让的攻势，迫使齐军稍稍退却。尚让见一下难以强攻，就暂缓攻击以等待黄巢主力到达后，并力攻汴梁。黄巢主力即将大兵压境，与尚让合击汴梁。朱全忠心知情势危急，赶紧派出八百里加急信使，通知正在郑州作战的李克用前来救援。见大梁危在旦夕，李克用连同田从异一起星夜兼程驰援汴梁。

李克用率援军到达汴水之滨的王满渡。此时，恰巧遇到黄巢部将李周率一部正要南渡汴水。齐军刚刚渡河到中流，李克用挽起金背弓搭上射日

风雨飘摇

箭,隔岸一箭将李周射落马下。随之,唐军一阵乱箭将身处河中的齐军射死大半。唐军乘势掩杀过汴水,与齐军残部混战成一团。齐军将领李周、王济安、阳景彪等先后战死,齐军死伤一万余人。当晚,黄巢率齐军余部撤走胙县、冤句,巩固四寨以求自保。

李克用、朱全忠合兵一处尾随齐军,紧追不放,一直追到冤句。当天夜里又是一场暴雨。暴雨中唐军与齐军发生了激战,这一战对瓦解齐军具有决定性作用。此后,齐军失散成几部分各自作战,不能聚集成主体力量,其实齐军已经溃败不成建制,难以继续对抗。黄巢手下大将李谠、杨能、霍存、葛从周、张归厚、张归霸等人在走投无路的情况下,接受了朱全忠劝降的条件,各率部下投降了朱全忠。尚让率部下一万多人投降了时溥。据说尚让投降时溥是诈降,目的是伺机近距离刺杀时溥。无论什么原因,尚让都不应该投降,因为尚让的影响力太大,仅在黄巢之下,是义军的主要领导人之一。尚让的哥哥尚君长当年跟随王仙芝起义,后来王仙芝接受朝廷招安邀请,派尚君长和谈,结果被朝廷暗害。现在尚让又投降官军,实在是不光彩。尚让的投降在义军内部造成了巨大的思想混乱,对义军的斗志是灭顶之灾,助推和加速了义军的瓦解。义军各部死的死、残的残、降的降、失散的失散,大势已去,土崩瓦解,无法收拾。失去战斗力的黄巢带着妻子兄弟千余人向东逃走,他还是惦记回家。

李克用得到黄巢在混战中东撤的消息后,在战场上脱离战斗抽身而出,亲自率身边亲军铁骑紧追黄巢不放,一路仔细地搜寻黄巢的踪迹,打算毕其功于一役。黄巢已到了穷途末路,失去了任何杀伤力,前来会战的诸侯都在眼巴巴地等待这一刻。谁若擒获黄巢,谁就是天下大英雄,谁就是皇朝第一功臣,这个诱惑实在太大太刺激。李克用绝不肯放过。他要在自己威震天下的名头之上再添一块金光闪闪的匾牌,到那时任何人都不能与李克用争锋。李克用似乎看到了近在眼前的成就,马上就可以成为郭子仪、李光弼一样力挽狂澜、匡扶危局的一代英雄。

李克用昼夜兼程,一口气追击两百多里,将黄巢残部赶到济阴一带。到达冤句地界时,眼看就要追上黄巢及其亲属了,正在李克用兴奋之际,突然黄巢不见了踪影。李克用马上派出多个哨探四下去打听,不一会儿消息反馈回来，据沿途流民说黄巢逃入了深山。李克用勒住坐骑，陷入了沉思。他明白山区密林不易追踪，而且河东骑兵不习惯于山地作战，在丛林中更难以驰骋和射击。如果贸然进入山林，很容易遭到敌军伏击。

一阵清晨的凉风吹过，李克用打了个冷颤，这才感到了饥饿，已经一天一夜没有吃东西，没有休整了。李克用看了看身边左右，只剩下几百名军校。由于追击黄巢赶得匆忙，没来得及率领部队将佐和主力军。此时河东骑兵已是人困马乏，汗流浃背，全身都是血渍、尘土和泥水，随身带的干粮和水早已用光，战马累得浑身肌肉突突颤抖。

李克用长叹一声："让黄巢逆贼多活几日，来日再生擒之！"无奈之下，李克用怀着惋惜及愤愤的心情，只好暂时放弃追击黄巢的行动，回汴梁唐军据点，打算补充给养调集军队再来歼灭黄巢。

朱全忠也想追击黄巢，可是他没能抽开身，眼睁睁看着黄巢逃走。难道还有比追击黄巢更重要的事情吗？朱全忠被一个人缠住了，这个人是个厉害角色，是个很无赖很疯狂很死缠烂打的对手。黄巢虽然败走向东逃跑，可是秦宗权活了下来。

对于秦宗权这个人唐军了解并不多，尤其对秦宗权的恶斗能量缺乏足够的认识。秦宗权虽然被孟楷一战击败，被迫投降了黄巢，但那是一次偶然事件。秦宗权的强悍和生存能力被那次偶然事件掩盖了。秦宗权对李唐朝廷十分不满，痛恨朝廷的暗弱与无能，但秦宗权也不爱惜平民，他暂时委身黄巢，只不过是为了活命，他和黄巢并不是一路人。确切地说，秦宗权实际上属于强盗一类，只不过是具有了一定规模的军事装备。尽管黄巢大势已去，秦宗权既不屑于继续追随黄巢，也不肯与官军合作，他要自立门户，割据一方，称王称霸。

被黄巢丢下后，秦宗权独自与官军争斗，而且越战越勇，打法狠辣。最先与秦宗权交手的是朱全忠。朱全忠的力量还不够强大，对付秦宗权十分吃力。在被秦宗权死死缠住无法脱身的情况下，朱全忠只好放弃了追击黄巢邀功的计划。眼看着煮熟的鸭子飞走，朱全忠气得破口大骂秦宗权，跺足捶胸，痛心疾首。

风雨飘摇

按下这头不说,再说黄巢部下四散奔逃,溃不成军,散落在兖州和郓州一代,黄巢自己逃入泰山。徐州时溥因主战场在东部,没有和黄巢主力交战,压力小于朱全忠,故在实力上保全颇多。此时黄巢溃败东来,等于为时溥送货上门,自投罗网。时溥得到这个消息,大喜过望,兴奋得来回踱步。时溥紧急派遣部将李师悦、张友、陈景瑜挟持降将尚让,率领军兵一万多人沿途追剿黄巢,一直跟踪到泰山狼虎谷。

六月,黄巢走投无路,力穷势尽。

疲惫、惊恐、饥饿、猜疑、绝望交织在一起,侵扰着这齐军几百人残部的身心。茂密的山林密不透风,热烘烘的蒸汽笼罩着每个人。因担心战马嘶鸣暴露行踪,黄巢及部属不得不放弃马匹,靠徒步行走,专门往深山老林里钻。黄巢全身血污,甲胄不整,拖着沉重的脚步,时不时地走走停停,四处观察一下周围的地形。虽然听不到追兵的喊杀声,可黄巢十分清楚,敌人虎视眈眈的就在不远处,随时都会掩杀过来。

令黄巢担心的另一件事是,变生肘腋,祸起萧墙。在义军残部中,如果出现见利忘义的小人,将会乘机谋害黄巢及其他将领的性命。黄巢的担心不无道理,这是农民起义中比较典型的悲剧性结局。想当年义军起兵时天下响应,四海云集,势如破竹,何其雄壮!现在战事失利,叱咤风云的领袖还不如一个羸弱村夫。失去羽翼的领袖是极其虚弱的,容易被任何鼠目寸光、心胸卑劣的投机分子所乘。喊出"王侯将相宁有种乎"的陈胜,当年落败时被车夫害死。

黄巢其实已经意识到危险的迫近,这种危险不仅仅是来自追兵,更来自身边,似乎有很多只凶恶的眼睛在暗处盯着黄巢的项上人头。尽管此时左右几百人基本都是黄巢外甥林言的部属,但意外往往总是在最不可能的时候发生。黄巢明白,莫说林言叛乱,就是低阶将校投机心起,自己也会在顷刻间身首异处。黄巢痛苦地心想"如果我堂堂冲天大将军、大齐皇帝,如此不明不白地死去,将是多么窝囊与不堪。大丈夫顶天立地,生当轰轰烈烈,死也要死得其所,死得光明磊落"。

就在黄巢思绪万千的时候,忽然一阵马踏青石和人说话的声音传来,齐军立即停住脚步,屏住呼吸,仔细辨认。每个人的心蹦蹦乱跳,提到了嗓子眼。大家都明白这是官军在搜山，而且距离并不远，似乎只隔着一道林子。这时候不知道是谁忍不住打了一个喷嚏，即使及时用袖口遮住了嘴巴，但在此时此刻这个沉闷的喷嚏也无异于一颗炸雷。大家齐刷刷地将目光恨恨地投向了那个打喷嚏的士兵，那名军校的五官因委屈和害怕扭在了一起，身体紧张地抖作一团。好在树木密不透风，外面的官军没有听到，不一会儿官军的搜山兵马远去了。

受此惊吓，黄巢更加坚定了决心，他要为自己的结局做好准备与安排，此时不做可能将后悔不及。大丈夫宁可杀不可辱。

在危机四伏的情景下，黄巢并没有过度紧张，没有猜忌审问部下，更没有精神崩溃而滥杀任何可疑的人，他已视死如归。生不容易，死更不容易。临危不惧，坦然接受死亡的到来更是不容易，这是一种境界。黄巢泰然自若地对林言说："我欲讨国奸臣，洗涤朝廷，事成不退，已经铸成大错，回天无力了。你取我的头颅献给天子，可得富贵，不要让小人得逞捡便宜。"

林言自从起兵就追随黄巢左右，黄巢对林言厚爱有加，视同亲儿子一般。危机迫近，大难临头，林言的思想也在矛盾激荡，虽不知如何是好，但并无加害黄巢之意。闻听黄巢此言，林言泣不成声，怎肯忍心对领袖和亲人长辈下手？

黄巢见林言不忍动手，微微一笑，站起身拍了拍林言肩头，缓缓说道："现如今大事没成，我不能苟且偷生，更不能被小人暗算，不明不白地死去。大丈夫生当顶天立地，死也要清白坦荡。你对我一片忠心，对起义满腔赤诚，我了然于胸，有目共睹。让你取我首级，是让你活下去为我做明证，这是你的大使命。"

林言额头青筋暴露，胸脯剧烈起伏，涕泗横流，扑通一声跪在黄巢面前，决然不肯动手。黄巢的弟兄部属个个哀伤愤懑，哽咽着看着主帅，想阻拦黄巢，却又很无奈无力。黄巢的妻子在一边紧紧搂着幼小的儿女，眼巴巴地望着黄巢，早已哭成了泪人儿，可是她没有呼天抢地，也没有过来劝说黄巢。他们都懂得，此时的黄巢除了死，别无选择。虽然大家不情愿，可是谁也想不出其他办法，更没有扭转乾坤的良策。

黄巢见状，扫视了一眼众人，仰天大笑三声之后，抽出宝剑横在颈项之上，侧向一拉，一腔热血喷射而出。由于黄巢自刎力度小了些，气犹未绝，身体栽倒在地痛苦地抽搐扭曲。黄巢自尽，几百将校放声痛哭，响彻山林，震撼溪谷。林言见黄巢死志已决，为减少黄巢的痛苦，这才跪爬到黄巢身前，颤抖着用双手挥起战刀，斩下黄巢首级。黄巢的兄长黄存，弟弟黄思业、黄揆、黄钦、黄秉、黄万通、黄思厚及妻儿见黄巢自尽身亡，纷纷自杀。

黄巢的结局饱含着壮烈、凄婉、不甘与自信。黄巢的死法在历朝历代失败的农民起义领袖中，属于比较有尊严的一种，没有苟且，没有愚弄，没有自欺，没有受辱，没有草率，没有一文不值。

黄巢有气魄！

黄巢有气节！

黄巢有肝胆！

史书记载，黄巢为成全林言取富贵才自杀，而林言也才在黄巢自杀后杀死黄巢的兄弟妻子。这种情况很不合情理，一则若林言为奸邪小人，则不会感恩黄巢而不忍下手，更不会落后于尚让而投降；二则若林言果为忠义之士，即便黄巢自杀，林言也不可能接连杀死黄巢家人十数口；三则黄巢为何舍弃自己及家人性命单单成全林言？说是成全其实是陷林言于不义。矛盾多多。

林言将黄巢等人首级盛殓起来，准备按照黄巢遗言献给时溥，以示黄巢已死的明证。走到半路，林言被徐州小股部队袭击杀死（史书上说林言是被晋阳博野军劫掠，似乎不通，因为如果晋阳军得到黄巢首级，断无道理献予时溥）。

徐州军将抢夺来的黄巢首级进献给了时溥。时溥打开棺匣辨认之后，确定的确是黄巢人头之后，大喜过望，哈哈大笑，兴奋不已。这是何等的弥天大功啊，被时溥捡到了！

时溥立即将黄巢人头转呈远在四川的皇帝，并谎称是他时溥亲自追击并擒杀了黄巢。黄巢死掉，这可是个天大的喜讯，压在朝廷皇帝大臣头上几年的乌云终于散去，上上下下大有浴火重生的感觉。朝廷内部一片欢腾。皇帝立即下诏对时溥加官进爵慰劳一番。

听到时溥以黄巢人头邀功的消息，朱全忠和李克用气得差点昏死过去，两人不约而同地大骂时溥窃取天下功名，小人伪君子。骂归骂，时溥还是时溥。没有人关心这些，皇帝并不关心谁杀死了黄巢，只要确信黄巢死掉就行。天下诸侯也不关心谁杀死黄巢，无论谁去杀黄巢，他们也得不到什么好处。追随黄巢的忠贞义军，能够活下来的只能隐姓埋名，再不敢去找杀死黄巢的凶手报仇。

史书还详细记载了黄巢妃子被朝廷处死的过程。这几个黄巢的妃子原本长安京师官宦大户人家的女子，长安陷落时，被黄巢掳掠入宫。黄巢身死之后，时溥将这些妃子与黄巢首级一起押解送往四川的皇帝。僖宗皇帝一看，"嗬！好家伙，我颠沛流离，爱妃宫女到现在还没补全，黄巢倒是艳福不浅"，皇帝心里十分百分千分万分的不痛快，一声令下"杀掉，以谢国耻！"这些弱女子的丰茂年华就此终止。

可更为诡异的是，这混蛋皇帝在杀死这些女子之前，居然还要做一做思想教育工作，以显示其九五之尊、圣明威仪。僖宗责问这些女子："你们本来也是出身名门望族，知书达理，为何从了黄巢，一起做贼呢？"这些女子战战兢兢，不敢抬头，只有啜泣，不敢作声。沉寂几秒之后，众女子中一人昂首挺胸反问皇帝："我等不过是弱女子，乱军之中被掳掠，也是被迫，可那时候偌大的国家哪里去啦？保护我们了吗？家国失守，京都倾覆，贼人猖獗，不问责于庙堂之上的文武大臣，反倒来责怪我们这些弱女子？那朝夕奉君、饱食俸禄、头戴官爵的大臣们将何处立足？！"

这女子语言铿锵、掷地有声、振聋发聩。李儇压根儿就没想到居然会有人触逆他，而且大义凛然、大道若揭，刺辣辣地戳到了皇帝和众大臣的痛处。正处在剿灭黄巢胜利兴头上的皇帝及文武群臣，好像被迎头打了一记闷棍。僖宗皇帝被反诘的恼羞成怒、哑口无言，急惶惶地连摆着苍白细长的手，神经质似地连声说："快杀了，快杀了，推到当街杀了示众！"

这些女子被押赴成都闹市刑场，五花大绑跪于当街，脖颈后插着问罪标牌。行刑官员及围观民众看到这情景，人人感愤揪心，满脸无奈沮丧惋

惜愤怒愁苦悲痛。老百姓自发地想出一个主意，纷纷将碗中盛满酒送到临死的这些女子嘴边，让她们喝醉，以解除受死的痛苦与恐惧。片刻之后，这些饱经灾祸、饱受欺凌、饱受惊吓的弱女子在昏醉中凋谢。

"所谓天下兴亡，匹夫有责"，可要是真到了依靠匹夫拯救的时候，那天下已经亡的差不多了。要是真到了问责匹夫的时候，那导致天下败亡的昏君乱臣也早已不可救药。试问五代乱世之中有几个人的见识会比这几个弱女子更高呢？有几个人的行为高洁而够资格耻笑这些弱女子呢？可悲可叹！

至此，曾四渡长江、两渡黄河，轰轰烈烈，席卷天下的黄巢王仙芝起义彻底失败。似乎皇权朝廷胜利了，似乎力挽了狂澜，似乎绝处逢生，似乎再次证明了皇权的力量与威严。其实不然，笔者以为，在黄巢起义失败的同时，李唐王朝也已经在实质上终结了，剩下的只不过是一具躯壳和无聊的形式而已。农民起义虽然失败，但大唐王朝风雨飘摇的命运进一步走向了穷途末路。在此之后，李唐的地方政权全面陷落，落入了军阀之手，再也没有一支军事力量真正属于皇帝，再也没有一支军事力量效忠皇帝并为皇帝所用，高骈是最后一个。再也没有一个地方政权属于朝廷，他们存在的目的全部是为了自己，他们偶尔也会响应一下朝廷的号令，但那纯粹是出于利用朝廷的目的。天下藩镇陷入全面的混战之中，争抢地盘，无视朝廷，割据自立成为此后二十几年的游戏规则。朝廷不过是个摆设而已，摇摇欲坠，不能自理。

农民起义走到了末路。

李唐帝国也走到了末路。

二、天下烽烟

1. 要命的宴会

无论有没有真本事，人都不能太显摆。李克用长的并不帅，甚至一只独眼更显得有些丑陋，但是李克用太爱显摆了，天天一副帅哥酷哥模样，膨胀得让旁边的人透不过气来。况且旁边站的是朱全忠，也是个软硬不吃野心勃勃的主儿。

既然独眼龙李克用来了，唐军的声势大振。
既然黄巢退却，齐军的豁口已被撕开。
因利乘便、乘胜追击、乘虚而入，反正必须要抓住机会。

黄巢已死，李克用东征就失去了目标。
李克用此来中原原本怀着极大的政治目的，绝非学习雷锋做好事不留名，出工出力白帮忙。

昔日，黄巢占据长安，天下震动，诸侯犹犹豫豫不敢进攻，天子避祸躲到了西川。只有李克用从关外长驱直入，以一臂力挽狂澜，恢复帝都，一时威名之盛无出其右者，光复之功雄踞第一。李克用主动与唐王室和解，并以勤王破贼为契机，重返关内，名正言顺地割据一方。一切发展的都很顺利，事情按着李克用当初的设想正逐步得以实现，这是李克用政治与武功的双重胜利。唯一可惜的是由于诸侯不同心，争相逐利，才使黄巢侥幸撤出长安，并有机会虎返山林，危害中原，使李克用毕其功于一役的想法落空。

赵犨、朱全忠等人的求援，正中李克用下怀，为李克用再次出兵提供了名正言顺冠冕堂皇的理由。李克用名义上为了援助诸侯，其实是意在黄巢。李克用根本就没有将诸侯放在眼中，认为单凭本部五万蕃汉兵马足

风雨飘摇

以击破黄巢。李克用志在必得，这次想将黄巢及其部队一网打尽，赶尽杀绝，并借此扬威立万，进一步巩固自己朝廷柱石、盖世英雄的地位，从而为自己从唐王朝攫取更大的政治资本铺平道路。将来朝廷内外文武臣僚之中，谁敢与我李克用争锋？

可是，李克用历经千辛万苦，身披数十战，终于将黄巢击溃，赶往绝路。眼看就要摘到手的果实，却被时溥从旁边不费吹灰之力捡了去，而且时溥从寂寂无闻一下子扬名天下，朝野褒誉。真是人算不如天算。李克用功亏一篑，美中很是不足，不免心里很不痛快。可是不痛快也不能说啊，不痛快也不能再打仗了，只好班师回家。

世间事一切皆有可能。

所谓防不胜防，料无可料。意想不到的事情随时随地随处随便都会发生。

李克用班师回家，在路上却因为一顿酒宴，差点让自己的脑袋搬家。

李克用行军路过汴梁。朱全忠作为地主和本地区战场的总指挥，自然要表示表示酬谢欢送的心意。为尽地主之谊，朱全忠大大方方地拿出牛酒钱粮慰劳晋阳军，并盛情邀请李克用到汴梁城中，要隆重设宴大加款待。这一场"战友加兄弟"的庆功宴和友谊宴，饱含盛情与期待。

李克用自谓有救援之恩于朱全忠，也就痛快地接受了朱全忠的邀请。李克用带领仆从侍卫等约三百人雄赳赳气昂昂地进入汴梁城。

开封汴梁城内军民敲锣打鼓，夹道欢迎，争前恐后地要一睹威震天下独眼龙李克用的样子，看看这位传说中的神人到底怎样了得。大家伸长了脖子向城门洞张望，交头接耳地议论着："唉，来了，来了，那就是传说中的独眼龙！""嘘，小声点，真神气，不愧是武功盖世。"李克用骑着高头骏马，威风凛凛地左顾右盼，一身君临天下的雄豪之气摄人心魄。身后卫队也是鲜衣怒马，雄赳赳气昂昂。

入城之后，朱全忠亲自迎接，引领李克用一行入住上源驿馆。自从长安一别，朱全忠和李克用彼此都留下了较深的印象，互相敬重，认为对方一定是个人物。这次成功合作，更增添了两人间的友好情谊。朱全忠命令摆上十几桌最好的酒菜，四梁张灯，八柱结彩，歌舞伎翩翩起舞，管弦乐声声环绕，宴席气氛热烈而轻松，令人忘却了战场的厮杀与搏命，忘却了刀剑风霜，忘却了血腥与恐怖。朱全忠率领文武僚佐前来作陪，并向李克用送上金银珍宝，以作为劳问答谢。

　　胜利的酒喝起来自然顺心顺意顺口顺气顺了肠胃还不妨碍放屁。朱全忠首先举杯说道："黄巢流贼已破，实乃皇朝威福浩荡，可喜可贺！来，我们大家共同举杯，遥祝皇上圣体安康，早日还京。"大家纷纷举杯响应，齐刷刷一饮而尽。少顷，朱全忠再次举杯，面向李克用说道："贼寇凶顽，幸赖李司空前来襄助，中原得以万全，我们敬李司空一杯。"李克用哈哈大笑，说道："这是兄弟我分内之事，朱大帅不必客气。"说完，李克用仰首将杯中酒与朱全忠同时喝干。宣武河东两镇将佐也互相纷纷致意，彼此敬酒，气氛融洽，相见甚欢。

　　酒过三巡，菜过五味。不一会儿每个人脸上都焕发了红光，意兴阑珊。汴梁诸将依次向李克用敬酒，李克用很快就现出了醉意。酒精是迷魂药，人只要喝醉了，什么事都有可能做出来。李克用一边喝酒一边对侍座在侧斟酒布菜的侍女动手动脚，拉拉扯扯。时值六月，天气已热，李克用对侍女又搂又抱，又亲又摸，侍女衣服被牵扯的凌乱不堪。虽然是酒席宴上的侍女，但这些人都是朱全忠帅府中人，为了招待李克用这种大场面，才临时调来服侍。大堂之上李克用如此失礼，不免令汴梁将佐心里不舒服。毕竟这里是帅府宴会大堂，不是妓院舞馆，服侍的侍女也不是三陪女郎。可是，朱全忠装作没有看到，对李克用这种小动作也没感到太意外，那个时代，武夫军头哪个不找"小姐"，哪个不喜好女色？朱全忠依然十分恭敬地向李克用敬酒，与之交谈。

　　李克用手扶几案面色通红，中气十足地说："关中诸侯畏怯，才使黄巢贼寇嚣张，我李克用率铁骑入关，一战而破贼，足见贼不可畏。"

　　朱全忠微笑着附和道："司空武功盖世，将门之后，青年才俊，非黄巢可敌。来，大家再敬司空一杯！"说着，朱全忠率先喝干杯中酒，双方将佐呼喊着纷纷向李克用敬酒。

　　"这次黄巢围陈州，已非昔日可比，实力大减，为何反倒蔓延近一年呢？"李克用斜着一只好眼看着朱全忠，那只残疾的眼睛诡异地似乎在嘲

弄朱全忠。

朱全忠略一沉吟,缓缓说道:"主要是陈州地小,无力独挡十万贼寇。说起来,赵犨刺史他们弟兄也实属不易。"

"依我看,主要是时溥、周岌等人隔岸观火,才使贼焰日炽,特别是时溥这个伪君子,竟然厚颜无耻地窃取黄巢人头请赏。"李克用愤愤地说道。

对这句话,朱全忠还觉得比较受用,特别是在时溥假借黄巢首级邀功之后,朱全忠对时溥很是气愤,耿耿于怀,久久咽不下这口恶气。

但接下来这句话,朱全忠就十分不受用了。李克用往嘴里放了一块猪头肉,边咀嚼边说:"其实,黄巢这些贼人不过是微贱之人,流民无赖,无德无能,鼠目寸光,从出世那天就不是什么好鸟!如何能与官家正规军抗衡,在故阳里还不是没打一个照面就被我军吓破了胆?你说是不是,朱老兄?"

李克用的话如刀锋一般切割着朱全忠的心脏,因为朱全忠最恨别人看不起他的出身。尽管李克用是在侮辱黄巢,但朱全忠也曾是义军的一员,也是出身微贱之人,也曾被亲戚刘崇及街坊邻居骂做无赖。朱全忠面部肌肉抽搐了一下,对这一抽搐没有任何人察觉到。因为没有人了解朱全忠的痛点在哪里。朱全忠仍然赔着笑脸说:"那是,那是。"

李克用搂着侍女,站起身,摇摇晃晃地走到宴席中间,端在手中的酒碗不住地晃悠。他舌头已经僵硬,结结巴巴地说道:"黄巢算什么?有什么能耐?我李克用单骑入关救……救驾,一举将反贼逐出京……师。"

这时候朱全忠手下大将朱珍凑过来,附在朱全忠耳边说道:"大帅,李克用太狂妄无礼,我去找人灭了狗贼!"朱全忠用眼色示意朱珍表示不可,低声说:"不可轻举妄动。"尽管心里对李克用已经很不满,但朱全忠强压怒火犹在忍耐。

李克用发表完慷慨陈词,回过头来到朱全忠跟前,戏谑地说道:"贼寇其势必败是自……自然的,朱老兄,幸亏你反正及……及时,否则,我们两人在长安城……城下会有一战呐,或许没有机会喝酒做兄弟啦,哈哈哈。"李克用俯身拉起朱全忠的手,一粒唾沫星飞到朱全忠脸上。

朱全忠感到脸上一凉，心里一阵恶心，皱了皱眉。端起一碗酒掩饰道："克用老弟，少年英武，来，老哥敬你一杯。"

"不，这一杯，我应当敬老兄你。"说着李克用仰头将碗中酒喝干，可是嘴皮子没有停住的意思："朱老兄，你以后再……再有摆不平的事，老弟我还……还会帮忙的。"

朱全忠不住点头。心里想"李克用天下之雄，迟早是我的一个大对手。我朱全忠挺过这一劫，再也不会请你帮忙，你也再无机会给我帮忙。先让你狂妄片刻，今天如果不做掉你，将后患无穷"。心里这么想，可朱全忠嘴上却说："感谢老弟挺身相助，来，我再敬你一杯。"

李克用来者不拒，仰脖子又将酒喝下了肚，至此李克用彻底醉了。河东众将也跟着主子感到威风八面，不免狂喝一番。酒宴一直从上午持续到傍晚，杯盘狼藉之后，终于散去。李克用在侍卫搀扶下，进驿馆卧房休息去了。

等李克用走后，朱全忠屏退左右人等，喊过部将朱珍，秘密交代一个惊天动地的行动。朱全忠喷着酒气，额头青筋暴跳，狠狠地命令道："待李克用贼子睡后，你带人将驿馆包围，全歼这些狗日的王八蛋！"朱珍早已被李克用的飞扬跋扈激恼，咬着嘴唇点点头，回过头对所属佐将杨彦洪说道："我带人包围驿馆，你挑五十名精悍死士袭击李克用，务必要一举做掉这恶贼。"杨彦洪说道："将军，天黑行动，视线不便。贼人强悍，为确保万全，我杀入驿馆，您包围四面大街，还请大帅在外接应。胡人善于骑马，如果您见到骑马突围的人，那一定是李克用等人，无论谁见到立即射杀之。"

杨彦洪满腔怒火地领命而去，带领五十名精壮刀斧手潜入驿馆。朱珍命人拉来几车树枝将驿馆周围路口全部堵死，防止李克用惊觉后逃走。杨彦洪率人冲进驿馆后院，挨个房间搜索，见到晋阳兵将也不答话直接砍杀。驿馆内顿时血光崩现，哀号一片。

李克用带来的侍从郭景铢被外面惊天动地的喊杀声惊醒，趴着窗户向外一看，只见气势汹汹的汴军如同疯魔一般正在砍杀晋军，心知大事不妙。他当然明白发生了什么，心想主子今天因酒失态，过于狂傲，把朱全

风雨飘摇

忠得罪了,这才引来了杀身之祸。郭景铢急忙跑入内室去叫醒李克用。郭景铢生怕暴露目标又不敢大声叫,压低嗓音连喊几声:"主公、主公。"可是李克用已经烂醉如泥,神志不清,任凭郭景铢怎么摇晃和低声急促地呼唤,李克用仍旧鼾声如雷,就是醒不来。这时候,杨彦洪等人的砍杀声已到了跟前,郭景铢急得汗珠子"吧嗒吧嗒"直往下淌。最后郭景铢急中生智,赶紧拿毯子将李克用裹起来推到床底下藏起来,又找来一盆凉水,冲着李克用的脸上泼去。被凉水突然一激,李克用才勉强醒过来。郭景铢趴在李克用耳朵上说:"主公,朱全忠要杀您。"李克用一听这话本能地要跳起来,但不知道自己身在床下,"咚"的一声脑袋撞到床板。郭景铢慌忙扶着李克用从床底下爬出来。

这时候,李克用彻底清醒了,每一寸肌肉都紧张起来,也忘记了刚才在床底撞头的疼痛。定了定神之后,李克用抓起身边的弓箭向窗外连射数发,射退正往屋里强攻的汴军。

此时屋外已是火光冲天,整所院子红彤彤如同火海一般,看来汴军不仅杀人还在放火,明摆着是要赶尽杀绝啊。正在李克用奋力射箭的危急时刻,他手下的亲随将佐薛志勤与史敬思、义子李存孝赶过来救援。李克用见有人来助,看看外面情势紧急,不敢耽搁,大吼一声撞开屋门,一边挥舞手中弓箭一边往外冲。薛志勤、史敬思、郭景铢及十来名亲从侍卫将李克用夹在中心向外拼杀。

突然,天空一道闪电,紧接着一声炸雷,大雨瓢泼而下,大火被雨水浇灭,本来亮如白昼的院子变得漆黑一片,顿时敌我莫变,形势陷入混乱。李克用率人杀开一条血路,攀墙冲出驿馆,沿着大街往外跑。

可是李克用等人没跑几步就不能再跑了,因为街口被杨彦洪的人用树枝柴草堵了个严严实实,根本无法逾越。薛志勤蹲下身去,对李克用说:"主公,您踩着我的肩膀,攀爬到民宅的房顶,从房顶撤退。"李克用不再说话,借助薛志勤的身体,飞身爬上民宅屋顶,飞檐走壁,跨过几所院落之后,才逃离驿馆包围圈。

李克用等人一直朝城北跑,因为河东军驻扎在汴梁城北门外。趁着夜色,李克用登上尉氏门,顺绳子缒城而出。落到地面之后,汴军的喊杀声也逐渐抛在了远处，李克用等人这才长出一口气，感觉踏实了许多。过了护城河，河北岸就是晋军大营，等到了大营一切都安全了。

正要举步过河，李克用才发现护城河桥梁已被汴军截断，早已有千八百人拦住去路。这时候，李克用的心彻底凉了，心想"这是朱全忠要置我于死地，老天爷也要我命丧在此啊！"薛志勤和史敬思互相看了看，知道今天非比寻常，不玩命就没命了。两人率几名仅有的军校向守桥汴军杀过去。汴军见这几个人如猛虎雄狮一般冲来，气势迫人，汴军不免有些怯阵。趁汴军稍却，李克用以间不容发之势，挥舞兵刃呈车轮状，如旋风一般撞开一条血路，得以冲过护城河。

这时候，杨彦洪也已带人追到。史敬思为给李克用争取时间，主动提出他负责殿后。史敬思只身站在桥北端死死抵抗汴军。要说这史敬思真是一员悍将，既能打，且忠心。在密不透风的枪林箭雨中，史敬思双脚如同生根一样，不肯退让半步，身上被砍中数刀仍在坚持战斗。杨彦洪乘马来到近前，看到奄奄一息的史敬思还在挡着汴军的去路，他奋力举起大砍刀，手起刀落将史敬思劈为两半。汴军这才蜂拥掩杀过桥，追击李克用。

朱全忠此时也带人追来，边追边命令："胡人骑马，只要见到骑马的就给我射，绝不放走一人！"朱全忠杀到城门下，雨雾中见前面一人乘马逡巡。朱全忠不假思索张弓搭箭向那人射去，那人应声落马。朱全忠走上近前一看竟然是杨彦洪，不禁大为懊悔自责。"胡人骑马"本是杨彦洪与朱全忠约定的暗号，这是杨彦洪的主观判断，建议朱全忠见到骑马的一定不要放过，结果自己却身受其害。朱全忠站在雨中，死死盯着李克用逃走的暗影，狠狠地命令道："给我追，一定要杀了这狗贼王八蛋！"一群汴军随即投入雨中去追击李克用。旁边有将佐低声对朱全忠说："大帅，事情是不是搞大了？"朱全忠冷笑一声，说道："今天不灭他，明天我难受。既然出来混，别怕事情大。"

李克用一路狂奔，蓬头垢面满身血污地向驻扎在汴梁城北的本部大营逃去。河东监军陈景思及其他随行兵将三百多人尽皆死在汴梁城中。有些侍从与李克用在雨夜中失散，反倒比李克用先跑回到了晋阳军营。

这些侍从跌跌撞撞连哭带喊地冲进辕门，大声嚷嚷着："出大事啦，

李司空被朱全忠加害啦！"此时，寂静的军营中一阵骚动，围过来一大堆人打听消息。突然，一声大喝震住了乱哄哄的议论声，众人让开一条道路。只见几名侍女挑灯笼引领着一位端庄沉静的女子走来，此人正是李克用正房夫人刘氏。从汴梁逃出来的几名侍从见到刘夫人，扑通跪拜在地，泣不成声地说："夫人，司空遇害啦。"

"住嘴！好大胆，胡言乱语，蛊惑军心。来人，按军法推出斩首！"刘夫人没有让这几个人再往下说，直接截住话头，威严地呵斥下令。

那几个从敌人刀下死里逃生的侍从，还没有明白过来是怎么回事，就做了自己人的刀下之鬼。

前文书我们提到过李克用的刘夫人，与朱全忠的张夫人并称于世，都是很有见识的女子。据《新五代史》记载"自太祖（李克用）起兵代北，刘氏常从征伐。为人明敏多智略，颇习兵机，常教其侍妾骑射，以佐太祖。夫人无子，性贤，不妒忌"。由此可见，这位刘夫人很了不得，是个能文能武的奇女子，不仅可以上马射箭，襄佐李克用行军打仗，还擅长料理家务。作为老大与李克用的几个夫人相处融洽，从来不争风吃醋，主动化解了不少后宅危机。刘夫人膝下无子女，抚养了后来的晋王李存勖，并帮助李存勖顺利执掌河东接替了李克用的基业。

刘夫人缓步走入中军大帐，神情严肃地对众将说："大家少安毋躁，各部没有我的命令，不得妄动。"晋阳众将面面相觑地站立两侧，谁也不敢动地方，不敢说话。刘夫人端坐帅案后，神色凝重，一言不发，静静地等待。漏壶的滴水声"吧嗒吧嗒"地敲击着每个人的神经。刘夫人心里只有一个信念，决不能慌乱，更不能在脸上露出慌乱的神色。事出突然，真相不明，既不可轻举妄动，更不可内部互相惊吓。现在唯一能做的就是等待。刘夫人心里默默念叨："克用你到底怎么啦，还不快点回来！"

经过漫长的等待煎熬之后，临近黎明时分，突然帐外一片嘈杂，继而鼓声大作，紧接着，一人衣衫褴褛、浑身是血地闯了进来，正是河东节度使、陇西郡公李克用！刘夫人急忙站起身，快步走过去搀住李克用。李克用一见到夫人，面部肌肉一阵抽搐，埋头在刘夫人肩膀上放声大哭，嘶哑着嗓子喊道："我要报仇！我要报仇！来人，升帐点兵，我要冲进汴梁，杀了朱全忠狗贼！"

刘夫人拉住李克用的手臂，坚毅冷静地说道："何事如此？司空勿急。"

"我不远千里来救亡中原，驰援朱全忠，不想这奸诈狗贼设下鸿门宴，要加害于我，是可忍孰不可忍！"李克用咬牙切齿地说道。

刘夫人极力克制着自己的情绪，也极力劝慰着李克用："司空，君子报仇十年不晚。我们本来是为赴国难、诛反贼而来。如果因为饮酒使气，争私人一时之短长，一旦开战用兵会给天下人留下话柄，此话好说不好听，我们将处于被动局面。朱全忠加害于你，自有朝廷主持公道，我们可以上书告发，请皇上为我们做主。"

刘夫人死死抓着李克用的胳膊，眼含热泪极力劝阻，李克用这才满怀愤恨地忍住怒火，立即拔营回河东。李克用之所以没有与朱全忠开兵见仗，除了贤明智略的刘夫人言之在理，还有一条重要原因是，慌乱之中敌我情势不明。朱全忠主动动手，说明他有充分的准备，况且这里是宣武的地盘。李克用这边刚刚折损几员大将，士气人心浮动。真要打起来河东军胜算并不大。这是刘夫人的高明之处，她很冷静，很清楚这个形势，决不能让李克用冒险。

李克用临走向朱全忠写去一封问责书信，质问朱全忠昨夜所为。这算是一次外交手段和手续。不能就这么不明不白地走了啊？朱全忠更绝，直接回信谎称自己不知情，并嫁祸给朝廷及杨彦洪，说是他们密谋后采取的私自行动。朱全忠不仅抵赖，而且污蔑了替他卖命的杨彦洪。

朱全忠一方面抵赖，一方面四处发布文告，通知各州县说李克用已死，凡是沿途有冒充李克用的河东军，一律围剿。这下厉害了，变成了几个藩镇联合打假！作为东北面都统的朱全忠，其命令是有一定效力的。如此一来，李克用的处境大为窘迫，所过州县纷纷紧闭城门不纳，有的还出游击滋扰。

威风不可一世的李克用如今惶惶如丧家之犬。更让李克用恼怒的是，离开汴梁途径许州，李克用向周岌借粮草，周岌居然过河拆桥，狗眼看人低，拒绝借粮给李克用。李克用无奈只好自虎牢关向西辗转从陕西蒲州回

风雨飘摇

太原。李克用回河东比从河东出师的时候还要艰难曲折。出师时何其雄壮，回师时灰头土脸。

李克用自以为屡立大功，为朝廷立下汗马功劳，现在却被朱全忠加害，损失几员战将，颜面尽失，感到心里愤愤难平，无论如何也咽不下这口恶气。所谓"士可杀不可辱"，李克用差点被杀，又被大肆侮辱了一番。李克用连续八次向皇帝上奏章申辩，要求朝廷惩办朱全忠。李克用奏章写道："臣有破黄巢大功，为朱全忠所图，仅能自免，将佐以下从行者三百余人，并牌印皆没不返。全忠仍榜东都、陕、孟，云臣已死，行营兵溃，令所在邀遮屠剿，勿令逃失。将士皆号泣冤诉，请复仇雠。臣以朝廷至公，当俟诏命，拊循抑止，复归本道。乞遣使按问，发兵诛讨。臣已遣弟克勤将万骑在河中俟命。"又写道："全忠妒功嫉能，阴狡祸贼，异日必为国患。惟乞下诏削其官爵，臣自帅本道兵讨之，不用度支粮饷。"

朝廷收到李克用的奏章后，一下子乱了套。现在李克用与朱全忠两个最强的藩镇不和，还将矛盾交到了朝廷，这无疑是个烫手的山芋和满刺的仙人球。朝廷既不敢得罪李克用，也不敢得罪朱全忠，只有中间和稀泥，两边调解。调解的方法就是加官进爵进行安抚，封李克用为守太傅、同平章事、陇西郡王，加封朱全忠为同平章事。

那位忠武节度使周岌下场可就不走运了，非但没有升官发财，反倒丢了性命。早年被杨复光带到河中救援长安的军校，在杨复光死后不服任何人统领，纷纷散去。其中一部分人马在一名叫作鹿晏宏的将佐带领下，剽掠东川后折回许州，将周岌赶跑，并将其追杀灭门，与当年周岌对待薛能如出一辙。

这里还有必要交代一下那位官场不倒翁王铎的结局。王铎曾经在长安阵前荐拔过朱全忠，后来朝廷派王铎与朱全忠一起赴宣武御敌。开始的时候，由于王铎的影响力，朱全忠对王铎十分恭谨。后来，朱全忠兵势日强，慢慢的朱全忠对王铎就不太礼貌了，总觉得这王老头碍手碍脚爱唠叨。王铎感到无趣，就主动上书朝廷，要求归朝。朝廷没有让王铎归朝而是给他封了个义昌节度使的官。可能这也是田令孜为了排斥异己而向皇帝出的主意。

138

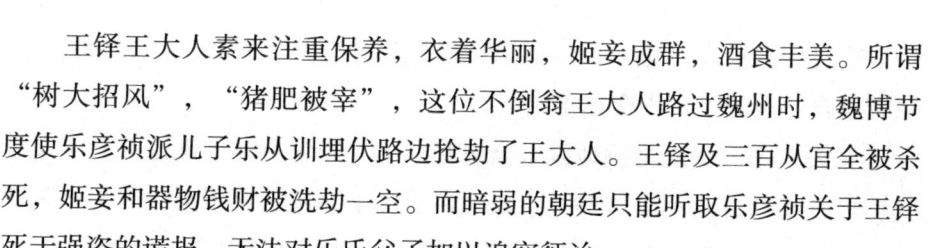

王铎王大人素来注重保养，衣着华丽，姬妾成群，酒食丰美。所谓"树大招风"，"猪肥被宰"，这位不倒翁王大人路过魏州时，魏博节度使乐彦祯派儿子乐从训埋伏路边抢劫了王大人。王铎及三百从官全被杀死，姬妾和器物钱财被洗劫一空。而暗弱的朝廷只能听取乐彦祯关于王铎死于强盗的谎报，无法对乐氏父子加以追究惩治。

李克用对朱全忠恨之入骨，立誓要生擒朱全忠，寝其皮食其肉。李克用年轻气傲，喝几杯酒就忘乎所以，表明在政治上还很不成熟。而朱全忠虽然老于谋算，但布置的这次暗杀行动显然也欠考虑和周密，太露骨了。李克用及其部下如虎狼，岂是杨彦洪一偏将可剿杀的？李克用九死一生，逃脱而去，无异于虎归山林。李克用的轻狂与朱全忠的草率，使两人都因这次冲突受到了冲动的惩罚，唐末两个最强的藩镇结下了世仇，从而使得五代史的进程变得十分复杂、凶险与艰难。

我们试着来假设一下，如果朱全忠与李克用不如此迅速的结仇而短兵相接，天下局势可能会是另外一番景象。因为此时的李克用与朱全忠分别是南北两个最强大的势力，一般来讲，他们会以"远交近攻"的方略，先逐步整合自己周围的弱小势力，形成两大集团后才会短兵相接，南北争霸。到那时，只不过是谁胜出的问题，时间不会很长，天下也不会遭受太多的纷乱之苦。李克用与朱全忠这么早就彼此将对方视为最大最直接的敌人，已经无力他顾，难以分身整合周围的力量，所以只能以比普通诸侯稍强一点的面貌征伐，甚至很难称得上争霸，更难以达到争王的重量级。但是，历史又不可以重新假设重新上演。在后来一系列事件中，朱全忠与李克用这种行为方式不止一次地表现，也说明这次朱李结怨也不是十分偶然十分惋惜的事。

剿灭了黄巢，赶跑了李克用，挤走了王铎，朱全忠在宣武算是稳住了阵脚。有一天，朱全忠在内宅和张夫人聊天，说到李克用向朝廷屡屡告状的事情，弄得天下沸沸扬扬。又说到与秦宗权的战况，现在秦宗权实在是很难对付。可是朱全忠再也不可能请李克用来帮忙了。乌鸦嘴，真是被朱全忠说中了，他没想到剿灭黄巢之后，还有这么大的麻烦等着他。他原以为李克用没用了，才做出过河拆桥的暗杀行动。危难之际，左邻右舍藩镇

汲取李克用的前车之鉴，谁还敢来帮忙？事已至此，现在说什么也晚了，只有靠自己奋战了，朱全忠很烦。

张夫人不无责怪之意地说朱全忠暗杀李克用的行动的确鲁莽。朱全忠其实也有些悔意，不应该那么急躁躁地惹上李克用这个天字号对头。朱全忠叹口气，拉着张夫人的手说："他奶奶的，弄块地盘居然这么难！"

陈蔡会战之后，"北有李克用，南有朱全忠"，双峰并峙，二虎不容，从此攻伐连年不断，直到将衰破的李唐折腾散架灭亡。

2. 瘦皇帝与肥太监

皇帝不急太监急，不急有不急的心思，急有急的道理。皇帝的苦与乐尽在太监掌握，皇帝有皇帝的难处，太监有太监的乐子。

所谓"少不入川"，此言果然不虚，即使见过大世面的皇帝也不例外。离开长安的僖宗皇帝，在蜀川生活了四年之后，对成都行宫的生活过上了瘾，同时害怕日益嚣张的秦宗权威胁，迟迟不愿意回长安。可是总赖在成都不走也不是个办法，毕竟天下的心脏皇帝的家在长安。在关东诸侯的一再联名上书劝请之下，僖宗皇帝这才怀着无限复杂的情感，磨磨蹭蹭地于光启元年（公元885年）初春从四川成都起驾回京。

僖宗回到了阔别几年的京师，几乎不认识这片土地了，这哪里是昔日繁华、冠盖天下的长安？哪里是领袖四夷唐帝国的都城？现在的长安已是满目疮痍，到处杂草丛生，断壁残垣，狐鼠出没。真是"国破山河在，城春草木深"，"感时花溅泪，恨别鸟惊心"。

人患大病，初愈后尚且体虚神散。

国家历经丧乱，更是国力虚弱、府库枯竭、供给匮乏、人心惶惶。

最要紧的是缺钱。

因为皇帝需要钱。

并非皇帝本人要花钱，是围绕皇帝的公事私事都要花钱。

这钱非花不可。

这钱一分都不能少。

这钱一天都不能断。

因为有人想花钱。

只有花钱，皇帝的衣食起居标准才不会降低，伙食起居搞好了皇帝才会舒服，皇帝舒服了之后才会高兴，皇帝高兴之后，那些伺候皇帝的人才不会有麻烦，伺候皇帝的人把皇帝伺候高兴之后才能得到皇帝的喜欢，得到皇帝的喜欢之后他们才能顺便把自己的事情"办好"，也才能把别人给"办掉"。

所以想花钱的人很有动力找钱。

谁去找呢？

大宦官田令孜。

护驾、打仗、复国他没本事，给皇帝拍马屁的技术可谓炉火纯青，天下第一。

钱不只要紧，而且还会要命。

要钱就是催命赎命玩命奔命赌命甚至不要命。

天下疲敝，到哪儿去找钱呢？

末唐的税赋制度基本上荡然无存，政府经济濒临崩溃。中央政府的财政靠供，地方财政靠抢。肯于向中央政府进贡的藩镇寥寥无几，军阀们高兴了就多进贡些米面钱粮，不高兴了就断供。不仅没有年供，月供也不缴了，让皇帝吃了上顿没下顿。地方财政基本上是军阀们靠武力掠夺，先下手为强，谁抢到手算谁的。由于多年战乱，民不聊生，农林牧副渔一派荒废景象，根本没有课税对象。另外，老百姓流离失所，名目繁多的税种没有人缴，州城府县只好设关卡搞点过路费过桥费超载费人头费之类的乱收费，因此，可以通过税赋制度实现的财政收入寥寥无几。

在各种收入来源中，税费是最直接来钱的科目，盐铁又是所有税收科目最肥的。

田令孜将眼睛盯上了河中安邑、解县的两个大盐池子。六军观容使田令孜下令将安邑和解县盐税管理权直接收归中央政府，而且自己兼任盐铁司使。

风雨飘摇

所谓"收归"是指这两个盐池子的税收原本直属中央政府，长安陷落后暂由河中地方藩镇管理，每年河中府镇向中央政府缴纳三千车盐作为供给，余下的当然就由河中自行支配了。

现在田令孜要将盐税这块大肥肉从河中口中夺走，河中节度使王重荣自然不答应。王重荣并非完全为盐池税被没收而恼怒，这只不过是个明面的由头而已。更重要的是田令孜回到京师后，为了重新确立自己掌控朝政大权的地位，正暗中打击削弱不攀附的地方诸侯和朝中大臣。

最先遭殃的是最先报效皇帝的人，郑畋。司徒、门下侍郎、同平章事郑畋"虽当播越，犹谨法度"，也就是说虽然天高皇帝远，乱哄哄一大片，但仍然按规矩法度办事，没有擅权越分的行为，暗含的一句话就是"与很多人比起来，十分难得"。大宦官田令孜为自己人判官吴圆求封郎官，郑畋不同意。田令孜的弟弟陈敬瑄自以为接待了逃命中的皇帝，居功至伟，打算将自己的地位提高到宰相之上。郑畋援引了以往的旧例加以明证，认为外在的"临时宰相"品秩再高，也不能高过真正的宰相，并且据理力争。郑畋除了和高骈对骂之外，对朝中投机分子极力抵制，直肠子耿直劲儿无人能比。

陈敬瑄的目的没有达到，田令孜也感到很窝火，于是这两个人撺掇唆使凤翔节度使李昌符向皇帝写奏章提建议："现在乱糟糟的，军队情况复杂，互不统属，不能让郑畋权柄太重。"僖宗皇帝一听郑畋"位高权重，特别是军权过重"，这心里就发毛，只用了一下本能神经而没有经过大脑就将郑畋革职，对其封了个太子太保的虚荣衔，打发老郑回家。再将郑畋的儿子郑凝绩从兵部侍郎位置上外放为彭州刺史，命令郑畋到他儿子那里养老去。

忠心耿直、为国事呕心沥血的郑畋在国家形势稍稍恢复之后，却首先遭到了剪除，可见田令孜对这些功勋卓著的复国大臣是何等的嫉恨，也可见田令孜有多大的能量，能够将皇帝玩弄于掌股之上。纵横捭阖主持危局的大佬王铎，估计也是因田令孜的关系难以归朝，才在赴镇路上意外身亡。在朝中颇有影响力的杨复光杨复恭兄弟也未幸免。杨复光从忠武藩镇带领几千人驰援京师，联合诸侯与黄巢累战不辍。可是皇帝回到京师后，田令孜逐步排挤了杨复光杨复恭，杨复光受排挤后不久死去，哥哥杨复恭被降级踢出神策军核心层。前面已经交代过，杨复光为人慷慨重义气，他这一死，再无人能够驾驭从忠武跟随杨复光来河中的将校。这些将校纷纷离散，乃至作乱，其中就有鹿晏宏。

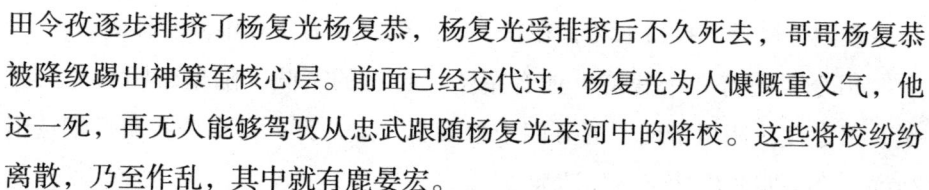

王重荣与田令孜素无瓜葛，现在田令孜找茬找上门，王重荣立即警觉到田令孜的阴险意图。王重荣刚刚浴血奋战，对保全京师与皇室，具有乾坤再造之功。田令孜不过一祸国宦竖，刚回到京师就来剥夺王重荣的利益，这可激怒了王重荣。王重荣决定找皇帝理论，于是一份接一份地给皇帝上书，坚持奏请将两县盐税的管理权仍旧留在河中。田令孜仗恃自己是皇帝的红人，不把王重荣放在眼里，并且打算借此搞掉王重荣，将河中这个京畿重镇掌握在自己手里。田令孜不断在皇帝面前搬弄是非，说王重荣的坏话，建议皇帝将王重荣从河中调往泰宁。

泰宁是什么地方？在遥远的山东、江苏一带，况且是巴掌大的一块小地方，哪里可以与河中相提并论。王重荣明白如果离开河中无异于调虎离山、蛟龙离渊。王重荣对田令孜恨得牙痒痒，可一时半会儿也拿田令孜没有办法。王重荣只有消极抵抗，将调任诏书扔在一边，屁股坐着就是不挪窝。

权力在重新分配与瓜分的过程中，参与博弈的各方心理作用十分微妙，这种心理作用有时候非常具有攻击性，可以诱发数倍于正常值的反应，造成异乎寻常的杀伤力。王重荣的抵制，使田令孜觉得面子和权威受到了极大的挑战。田令孜原本并没有置王重荣于死地的意图，不过是抢夺一下老王手里的肥肉而已。现在，两人撕破了脸皮，田令孜决定通过武力解决王重荣。

田令孜之所以敢于采取军事手段，是因为田令孜感到有恃无恐，最大的凭持当然是皇帝。田令孜现在觉得自己几乎已经可以完全代表皇帝了。在逢迎蒙蔽愚弄唆使皇帝的同时，田令孜暗中结交一些地方藩镇。田令孜能够结交拉拢到的藩镇一般不是手握重兵的重量级选手，重量级选手多在田令孜打击之列。田令孜与京畿附近的邠宁节度使朱玫、凤翔节度使李昌符拉上了关系，互为表里。朱玫和李昌符这两个生瓜蛋子愣头青也想借助

风雨飘摇

田令孜固位攀升，投机取巧，在新一轮的朝野权力争夺中分一杯羹。

田令孜还有一个凭持，他有军队，自己的军队。随皇帝回长安的时候，田令孜从四川带回了五万四千神策军，这几万人是田令孜精挑细选组建的，个个四肢发达，飞扬跋扈。

有了皇帝、藩镇和心腹神策军做后盾，田令孜当然有理由觉得气壮胆壮身体壮。在做好充足准备之后，田令孜向王重荣下达了最后通牒，决战的号角已经吹响，惊魂甫定的京师立即又被紧张恐怖的战争阴云所笼罩。官员臣民都搞不清楚，哪里出了问题，为什么皇帝刚刚回来又要打仗？而且是官军打官军。这世道到底是怎么啦？特别是老百姓惶惶不可终日，不知道什么时候会飞来横祸会砸在头上。

王重荣虽然手握重兵，地位显隆，但与王师对阵，首先在气势和伦理上已处于下风。对抗王师就等于造反啊，这可是大大的罪名。

不过王重荣毕竟乱世雄豪，大战在即头脑依然保持着应有的清醒。王重荣在第一时间向自己的盟友河东节度使李克用发出了求救信，请李克用前来共同清君侧讨贼。

并非王重荣在军力上打不过田令孜，而是王重荣单干很容易被指责为造反，这个帽子实在太重太大，他王重荣是万万戴不起抗不住的。如果李克用肯与王重荣合作联手，那局面的性质将可以控制，因为天下人相信居功至伟的李克用和王重荣不至于同时造反，即使有个三长两短也好有个风险分担的余地。李克用对田令孜也恨之入骨，因为前些年他们父子家破人亡都是老贼在朝中使坏的结果。况且李克用以保皇讨贼的名义出师，既可以邀功固位，也密切了与王重荣的盟友关系，一举两得，公私兼顾，何乐而不为。

可是田令孜与王重荣闹翻对李克用来说是一件临时突发的意外事件，这件事的发生干扰了李克用正在实施的一个计划。李克用自从在汴梁被朱全忠暗算，狼狈返回晋阳后，一直念念不忘报仇雪恨，对朱全忠耿耿于怀，发誓不灭汴梁绝不罢休。所以，这段日子里，李克用一封接一封地连续向朝廷上书揭发朱全忠，向皇帝告状，要求僖宗为他主持公道。可是朝廷从中和稀泥，对李克用的要求推诿塞责。对朝廷的黑白不分、懦弱狡猾，对朱全忠的玩弄权术、得意卖乖，李克用气愤填膺，天天夙夜难眠，恨得牙根儿痒痒。见朝廷不愿意惩罚朱全忠，李克用决定单干，加紧了招兵买马，积草屯粮，聚结诸胡，天天商议谋伐汴梁。

　　正在李克用操演兵马、整军备战的当口上，王重荣的求援信来了。这件事令李克用十分为难。李克用给王重荣写了封回信，信中说道："王大帅你暂且等一等，我先去把朱全忠消灭掉，回来之后再帮助你攻打那些肖小鼠辈，将如秋风扫落叶，易如反掌。"王重荣一看李克用这封信，顿时坐不住了。李克用不想来，至少不想立刻就来，这哪行啊？王重荣火烧到眉毛了，哪里还能再等。王重荣赶紧又向李克用写了封加急书信，说道："等李帅你从关东回来，我早已成为田令孜的俘虏啦。我看还是先来清君侧除奸恶要紧，等这边的事情搞定之后，再捉拿朱全忠不难啊。"

　　经过王重荣一再催促，李克用终于调整了战略部署，决定以协助王重荣为先。

　　但李克用并没有立即发兵，仍然希望以威胁恫吓的心理战让田令孜等人知难而退。李克用上书朝廷："朱玫、李昌符暗中攀附朱全忠，互为表里，相约一起消灭微臣，臣迫不得已，退无可退，让无可让，必须自救。现在臣已经召集蕃汉人马十五万，决定明年渡黄河讨伐朱玫和李昌符。这次征伐只限于朱、李二镇，不惊扰京师，请朝廷放心。待我消灭朱、李两镇之后，再挥师讨伐朱全忠以报仇雪耻。"李克用这一招还真管用，首先摆明了自己的政治立场，既阐述了出师的理由是打击朱全忠同党，又表明不是针对朝廷。

　　朝廷和皇帝一看李克用这架势，心里发毛，上上下下乱作一团，他们知道李克用这是"美丽的谎言"和能"掐死人的温柔"。以李克用的为人和性格，说到做到，一旦发兵渡河，后果将很严重。谁知道李克用搂草打兔子，擦枪走火，会顺手做出什么事来？皇帝派出了一波接一波的信使官，到晋阳安抚李克用，为李克用和朱玫、李昌符进行调解。

　　正在局势一片紧张，各方势力斗智斗勇的时候，偏偏有人不知道天高地厚，唯恐天下不够乱，还要火上浇油，乃至谋求火中取栗。朱玫就是这种催死和死催的人。

二　天下烽烟

有敢想的，有敢干的，有既敢想也敢干的。朱玫是心比天高，胆比地大，梦想着一步登天，位极人臣。朱玫的如意算盘是借刀杀人，借助朝廷的力量剪除李克用。

李克用与朝廷之间书信往来，打起口水战，可急坏了朱玫，他比大太监田令孜还着急——急着开战。

为了制造开战的借口，朱玫悄悄派出心腹潜入京师，杀人放火，制造混乱，甚至暗杀了皇帝身边的仆役，然后嫁祸给李克用。朱玫在制造完恐怖活动后，满城散布谣言，说是李克用已经派人进入长安，图谋不轨，意欲造反。这下子可搅起了一池子浑水，一时间流言满天飞，长安城内人心惶惶不可终日，以至于互相惊扰。原本战争这堆干柴木炭已被烤热，朱玫的阴谋活动无异于飞来的一束火苗，"腾"得就引爆了战火的烈焰。

皇帝坐不住了，宁可信其有，不可信其无啊。田令孜恰当地掌握了火候，借皇帝之名派遣朱玫与李昌符率领本部人马再加上神策军以鄜、延、灵、夏等地军马共计三万人，声讨李克用和王重荣。其实，李克用与王重荣未必没有诱敌先发的意思，既然田令孜等人已经宣战，王重荣与李克用也不会坐以待毙，两大强藩立即起兵迎战。

十一月，天寒地冻，李克用从晋阳挥兵南下，与王重荣合兵一处，与田令孜、朱玫对峙于沙苑。两人此时仍然在争取政治上的主动权，要求皇帝诛杀田令孜和朱玫、李昌符等祸国乱政的奸贼。僖宗皇帝哪里做得到这些，自然又是一番调解，要求各自罢兵。李克用拒绝了皇帝的调解，与王重荣协力一处向田令孜发动了攻击。

田令孜万万没想到自己这几万宝贝神策军，根本没有战斗经验和作战能力，长期的养尊处优和不习战事，使这些平日里耀武扬威的神策军金玉其外败絮其中，不堪一击。田令孜也没想到朱玫和李昌符都是嘴尖皮厚腹中空的主儿，刚一接战就被河中河东军杀得大败，丢盔弃甲，鬼哭狼嚎，抱头鼠窜。

田令孜发动的这场鸡蛋碰石头的战争，以彻底失败告终。自古成王败寇，田令孜深知此道，他不想成为寇，他要突破困境，继续作威作福。

岂不知，困境哪里是如此容易就能翻牌的。

3. 此去故国已成空

兵败后的田令孜再次挟持皇帝出逃,这次出逃并没有像以往一样挽救太监与皇帝。历经颠沛流离的皇帝终于撒手人寰,离开了原不属于他的帝国。

似乎是做下了病根儿,田令孜吃了败仗后,又想到了逃跑。这次是太监比皇帝急。天下最强大的两个方阵联手对付田令孜,田令孜胆怯了,知道自己既惹怒了雄狮也引来了猛虎。如果不快跑,将死无葬身之地。

田令孜不会自己跑,若是皇帝不在身边,田令孜连鸡毛蒜皮都不如。所以田令孜要再一次挟持皇帝。大出田令孜意料的是,这次皇帝不像上次那么听田令孜的话了。皇帝长大了。

僖宗正在和宦官们踢球。这种都城门外兵荒马乱战火纷飞的情势下,皇帝居然还有心思踢球,令人匪夷所思。田令孜慌慌张张地跑进宫来,还有些气喘地说:"陛下,王重荣要造反,我们需要避一避反贼锋芒。"僖宗停下来,站在场中央,因激烈运动而泛红的脸上挂着汗珠,额头青筋暴跳,胸脯剧烈起伏,两手叉腰,斜着眼睛盯着田令孜。

僖宗的眼神使田令孜有些发毛。田令孜看着李儇从孩童成长为少年成长为青年,但从来没有看过李儇这种眼神。田令孜觉得全身的汗毛全竖了起来。这是田令孜从来没有过的感觉。田令孜也一时搞不清楚为什么自己会突然有这种感觉。为了掩饰内心的不安,田令孜做急迫状,接着说:"王重荣联合李克用已经袭击了都城禁卫军,老奴和朱玫拼全力御敌,但终因寡不敌众,只好退入城内。"

僖宗虽然贪玩,不勤于政事,但他智商可不低,通音律,精算术,擅长剑槊,可以说能文能武,而且观察事物冷眼透彻。只是面对一大堆烂摊子,他觉得无能为力,束手无策,索性破罐子破摔。更重要的是政事全被手握大权的宦官把持,皇帝被架空,有聪明才智也派不上用场,到后来僖宗干脆不去操那份心了。聪明人的聪明必须找地方发挥才行,不然的话会

二 天下烽烟

憋坏的。僖宗不能理政，只好倾全部聪明于踢球游戏。僖宗李儇的球技是非常高的，防守攻击、盘带控球、长传短打，样样精通，如果生在当今，与马拉多纳可以有一拼。他曾经自我感觉良好地说："如果朝廷对踢球开科取士，我一定能中球科状元。"就是这么一个脑袋极度聪明的人，能那么好糊弄吗？

僖宗带着嘲讽的口吻说道："阿父如果不去招惹王重荣，恐怕也不会有今日之乱。"

田令孜听僖宗数落自己，脸上阵红阵白，不敢吭气了。

僖宗又说道："我不信有匡复之功的王重荣、李克用会同时造反？"

田令孜见皇帝执拗，咬了咬牙，提了口气，走上前几步，说道："陛下，现在外面兵势恼恼，真假莫辨。咱们宁可信其有，不可信其无。您万乘之躯，千万不可儿戏啊！我们暂且避一避，等待情况明朗。"

僖宗皱起了眉头，问道："避一避？往哪里避？刚刚回到京师，何处能比京师更重要？何处能比京师更安全？"说完李儇扭头不看田令孜了。

田令孜翻着眼皮，老脸尴尬地带着讪笑，答道："陛下，我们暂且到凤翔住些日子，让朱玫召集诸镇共同来平灭王重荣，相信无需多日，您就会回宫的。"

僖宗鼓了鼓腮帮子，紧闭着细薄的嘴唇没作声，一屁股坐在游廊的台阶上，眼睛怒视着空旷场地上的球。

田令孜感觉到了，这次李儇对他有些愤怒。老贼田令孜心里急啊，不愿意走也必须得走，走得晚了，皇帝没事，自己可就要遭殃了。小时候把"小头儿"弄丢了，老了若是再把"大头"弄丢，可就两头不是人了。想到此处，田令孜上去扯了扯李儇的衣袖，催迫道："陛下，时间不多了，如果乱兵闯入宫禁，后果不堪设想。"

僖宗尽管心里不痛快，可在田令孜的吓唬及催促下，只好动身离开长安，一路颠簸往凤翔逃难。

王重荣也大觉意外，没想到老贼田令孜又玩出这一招乾坤大挪移。无奈之下，王重荣与李克用都停止了进攻，不敢再打了。

僖宗光启二年（公元886年），李克用班师回晋阳。同时，李克用与王重荣联名写信请皇帝还京，恢复政治秩序。两人将本次战争罪责全算在田令孜头上，只要皇帝回京，一切都好商量。

田令孜哪里敢再回京师，回去无异于自投罗网，老贼打定主意咬着牙接着跑，再次往他弟弟陈敬瑄的地盘四川跑。田令孜愿意往四川跑，可是皇帝这次不愿意逃跑。可也是，李克用、王重荣要对付的是田令孜，不是我皇帝呀？再说你们打仗，可不是我做皇帝的挑起头儿，于我无干呀？所以，这次皇帝没有逃跑的动力与危机感。田令孜见皇帝赖着不走，心里顿时慌了，他知道他一切的作威作福都是建立在皇帝信任的基础上，失去皇帝信任，自己就是一个褪净毛儿的猪。慌了神儿的田令孜狗急跳墙，铤而走险。在一个月黑风高的夜晚，田令孜率领神策军强行闯入僖宗的住处，将皇帝从热被窝里架出来，裹上衣服塞入车中，往宝鸡跑。

当天晚上在宫里为拟旨值班的是翰林学士杜让能。这位杜学士祖上是初唐大宰相"房谋杜断"之一的杜如晦。杜让能听到乱哄哄、步履杂沓，出来看个究竟，这才发现皇帝已经被挟持入车离去。杜让能唯恐皇帝有危险，顾不上通知其他人，撒开两只脚板，在后面紧追不放。这位手无缚鸡之力的书生竟然一口气跑了十多里，基本达到了马拉松的水平。

就在杜学士气喘吁吁筋疲力尽之际，发现了一匹走失的马。这匹马既无笼头也无鞍鞴，杜让能解下腰间丝带拴住马脖子，费力地爬上马背，紧紧挽住马的鬃毛，趴在马上继续追赶皇帝，终于天色微亮时在宝鸡赶上了田令孜的队伍。

大晚上的突然发生这种变故，不仅宰相大臣等不知道，连皇帝身边的人也没有反应过来，跟着护驾的小太监和侍卫才几百人。第二天，太子少保孔纬等数人也陆续赶来。僖宗临场封授孔纬为御史大夫，派他回去召集文武百官。由于仓皇出逃，皇帝宗庙的牌位神主在路上弄丢了，这可是大不敬，相当于把列祖列宗给丢弃了，僖宗李儇为此懊恼不已。孔纬通知召集的官员陆续往宝鸡赶来，屋漏偏逢连夜雨，破船又遇打头风，万万没想到追赶皇帝的士大夫路上遇到了强盗，被强盗劫掠洗劫一空，个个原本体面的士大夫近乎赤裸裸地来宝鸡投奔皇帝。

风雨飘摇

这时候，见田令孜闯了这么大的祸，而且这么不堪一击，这么不值得倚靠，更看到李克用、王重荣如此强大，朱玫和李昌符动摇了，掉头打算与李克用和王重荣合作。

合作既需要做出姿态，更需要付出行动和代价。朱玫率领步骑五千人，要抢回皇帝去凤翔。

这时候兵势恼恼，谁是可信之人？天下扰扰，哪里是栖身之所？皇帝也没了主意。朱玫、李昌符的急于表现反倒吓着了早已惊吓过度的皇帝。邠宁、凤翔两镇兵马很快就来到了皇帝行宫近前，与神策军发生了激战，神策军抵御不住，败下阵来。这神策军对内对外竟然没打赢过一次、真够神的。两军阵前厮杀锣鼓之声响彻宝鸡城，震动行宫。田令孜见大事不妙，再次挟持皇帝逃离宝鸡，往四川跑，留下神策军指挥使杨晟为节度使，镇守散关，负责断后。

不是想跑就能跑得动的。兵荒马乱的，道路上流离失所的老百姓和散乱的兵马充斥堵塞，不仅交通受阻，而且拿枪持棒歪鼻子横眼睛的杂处其间，可谓危机四伏，危险无处不在。

皇帝的车队寸步难行。田令孜派出了神策军使王建和晋晖负责开道，王建以五百壮士手持长剑在前面一通猛杀猛砍，总算砍出一条血路，皇帝车驾才得以通过。僖宗见年轻人王建敢作敢为有忠勇之色，于是命王建跟随左右护卫，并将传国玉玺交给王建背着。

很快李昌符就率人追了上来，在大散岭与逃亡的皇帝队伍遭遇，双方发生了战斗。李昌符放火烧毁箭楼。就在箭楼摇摇欲坠之际，王建扶着皇帝从烟火上跳过去，总算暂时躲过一劫。就是此时崭露头角的王建日后做了四川王，与诸侯割据并存几十年。

朱玫包围占领宝鸡后，与李昌符长驱直入攻打散关，但没有攻下来。朱玫军事行动受阻，只好回师凤翔，没想到半路上得到了意外收获。唐肃宗的玄孙襄王李煴此时正在生病，跟着僖宗逃跑的路上掉了队，被朱玫捡到。朱玫如获至宝，一个大胆而全新的计划在朱玫心里形成，自此朱玫放弃了追救僖宗的念头。

就在王重荣、李克用等人紧锣密鼓地声讨田令孜的时候，朱玫见这位僖宗皇帝实在不成器，大失人望，估计是扶不起来了，于是打算找个新皇帝代替僖宗。

朱玫另起炉灶，壶虽然小点，但烧的汤可够烫的。

朱玫觉得田令孜天天伴随僖宗皇帝左右，况且僖宗自幼在田令孜陪伴下长大，对田令孜很是敬畏，让僖宗除去田令孜难比登天。现在，皇帝在田令孜挟持下又跑往了四川，四川是田令孜弟弟陈敬瑄的地盘。这样相持下去不是个办法。

急性子人自有急办法。朱玫无疑是个急性子，且脑袋比较简单。朱玫将掉队的襄王李煴挟持，进入长安，与李昌符谋议拥立李煴为新皇帝。

朱玫对左右之人说："皇帝流亡六年，中原将士出生入死，老百姓供给粮饷，几番征战，十有七八的人战死饿死，这才勉强光复京城。天下正在庆祝车驾还宫之际，可皇上却将诸侯勤王之功转移给了宦官，并委以大权。以至于朝政纲纪坠毁，没事找事，骚扰籓镇，最终召乱生祸。我昨天奉遵命来迎接皇帝大驾，非但没有得到皇帝信任，反倒蒙受胁迫君上的恶名。我们大家报国之心可鉴日月，讨伐祸国贼子也已尽力，怎么还能够继续忍气吞声俯首帖耳？怎么还能够受阉党宦竖的摆布？李氏子孙多得是，你们为何不为了江山社稷改弦更张？"

左右之人劝朱玫，虽然僖宗皇帝无有大才，但也没有明显的过失，国家罹难都是宦官作祟，况且废立自古大事，不可草率行动。朱玫不听，手按佩剑走到众人中间，直接宣布："我要重新拥立一个李氏后代监国，敢异议者斩！"

四月，天气逐渐炎热起来。在急性子加没头脑的朱玫操纵下，襄王李煴在长安被拥戴为代理皇帝，全权负责军国大事。朱玫自己为宰相，大权独揽。同时，为了做做样子，朱玫仍然派人去四川兴元接僖宗，邀请僖宗还朝。朱玫以襄王李煴的名义对各路诸侯大家封赏，以笼络人心，关东诸侯唯利是图者十之六七，纷纷上表表示拥戴拥护朱玫和襄王李煴。

当初，凤翔节度使李昌符与邠宁节度使朱玫同谋立襄王。可是后来，朱玫撇开李昌符，自己独霸朝柄。李昌符什么好处也没捞到。李昌符愤怒异常，与朱玫决裂，拒绝做襄王李煴的官，不受朱玫指挥，转而向远在兴

二　天下烽烟

元的僖宗皇帝效忠通款。

在高官显位的邀买下,关东诸侯大多将贡赋送往了长安,而兴元的僖宗皇帝孤零零的无人问津,缺衣乏食,生活难以为继。

杜让能向僖宗出主意说:"杨复光与王重荣曾并肩击破黄巢,光复京城,他们之间关系一直很好。杨复恭是杨复光的哥哥,如果派遣重要大臣前往河中游说王重荣,并让杨复恭协助劝说,或许王重荣能够回心转意,归顺朝廷。"僖宗一想,也只有这个办法了。马上派出右谏议大夫刘崇望急匆匆赶赴河中,拿着皇帝的诏书和杨复恭的书信拜见王重荣。

王重荣本就无意与皇帝作对,现在局面高度复杂,已经远远超出了原来的想象,又冒出来一个小朝廷,更是乱上加乱。有了皇帝的诏命,王重荣就坡下驴,当即表示拥护支持僖宗皇帝,献出绢丝十万匹供给皇帝起居使用。更重要的是,王重荣请求以王师名义讨伐朱玫。

仅仅表示支持皇帝是没有多少好处的,只有讨灭朱玫才会既得名又得利,这一点对于饱经沙场、历经战乱的王重荣是再清楚不过的事了。

李克用听说朱玫擅自拥立了个傀儡皇帝,勃然大怒,这不是自己顶了个挑起祸端的骂名,让朱玫这小子钻空子得便宜吗?河东大将盖寓向李克用建议:"皇帝有难,流落他乡,天下人都认为是我们河东造成的,现在如果不诛灭朱玫,废黜李煴,我们将跳进黄河也洗不清啊。"李克用闻言点头同意,将李煴的诏书烧毁,关押了小朝廷的使者,并通知临近各藩镇:"朱玫欺瞒藩镇,愚弄诸侯,竟然明目张胆地宣称皇帝已死,罪大恶极!我已经调集蕃、汉三万兵马进讨凶逆。让我们一起剪除元凶,共立大功!"

僖宗与朝廷大臣一看王重荣和李克用表明了立场,感到时机已经成熟。知趣地将主要矛盾进行了重新定位,这次将敌人确定为朱玫和李煴。毕竟一国不容二主,朱玫和李煴已经直接挑衅威胁到了现任皇帝的最大利益,所以头等大事是先巩固住皇位,毕竟自己的屁股坐稳之后才觉得更踏实、更理直气壮些。

迫于形势,皇帝让杨复恭重新出来做事。复出为枢密使的杨复恭传檄关中,悬赏激励诸侯:"取得朱玫首级者,封赏静难节度使之职。"到了这个时候，朱玫才发现自己是那个站在沙滩上唯一没有穿衣服的裸泳者，顾盼四望全是嘲弄险恶诡异生冷的眼神。

正在四川作战的朱玫手下大将王行瑜战事不利，几次败于官军。王行瑜唯恐因劳师无功而获罪于朱玫，惴惴不安地与部下商议说："现在战事无功而返，将遭到朱玫惩罚，祸责难逃。不如我们大伙斩取朱玫首级，平定京城，迎回皇帝，立功获取邠宁节度使的封赏，共取富贵。"这些军头本就乌合之众，没有主心骨，更没有信仰与原则，经王行瑜威逼加利诱，一拍即合，又一个大胆的行动酝酿待发。由此可见朱玫的群众基础是多么的薄弱。计议已定，王行瑜从凤州擅自率领部署返回京师。

朱玫此时正在伏案办公，听说王行瑜临阵撤军，朱玫拍案大怒，命人将王行谕叫来。朱玫对王行瑜怒斥道："你擅自回师，难道要抗命造反吗？"

王行瑜站在朱玫对面，冷冷地说道："我不想造反，只是要诛杀反贼朱玫耳！"

朱玫大惊，没想到王行瑜能突然做出这种事情。正在朱玫愣神与迟疑之际，堂上侍卫在一片哀号中被王行瑜部署围斩。事出电光石火之间，因猝不及防加措手不及，朱玫呆若木鸡，站在原地不知所措。此时，王行瑜抽出腰间佩剑，冲到案前，分身便刺，一剑洞穿了朱玫的前胸。

控制住局面后，王行瑜大开杀戒，跟随朱玫的数百人被杀，长安城内再次血泊满街。裴澈、郑昌图等人闻听王行瑜作乱，急忙带领小朝廷文武百官，保护着襄王投奔河中。王重荣表面上装作迎奉李煴，等小朝廷大小官员进入蒲州城后，王重荣毫不客气地将这些毫无抵抗力的官员全部擒斩。即便是龙子龙孙的李煴也没有获得特别的优待和表白的机会，被王重荣就地处决。王重荣一不做二不休，将襄王李煴的脑袋装在盒子里，送往兴元献给僖宗。僖宗虽然玩世不恭、无心理政，可是报复心却很强烈，或许这是长期在宦官操控与压抑下的畸形心理。僖宗下诏将小朝廷的宰相萧遘、郑昌图、裴澈等人就地处决。这次屠杀牵连甚广，很多人都遭判极刑与灭门。幸亏杜让能全力争取，才挽救了部分人的性命。对那位杀死朱玫的王行瑜，朝廷兑现承诺，封其为静难军节度使。

二　天下烽烟

田令孜心里明白，天下人是不会放过他的。老贼惶惶不可终日，日思夜想脱身之计。这时候他为了化解矛盾，推荐枢密使杨复恭代替他出任右神策军中尉、观军容使，而田令孜自己请求去西川做监军使，投靠弟弟陈敬瑄。

杨复恭一朝大权在握，立即整顿军务，对神策军进行了大刀阔斧的改造，将田令孜的党徒全部调走，把王建调为利州刺史，晋晖为集州刺史，张造为万州刺史，李师泰为忠州刺史。

僖宗皇帝经过这次惊心动魄的大逃亡、生离死别的考验、血与火的洗礼，也终于认识到田令孜捅的娄子到底有多大，认识到只有除去田令孜自己才有可能被强势诸侯原谅，认识到只有从了诸侯的意，这皇帝日子才有可能继续过下去。僖宗咬了咬牙、狠了狠心、跺了跺脚，于公元887年二月下诏，削夺三川都监田令孜的官爵，流放端州。

可是田令孜依仗弟弟陈敬瑄在四川的势力，竟然不买皇帝的账，抗旨不从命，而朝廷也拿他没办法。直到六年后，才被有志于做蜀王的王建擒杀。由此可见，宦官集团在末唐力量之强大，强大到几乎不可撼动的地步，强大到足以架空皇帝的地步，无论是皇帝还是其他官僚集团都奈何他们不得。这就是田令孜之徒敢于明目张胆损公肥私，敢于三番五次劫持皇帝的原因。

宦官集团之所以做大是有原因的。晚唐之后，宦官与皇帝的关系成了一种十分特殊、十分畸形、十分诡异的一种关系。宦官之所以能够把持朝政，其主要实现途径就是皇帝，皇帝是宦官谋求私利的工具而非靠山。

之所以说皇帝是宦官的工具，是因为在皇帝与宦官的互动关系中，宦官占据着主动。如果说皇帝是靠山，那皇帝占据着主动，宦官不过是皇帝的鹰犬而已。宦官本来是被阉掉后服务于皇帝的，其地位和人格原本都很低下，只有义务没有权利，只有被奴役，不可以做威做福。这是中国皇权制度的一大发明，通过损害人的肉体达到彻底毁灭人的精神的目的，以为这些如同行尸走肉的废人只会服务不会作乱，只会应声没有主见，应该不会威胁宫禁的安全。"始作俑者，其无后乎？"偏偏是发明宦官的皇帝又将宦官的地位用上宠上捧上了天，以至于这群"无后"的宦官兴风作浪，把皇帝的帝国折腾得天昏地暗甚至千疮百孔，最终推着皇权帝国走向"没有后"的穷途末路。

凡事都有一个渐变的过程。大约从唐玄宗宠信高力士开始，唐帝国的皇帝开始由宠信宦官发展到重用宦官。

唐帝国的宦官由事务性奴役工作为主，开始了向两大权力领域的转移，一方面逐步渗透入朝政公文的传达与处理过程，甚至介入了决策环节；一方面出任军队监军，独立向皇帝报告工作，直接牵制军队的指挥官，逐步把持了军权。宦官工作内容的转变，反过又来巩固和提升了宦官集团的地位与势力。

宦官做起坏事来异于常人，超过常人，盖缘自四个原因，一是宦官无家庭无后人。宦官重视的是今生今世的辉煌与舒服，"只求今生享受，不求后世拥有"，从不顾虑身后子孙和家庭的荣辱。一个没有后顾之忧的人做起事情来，其勇气和决心是难以想象的。

二是宦官不惜名声。本来被阉割后就已经成为无人格无名声的废人，宦官只求利不求名，道德对他们的约束力毫无作用，他们认为万古流芳和遗臭万年都没有意义。走自己的路，让别人说去吧，只要别人无路可走就行。

三是宦官的报复心理。宦竖被万人嘲弄，被踩在脚下，心理极度自卑与阴暗，只要有一点点可能，其报复与迫害欲望就会极度膨胀。报复对象首选的是两个——造成他们残废的人和对他们不屑的人，这两种人无非就是皇帝和朝廷大员。多可怕，宦官首要报复的居然是皇帝！

四是宦官专心。宦官不似常人会被诸多事务及爱好分心分神，他们只有一件事可做，潜心钻研业务。只要他们认为有用的业务，他们会倾全部心智去钻研。尽管宦官大多没受过文化教育，但经过苦心钻营，也能鹤立鸡群，出类拔萃。

宦官的聪明才智要施展还需找到有效的切入点。这个切入点与晚唐皇帝的更替相伴随，为宦官蹿升提供了可能，而且是一条更便捷更有效的途径，加速了宦官势力的恶性膨胀。

与普通家庭的孩子相比，皇家子女其实是很寂寞的，更无法与现

风雨飘摇

在的孩子相比。现在的小孩天天处于家庭全部眼球的包围之中，集万般关爱于一身，每天被爸爸妈妈爷爷奶奶姥姥姥爷的点击率超过几十几百次。皇帝的子女虽然具有崇高的社会地位，但却没有多少家庭地位，很难得到父母的关心和爱护。皇子皇女自从降生之后，就交由奶妈哺乳喂养，由宦官宫女伺候。再长大一点，由皇室选定的师傅教授文化课，由宫内小宦官或者大臣子女陪伴。皇帝子女众多，在家庭中皇爸和皇妈成了稀缺资源。很多皇子皇女一年到头也见不到父母几次，即使有机会见到皇爸皇妈也多是在大型庆典集会上，这种见面走过场给外人看的成分多，情感交流的内容微乎其微。包括僖宗在内的几个皇帝，在做藩王时，终日里无所事事，皇室也疏于培养和管教。所以，这些小王爷周围最亲近最直接的熟人就是宦官。

从小王爷断奶开始，这些宦官就不离左右，一陪就是几年甚至十几年。此"陪"绝非彼"培"，是陪伴而不是培养。任何能够接近小王爷的宦官都深谙他们各辈祖师爷秘传不宣的职业生涯宝典，宝典要义之一就是将陪小王爷作为宦官飞黄腾达的人生起点。谁控制了小王爷，谁就掌握了自己的命运。"我的命运我做主"，这是宦官集团的人生远大追求。宦官当然不能直接做主，他既无本钱也无手段。现在"从娃娃抓起"，从控制幼小的王子身心开始，一切会变得充满温情与自然。

宦官对待小王子的"关心"倍加投入，一陪不行就二陪，二陪不行就三陪，三陪不行就四陪，只要小王子高兴，怎么陪都行。从小王子的喜好入手，宦官获取小王子欢心后，再逐步控制其心理，使小王子对宦官产生依赖及畏惧心理。然后进一步控制小王子的思想，这是宦官的终极目的，宦官将小王子的思想动态置于股掌之上，小王子就成了他们争权夺利敛财横行的筹码与工具。在少数情况下，有的小王子摇身一变，成了新皇帝。这下子，控制这个王子的宦官可中了头彩大奖，一本万利收入囊中。很多新皇帝对宦官一直心存畏惧，有的皇帝终其一生都生活在宦官的阴影之下，这不能不说是一种悲哀。宦官实际上成了太上皇的角色，例如僖宗李儇就称田令孜为"阿父"。

156

公元887年阳春三月，那位频遭祸乱、颜面尽失、饱经风霜、憔悴不堪的僖宗皇帝，施施然地回到了帝都。

帝都帝都，帝缺不了都，都缺不了帝。

皇帝回京，诸侯也各自归镇。

历经两次颠沛流离的僖宗早已瘦弱不堪，身形憔悴，斜靠在显得更加宽大的龙床上，失神的双眼深陷于两个眉骨之下，修长苍白的手指不住地抽搐颤抖，有气无力地听凭大臣们胡乱奏报着或重或轻的事务。僖宗回京后不久即一病不起，很快便撒手人寰，离开了这个他搞不懂挥不掉离不开卸不去没意思又不好干的皇帝岗位。时年二十七岁。

4. 门前雪不得不扫

李克用痛定思痛之后，开始将目光收拢在脚下。李克用展开了南征北战，一番拳脚之后，终于打下了一片天地。

这场勤王战争中，参战各方谁也没有捞到便宜。卷入这场争斗的诸侯并不多，可以说这是一场发生在局部的小规模高端争斗。与长安会战比起来，波及面要小得多。并非本次争斗缺乏吸引力，是诸侯实在没有闲工夫参与进来。

黄巢死后，秦宗权反倒迅速膨胀，荼毒中原，气焰嚣张，朱全忠及周边诸侯的全部精力都在应对秦宗权。坐镇东南的高骈因信仰危机而日益堕落，人心离散、内乱频生，幕府势力彻底崩塌，形成了一个大大的漩涡真空，引起一堆虾蟹纷争。

王重荣和李克用也感到很无趣。特别是李克用原本就有很多事情要忙，河东河北一带地盘上烽烟四起，还有很多人对李克用不服，时不时对李克用发起挑衅，李克用也在挤压近邻的生存空间，所以李克用无暇他顾，没有对关中的争斗投入太多精力。反倒险些落下逼宫迫帝的骂名，出力不讨好，鱼没吃到，惹得一身腥。

李克用是狂傲的，一直雄视天下，自负甚高。

风雨飘摇

这次政变事件促使李克用陷入了更深的沉思。

这个天下第一猛男的含金量到底有多少？

天下第一就能横扫天下吗？

总替别人办事，自己的事情谁来办？

李克用的反思与调整经历了一个说长不长说短不短的过程。

李克用在中原受挫，从汴梁回到太原后，情绪抑郁，恼怒加想不开，将申冤的希望寄托在朝廷身上，连续八次上书，要求僖宗皇帝惩治朱全忠。令李克用没想到的是，朝廷不仅没有惩治朱全忠，反倒因平定黄巢而对朱全忠加官进爵，反倒在李克用和朱全忠之间和稀泥。这使李克用再一次领教到了这个虚弱朝廷的厉害。朝廷虽然虚弱，国势虽然日衰，可是那帮道貌岸然的朝廷大员玩起政治权术来仍然是那么游刃有余，那个摇摇晃晃的朝廷仍然拥有不可随意侵犯的权威。

李克用以申冤不可得为由，在公元884年八月，迫使朝廷割出麟州划归河东管理，不久又奏请朝廷封赐其堂弟李克修为昭义节度使，在太原之东，管辖河北的泽潞二州。将云蔚防御使之职罢免，但将云蔚地盘划入河东。李克用父子三人同为节度使，直到李国昌去世。李克用以政治手段巩固扩大了以河东为中心的根据地。

李克用在长安会战之后，以合法的形式获得了河东的地盘。李克用本乃光芒与锋芒四射的猛虎，现在雄踞晋阳，直接威胁到了他的四邻的心理和地理安全，况且这些四邻原本就是李克用的死敌。东北面的卢龙节度使李可举、西北面的云中节度使赫连铎曾经与李克用父子血战数年，并将其父子赶往漠北绝境。这种仇恨无论李克用还是李可举、赫连铎都不会忘记。

朝廷将李克用安置在河东，无疑是让他们这些宿敌互相钳制、互相攻伐。李可举、赫连铎等人比谁都清楚，李克用绝不是池中之物，断不会安于现状，迟早会对四邻下手，称霸一方之志昭然若揭。李克用一天健在，四邻八舍就一天别想安宁。

先下手为强，后下手遭殃。与其被动挨打不如主动出击。李可举、赫连铎决定先对李克用下手。李可举不敢单独行动，更不敢单独直接挑战处于巅峰的李克用。李可举瞅准了他的近邻王处存，决定先对弱小的王处存下手。

王处存时任义武节度使，义武东面是卢龙、南面是成德、西面是河东。王处存是李克用的铁杆盟友，曾经为李克用父子的回归及救援长安出力甚多。王处存与李克用家世代交好，不仅友情深厚，还因此缔结了姻亲，王处存为侄子迎娶了李克用的女儿。如此一来，王、李两家如同一家一般。这也是李可举将矛头首先指向王处存的原因。李可举深知王处存不太难对付，且近在眼前，用兵比较容易。如果取下义武，就可以直接对付李克用了。侵犯王处存，李克用必定会出头，这是李可举要将事情搞大的终极目的，李可举就是要将李克用激怒，将李克用拖入战争。否则，等李克用更加强大之后，几个李可举加在一起也难以自保。

李可举没有单独行动，他拉上了一个新盟友，一个新的小朋友。此人名叫王镕，时年十二岁，官居成德节度使。王镕小小年纪如何就当上了成德节度使？在那个遍地血腥暴力、造反弑逆成性的时代，一个十多岁的孩子如何能够出任封疆大吏？

特殊的时代也有特殊的游戏规则。唐朝藩镇中以"河朔三镇"为鼻祖，所谓河朔三镇是指成德、卢龙和魏博三镇，三镇地盘广大，覆盖了山西以东、黄河以北、山东北部及长城以南的地区，幅员辽阔，兵强马壮。后来藩镇割据，朝廷有心无力，管不了他们了，才开始在河朔三镇中开启了父子传承相袭的习惯，各藩镇的军民也习以为常。

在河朔三镇中，以魏博一镇最悍最乱，弑逆事件屡屡发生。天下诸镇纷纷扰扰，唯有成德军民淳厚，少有叛乱，几十年来最稳定。王镕家族在成德的统治要追溯到六十多年前，公元822年，成德都知兵马使王庭凑作乱，杀死成德节度使田弘正，朝廷剿讨无功，被迫授予王庭凑成德节度使之职。王庭凑原本是回鹘阿布思后裔，性格果敢剽悍加狡猾阴险。公元834年，成德节度使王庭凑去世，成德驻军拥戴其子都知兵马使王元逵出任代理节度使，王元逵一改其父王庭凑的做派，不再与朝廷对抗，改为恭恭敬敬地侍奉朝廷。王元逵的这一政治策略收到了巨大的政治成效，成德没有任何损失，反倒受到了朝廷的屡屡嘉奖与恩赐。公元855年正月，成

德节度使王元逵去世，成德军拥立其子节度副使王绍鼎出任代理节度使。公元857年，成德节度使王绍鼎去世。成德军拥立其弟节度副使王绍懿出任代理节度使，王绍懿在位十年，为政宽简，很受军民欢迎。公元866年，王绍懿去世。王绍懿临终前，将王绍鼎的儿子都知兵马使王景崇叫到跟前，告诫说："你父亲念你年岁小，才将军政大权交给我，现在你长大了，我再将节度使之职归还你。你要全力以赴，尽职尽责，上忠朝廷，下和邻藩，千万别毁了家族的功业。"王景崇在位十七年之后，于公元883年去世，由于王景崇忠礼朝廷，去世时已晋封为常山忠穆王。王景崇死后，军中拥立王景崇的儿子王镕出任代理节度使，那时王镕十岁。

到王镕这一辈，王家已镇帅成德四世六十年，历史久远，根深叶茂。所以，小小年岁的王镕才能够顺顺当当地坐上节度使的座位。王镕不仅能够坐上帅位，而且在帅位上可以坐得住。足见王家在成德的根基之深，影响之大。

王镕生得瘦小枯干，但性格极其强悍，一心想图谋大业。可是，年轻人毕竟年轻，有些事看得不透。李可举正是看中了王镕这一点，才趁机蛊惑王镕，邀请他共同对付李克用。

卢龙、成德原本大镇，后来朝廷为了分化瓦解藩镇势力，将河朔三镇的一些地盘分割出来成立了一些小的藩镇。李可举即以此为说辞，说王处存的地盘本乃成德和卢龙的地盘，应该夺回来，否则两镇会被王处存和茁壮成长的李克用很快蚕食掉。危险朝夕且至，不得不防。

年轻人王镕一经李可举鼓噪，立即动了冲动的心思，决定与李可举连兵征伐王处存。这是王镕干的第一件"大事"，对此王镕抱有极大的热情和冲动。

李可举为了防止李克用大举来援王处存，又劝说吐谷浑酋长云中节度使赫连铎起兵从西北攻击李克用，最好使李克用首尾不能相顾。等拿下王处存事情就好办多了。李可举之所以选择这个时候进攻王处存和李克用，是因为他看到李克用在河南被朱全忠袭击挫败，锐气大失，这是趁火打劫的天赐良机。

趁火、趁火，到处着火。

有人煽风，有人点火。

你火，他火，我也火。

那是公元885年春天，也就是僖宗第一次出逃返回长安后不久。不怕乱的田令孜不知是狗仗人势还是狗仗狗势，惹恼了雄狮王重荣。王重荣向李克用求援，李克用腾不出手来支援王重荣，因为李可举在李克用的东面发动了易定战争，李克用需要救助他另一位盟友加亲家——王处存。义武是河东的东大门，所以李克用实际是门口御敌。

李可举派遣老将李全忠率领精兵六万从卢龙治府幽州出发，浩浩荡荡攻打王处存北边的易州，王镕派出三万人马从成德治府镇州出发攻打王处存南面的无极。赫连铎从云中出兵攻打河东。

卢龙兵世代戍边，都是与契丹周旋的百战劲旅，战斗力十分锋锐。王处存见来者不善，自己势单力孤难以招架，赶紧派出八百里加急信使向李克用求援。李克用看出了李可举的用意，李可举攻打王处存不过是个试探的幌子，真正目的是冲着李克用来的。李克用毫不迟疑，兵贵神速，派出大将康君立率三万精兵驰援易州。

攻打易州的先锋是幽州裨将刘仁恭，此人深有韬略。我们要记住此人，他日后迅速发迹，成为争霸一方的枭雄。趁着夜色，刘仁恭开挖出数条地道，从城外直通城内。刘仁恭率领先锋敢死队从地道突袭进入易州城。易州城内义武守军措不及防，被幽州军杀得大败，弃城而逃。等到天亮，刘仁恭已占领易州全城，开门迎接卢龙主帅李全忠大军入城。李全忠端坐马上，手抚花白胡须，威风凛凛地率部浩浩荡荡进入易州城门。

卢龙军兵见义武军队如此不堪一击，大有骄傲之色。李全忠决定乘胜攻取义武治府定州。就在李全忠入易州城的时候，义武节度使王处存率两万援军从定州向北赶到易州城外，与河东康君立合兵一处。

王处存遥遥望见卢龙军兵在城头猜拳喝酒，戒备松弛，他心里已经有了七八分胜算。王处存悄悄下令，命三千义武军兵身披绵羊皮大摇大摆地向易州城下移动，让几员大将扮成牧民模样紧随其后。易州城头的卢龙守军见如此大规模的羊群在城下经过，顿时欢呼雀跃起来。卢龙兵与契丹作战，其中很重要的一项内容就是掠夺牲畜，剽掠成性，见到牲畜群早已形

成了条件反射,只有一个念头"抢"。不等李全忠下令,卢龙兵争先恐后地冲出城门,直奔"羊群"跑来,那架势如同灰太狼见到了懒羊羊。

王处存见出城的卢龙兵已经不少,帅旗一摆,下令后备援军和扮成羊群的军兵将卢龙兵分割剿杀,同时夺门杀入易州城。易州城内卢龙大军被这突如其来的义武军杀得大乱。李全忠见李克用援军赶到,慌乱中率中军部队从另一侧城门溃逃而出。通过一场"绵羊战术"的奇袭,王处存将丢失的易州城重新夺了回来。

李全忠兵败,损失惨重,唯恐回去后受到李可举的惩罚,不回去又怕河东与义武军掩杀追来。情急之下,李全忠决定临阵造反,率领一万嫡系部队以还师为名返归幽州。进入幽州城后,李全忠大开杀戒,瞬时占领了各处城防要地。李可举做梦也没想到李全忠造反。闻听四城已被李全忠占领,李可举痛悔自己用错了人,没有及早发现这个老头子李全忠竟然包藏如此祸心。李可举知道自己的末路到了,想逃已是无路。为避免落入李全忠之手受辱,李可举带领一家老小登上帅府箭楼,燃起熊熊大火,在绝望与愤恨中投火自焚而死。

幽州没了主帅,李全忠大摇大摆地自己上书朝廷要求做卢龙节度使,这时候的朝廷正被田令孜和王重荣搞得晕头转向,为了牵制李克用,顺势答应了李全忠的节度使要求。

再说李克用派出康君立救援易州的同时,亲自率大军救援无极。成德兵哪里是李克用的对手,刚一开战,就被李克用杀得大败。成德兵退保新城,李克用乘胜追击,再次大破成德兵,拔下新城。顺便交代一句,新城原本是李克用父子逃入鞑靼之前的老家。成德兵一路溃败,李克用马不停蹄一通掩杀屠戮,斩杀成德兵万人。这时候赫连铎在代北发动了攻击,李克用唯恐有闪失,没再深入进伐成德,立即班师回河中,赫连铎见卢龙和成德无功而返,自己也急忙收兵退回云中。

李可举与王镕的这次趁火打劫,不仅没有捞到便宜,而且变成了引火烧身,损兵折将,一败涂地,特别是李可举一次性地蚀了老本,连身家性命全部赔进去了。王镕则是实实在在地上了一堂社会实践课,但不是免费的。

李克用击败李可举、王镕、赫连铎的挑战后，本想出兵宣武，找朱全忠报仇，可是接连发生了另外两件事。一是潞州之乱给了李克用吞并昭义的机会，二是王重荣的求援，迫使李克用调整了战略部署。

昭义一镇在成德西南、魏博西北、河东之东，下辖邢、洺、泽、潞、贝、磁、卫等州，治所在潞州。公元882年昭义军哗变，杀死主帅高浔，天井关戍将孟方立趁机杀死作乱的军将，率领一部分昭义军马去了他的老家邢州。潞州人奏报朝廷，请昭义监军吴全勖代理节度使。

那时候正是会战黄巢的时候，王铎作为前敌总指挥，代表朝廷封孟方立为邢州知州，没想到孟方立这小子不识敬，嫌弃知州官小，拒绝了王铎的封赏。不仅如此，还囚禁了吴全勖。孟方立给老王铎写了封信，表白说，并非自己要篡逆，请朝廷派个文官来潞州做昭义节度使，这样可以避免武夫草莽的军头互相杀来杀去。

老王铎见此甚觉奇怪，但也没有其他办法。选来选去，王铎选中了郑昌图。郑昌图这个名字是不是有些熟悉？就是在上一章里站到小朝廷一边的那位。由于郑昌图熟悉潞州情况，因此王铎打算派郑昌图去做昭义大帅。可是没多久，朝廷来了正式命令，让右仆射、租庸调使王徽去做昭义节度使。租庸调使大致相当于税务局长。这位王徽大人老奸巨猾，知道此行凶多吉少，借口说天高皇帝远，中原兵荒马乱，孟方立又割据邢、洺、磁三州，估计朝廷一时半会儿也奈何不了孟方立，干脆赖着不肯去上任，说还是让郑昌图去干吧。朝廷没办法，又下诏封王徽为大明宫留守、京畿安抚制置修奉园陵使。郑昌图也是心不甘情不愿，磨磨蹭蹭地到了潞州，没干三个月在心惊肉跳中挂印而去。这位郑昌图郑大人后来也没落下什么好下场，由于参加小朝廷，被僖宗皇帝砍了脑袋。

孟方立出身军阶太低，难以服众，所以才请朝廷派文官做昭义节度使，以便于自己幕后操控。无人愿意出任昭义节度使之职，正中孟方立的下怀。孟方立见出现了权力真空，宣言说"不是我不听朝廷的，是朝廷派不出人来"。一不做二不休，脸皮不厚吃不到肉。孟方立干脆封自己做了代理节度使。

孟方立对潞州始终不放心，觉得这是变乱频发的高危地区，其实是

风雨飘摇

他对潞州人信不过,担心自己的脑袋也像其他作乱的军头一样,不知哪天会稀里糊涂地搬家。公元885年,孟方立决定将昭义镇府迁往他的老家邢州,安排部下李殷锐做潞州(今山西长治县)刺史。这一动迁不要紧,伤筋动骨,损害了潞州大户的利益。此地为官为将多年的将官世家,盘根错节,利害攸关,如果东迁将大伤元气,关键是虎离深山之后,到邢州还不任凭孟方立宰割?迁移不可能只把当官的迁走,到了邢州小地方,没有生意繁华,做官也没意思。所以还要将富商大贾连根拔起,一同带走。这下麻烦可大了,潞州人心浮动,都不乐意,纷纷表示反对孟方立的这个决定。反对归反对,胳膊拧不过大腿,谁也无力与节度使大帅孟方立对抗。

直接对抗无望,潞州人想到了曲线自救之策。潞州监军祁审诲也不愿意离开潞州老地盘,不仅暗中鼓动军民反对孟方立,而且派人偷偷跑到太原请求李克用的支持,请求李克用出面干预,迫使孟方立停止迁徙镇府的计划。

人要昏了头,什么事都有可能干出来。祁审诲就属于这种没头脑的傻宦官。李克用一看祁审诲的来信,顿时心花怒放,这真是天赐良机啊。如若出征宣武,必须要路经昭义,这是河北通往河南的必经之路。上次因救援陈州要出兵河南,李克用想借道河阳竟被诸葛爽拒绝,不得不折回头从河中出兵,真他奶奶的憋屈。现在正好借潞人之请,进军昭义。祁审诲在打着自己小算盘的时候,却犯了引狼入室的大错特错,一失足成千古恨。

寒冬到来之际,李克用派出部将贺公雅、李筠、安金俊等征伐潞州。李克用原以为,低级军官孟方立不堪一击,只需要派几个河东二流将领就可以轻松摆平。结果却大大的出乎李克用意外,孟方立战斗力非等闲之辈,居然将贺公雅一战击溃。这下李克用觉得要获取战果必须要认真付出代价了。于是派出了弟弟李克修率蕃汉骑步兵五万杀奔潞州。

这时候,孟方立没在潞州,部将李殷锐迎战李克修。潞州城下,河东军与昭义军列开阵势。两军三通战鼓,李克修跃马挺矛将李殷锐刺杀疆场,夺下潞州。李克修乘胜进击,攻下临近的泽州。自此潞州入于河东版图,昭义一分为二。唐朝大员们都不愿意要的昭义节度使头衔戴在了李克修头上。

在李克用打败李可举，袭取了潞州之后，王重荣已经急得如热锅上的蚂蚁，接二连三地催李克用救援河中。李克用本不再想管皇帝的闲事，因为这皇帝和朝廷实在不争气、不要脸和没立场。李克用曾经救援长安，立有匡复之功，还曾经积极主动追剿黄巢，为朝廷解除了一个十分可怕而无奈的麻烦。可是，所谓的神圣朝廷和贤明皇帝是如何对待李克用的呢？对李克用不过视同鹰犬，还在重大问题上立场摇摆，左右和稀泥。这令李克用对朝廷对皇帝失望之极，既对朝廷的堕落衰败而失望，也对朝廷不支持自己而失望。所以，李克用产生了单干之意，决定甩开朝廷自己干。正在李克用以河东为基地，积极筹划远交近攻战略之时，王重荣的求援书信火急火燎地送来了。李克用无奈之下，碍于王重荣的面子，不得不再次放弃了征伐朱全忠的打算，于十一月西渡黄河，帮助王重荣杀败田令孜，才有了僖宗皇帝再次出逃事件。

　　李克用从潞州之战中尝到了甜头，觉得孟方立是值得必须可以而且能够迅速击败的，昭义是近在咫尺唾手可得的肥肉。李克用不再羞羞答答、遮遮掩掩、不好意思了，不需要什么潞州人的热情邀请和热切期盼了，他决定该出手时就出手，从巧取直接改为豪夺，将攻取昭义作为了头等大事。

　　公元886年九月，李克用再次派出弟弟李克修率大军五万征伐孟方立。孟方立知道惹上了大麻烦，尽管这个麻烦不是孟方立主动惹上的，尽管孟方立没打算与李克用结怨，但现在是李克用非要找孟方立的麻烦。对李克用不仅惹不起，而且躲也躲不起。孟方立咬咬牙，跺跺脚，狠狠心，骂道："他奶奶的，李克用欺人太甚，我孟方立也是顶天立地的大丈夫，岂可委屈苟全，豁出去和他拼了。"

　　孟方立虽然精神可嘉，故意豪情万丈，可是打仗的事不是吹吹牛、做游戏，最后要以实力来论胜负。孟方立派出部将吕臻迎敌，与李克修相会于焦冈。李克修勇冠三军，是河东军中的翘楚。李克用入关以来历次重要战役几乎都是李克修做先锋，有李克用的大仗恶仗都有李克修的身影。

　　两军接仗之后，李克修挥军直接冲杀，杀得吕臻大败，河东军没费太大劲儿就斩杀邢州军三千余人。吕臻兵败逃跑，被李克修追上生擒活捉。

邢州军溃败逃回,退保邢州。李克修乘胜攻占了故镇、武安、临洺、邯郸、沙河等县。李克修进军长驱直入,将邢州城围了个水泄不通。

孟方立不得不硬着头皮开城迎敌,与李克修大战于邢州城下,结果又被李克修打败。这下孟方立紧张了,意识到了灭顶之灾正在迫近。情急之下,孟方立想到了一个人,成德节度使王镕。

王镕刚与李克用结怨,请王镕来帮忙,王镕一定肯来,因为敌人的敌人就是朋友。果然不出孟方立所料,毛头小子王镕并没有被李克用吓倒,爽快地派出三万人马救援邢州。

李克修本来长途作战,攻击势头不能持久。见邢州与镇州联合起来抵抗河东军,担心内外夹击吃亏,李克修决定收兵回师。

河东军撤围而去,给孟方立留下了暂时的喘息机会。这一战,河东李克用再次扩大了地盘,将孟方立压缩到了邢洺磁三州。同时开出了一张空头支票,将大将安金俊封为邢州刺史,目的是对邢州构成不达目的决不罢休的威压态势。现在藩镇大帅们也学会了用空头支票这一招了,想升官发财吗?给你找个地方自己去攻打,打下来就有,打不下来就没有。

非常之人不同于常人之处,并不在于能避开失败,而是在失败之后能够迅速反思、调整、复位。李克用一边在自家门口作战,一边还要参与勤王救驾。纷纷扰扰的事情搅在一起,令李克用有些烦躁。李克用开始对几年来的事情做深刻反思。救亡陈州不仅没有为李克用增添功名战绩,反倒是损兵折将,不仅丢脸甚至差点丢命。帮助王重荣赶跑田令孜,却落下了吓跑皇帝的骂名。最后皇帝二次回京,王重荣再次捡了大便宜,名利双收,而李克用却没捞到什么好处。这不得不令李克用感到窝火,不得不令李克用反思原来策略的缺失。显然李克用有些急于求成了,急于求成的原因是李克用被胜利之火燃烧得有些发昏。长安会战的辉煌使李克用在相当长的时间里头脑发热,自骄自满,雄视天下甚至无视天下。其实长安会战并非李克用一人之力,天下诸侯汇集长安,黄巢内忧外困,形势已经开始向有利于官军的方向转化,李克用的千里来援不过是压倒黄巢的最后一根稻草。在冠盖华夏的盛名之下,李克用错误地估计了自己的能量,错误地估计了天下局势,错误地做出了争霸速成的决策,特别是低估了诸侯的狡猾与阴险。李克用原以为自己挟长安会战之威可以一鼓作气，击败黄巢，底定中原，邀功朝廷，进而将自己塑造成舍我其谁的一方霸主。事实证明李克用错了，至少他错误地估计了一个原本不起眼的人，朱全忠。

这一连串的挫折，最终使李克用逐渐清醒起来，他开始调整争霸策略。李克用不再随随便便劳师袭远，不再好高骛远，不再舍近求远，不再荒了自家地去种别人的田。李克用从易定战役、潞州战役中汲取了经验，基础不牢，地动山摇，自己老家后院不安宁，无论去哪里谋发展都是徒劳。李克用将征伐朱全忠的计划暂时搁置，将视线从鞭长莫及的开封回收，集中在了河东及周围的地方，特别是山西、河北、河南交界的地方，若伐宣武，此地必取。

5. 吞并河阳

李克用走运了，喝凉水都爽。诸葛爽死去，留下河阳这块肥肉。人人都说河阳好，河阳地上都是宝。抢！一个人当然不叫抢，那叫作捡。一群人才叫抢。

公元887年三月，李克用的父亲李国昌去世。李国昌的去世并没有削弱李克用，李克用反倒好事连连。

人要走运，坐在家里都会被肉包子砸中。

李克用走运了，而且是接二连三地走运，被一大堆肉包子砸中。因为，总有人为李克用的霸业扩张而铺路搭桥，尽管有些人是有意的，而有些人是无意的。人要是没有这个桥梁借口由头台阶等等，不管这个东西外面包着任何光彩绚丽的外衣，如果没有这个东西做借口，事情就无法启动，甚至都没有实现的可能。但如果有了这个东西，原本多么难办的事情也会变得顺理成章和非办不可。

昭义的事情还没忙完，又来了更肥的猎物。

河阳，黄河之阳。人人垂涎的地方。

有了河阳，就如同在朱全忠背后架起了机枪大炮。

风雨飘摇

不知道大家是否还记得那位诸葛爽，诸葛将军，白白胖胖的诸葛将军。他这个河阳节度使是双料的，既被黄巢册封过，也被唐室册封过。自从诸葛爽被朱全忠欺骗之后，诸葛爽大彻大悟，感到世事无常，感到这个尔虞我诈的政治游戏不适合自己，感到这个翻云覆雨的时代没有真理。于是诸葛爽决定不再参与任何争斗，不再站在任何势力的一方。诸葛爽在河阳这个物产丰美的土地上舒舒服服地过起了世外桃源的生活，既不拉帮结伙，也不逞凶斗狠，更不挑头惹事。诸葛爽的生活用一个字形容，爽！用两个字形容，真爽！世人都快把诸葛爽给忘了。

可是时间忘不了诸葛爽。

诸葛爽老了，诸葛爽病了，诸葛爽走到了人生的尽头。

诸葛爽虽然出身底层，没什么文化，肚子里没装下几行诗书，打仗也没什么本事，但是诸葛爽颇通晓人情世故，尤其善于管理大小官员。人各有所长，任何不起眼的人，可能都有某一领域的特长。诸葛爽的特长就是文治，善于治理官吏与地方政治。如果诸葛爽生在和平年代，或许是个业绩突出的地方官。河阳镇府之下各级官员都对诸葛爽服从认可，守法尽职，人人努力工作，把河阳治理得井井有条，五谷丰登。诸葛爽对于境内法令删繁就简，号令如一，即使普通老百姓都能明白晓畅，因此事事中规中矩，很少发生争执诉讼，境内政治可谓清明，老百姓可谓安居乐业。

诸葛爽的小日子过得很安逸。

天有不测风云，人有旦夕祸福。

公元886年，很会生活的诸葛爽不知得了什么病，既不能生，也不能活下去了，留下一个年龄尚幼的儿子，诸葛仲方。河阳大将刘经和河阳下属的泽州刺史张全义一起拥立了诸葛仲方为代理节度使。

刘经在拥立诸葛仲方为代理节度使的时候，忽略了一个人，此人是河阳节度副使，李罕之。人如果忽视了值得忽视的事情，叫作抓大放小，提纲挈领；人如果忽视了本不应忽视的事情，叫作播种祸根，后患无穷。李罕之绝对是一个不应该被忽视的人，也绝对是一个有分量的人，更绝对是一个自以为举足轻重的人，是一个兴风作浪的人。

李罕之是陈州项城人，与几百年后的袁世凯同为老乡。李罕之会几下拳脚，年少的时候寄身庙宇，是个假和尚，在大街小巷化缘乞讨为生。乞讨谈何容易，饥一顿饱一顿，偶尔能乞到，经常乞不到。如果几日讨不到吃食，李罕之就纠集这些丐帮人士到处抢劫。李罕之就此做了丐帮帮主。

蒲州、绛州的老百姓为了逃避战乱，躲到了当地的摩云山上，修筑工事，训练团练，形成自保力量。强盗和乱兵几次攻伐摩云山都被击退，但是李罕之率领几百名丐帮弟子居然一战踏平摩云山，其强悍可见一斑。从此，人送李罕之外号"李摩云"。李罕之后来参加黄巢起义军，在渡江后在与高骈的战役中失利。李罕之投降了高骈，高骈封他做广州知府。再后来，秦宗权横行中原，屡屡击败李罕之。李罕之走投无路，带着残兵败将投奔了诸葛爽。诸葛爽也不傻，量材为用，让李罕之做了河阳节度副使兼东都留守，驻扎洛阳前线，抵御秦宗权的西进。

秦宗权派骁将孙儒向西掠地，一路打到东都洛阳，李罕之力不能敌，只有闭关自守。两人相持几个月后，李罕之实在扛不住了，撤出洛阳逃往渑池。秦宗权所属各部有一个共同的习性，强于攻掠厮杀，不懂得经营地盘，所以流匪特点显著。孙儒也不例外，攻陷洛阳之后，大肆烧杀抢掠一番之后，席卷财富及男女丁壮而去。既然李罕之丢弃洛阳，诸葛爽就另外派人收拾洛阳残局。没想到李罕之居然又跑回来，要求重新做洛阳留守，不仅如此，还将诸葛爽派来的人打跑。诸葛爽对此竟也无可奈何，只好听之任之。李罕之的反复贪卑又见一斑。

诸葛爽死后，刘经素来看不上李罕之，打算借此机会废除李罕之。除掉李罕之这种枭悍之人绝非易事，需要借口，更需要准备好。借口很快就有了，因为借口是借的，只要存在缺口，就随借随有。李罕之与部将郭璆不和。找了个借口之后，李罕之擅自诛杀了郭璆。因郭璆是河阳旧将，军队中为郭璆的死发生骚动，人心不服。刘经抓住了这个机会，借此离间李罕之与所属部下，鼓动洛阳军兵造反。

刘经亲率大军三万突袭李罕之营寨，李罕之仓促迎战，战败退保乾壕。刘经穷追不舍，追到乾壕。李罕之再战。刘经没想到逼急了的李罕之斗志焕发。刘经反倒被李罕之杀得大败。李罕之再次入据洛阳。刘经无法快速战胜李罕之，只有回军河阳。既然战事已开，就不会轻易落幕。李罕

之见刘经退缩,一路追击到巩县,临汜水下寨,排定日子倒计时,要渡河进击刘经。刘经派出张全义守汜水,以抗拒李罕之。

意外发生了。

忽视重要事情的必然结果是"意外"发生。

张全义与李罕之合兵一处,两人站到了一条战壕里。这是刘经没有想到的,所谓"没有想到"的确反映了刘经的水平不咋地,因为这是"本该想到"的。

张全义与李罕之原本是刻臂为盟的把兄弟,两人关系一直很好。刘经低估了李罕之与张全义的这层关系,或者张全义一直低调,没让人知道他和李罕之的关系。张全义与李罕之合兵之后,向河阳杀来。刘经勒兵不敢战,严阵据守。河阳毕竟治府,城池坚固。李罕之和张全义久攻河阳不克,只好退屯怀州。没多久,流匪孙儒又来了,一举赶跑了诸葛仲方和刘经,占据河阳。

不到一年,秦宗权在左冲右突之下,屡屡受挫,东面有时溥抗拒,南面有高骈抵制,最大的敌人是西面的朱全忠。朱全忠兵力不及秦宗权,但战斗力非常强大。在四面围剿之下,秦宗权迅速衰败。孙儒见大后方的秦宗权日渐衰弱,不得不放弃河阳东归。李罕之和张全义见孙儒离去,于是收拾兵力准备进取河阳。可李罕之经过几次与刘经的战斗,兵力损失严重,现在力量弱小,去占河阳唯恐偷鸡不成蚀把米。李罕之想到了河东李克用,打算请求李克用帮助他谋取河阳。

李罕之为什么要请李克用呢?

因为,李罕之与李克用有旧交,甚至是危难之交,生死之交。

在李克用被朱全忠暗杀侥幸逃脱之后,李克用一路西归,可是受到朱全忠追杀不说,沿途各州城府县都拒绝通关,不给李克用提供吃喝住宿。李克用落魄之际,只有洛阳的李罕之伸出了援助之手。李罕之十分仰慕李克用的神勇与传奇故事,因此,他不顾得罪朱全忠,向李克用提供了大量钱财粮草。李克用对此感激不尽,两人从此结下了深厚友谊。

又一块大肥肉送到了嘴边,而且是在你饿的时候。那滋味多好!

如果肥肉送到嘴边还不咬,不是牙齿有毛病,就是脑子有毛病。

李克用当即决定，发兵。

这可真是心想事成，潞州、河阳这是出兵中原的军事要道，现在唾手可得。李克用派出大将安金俊率领三万人马，协助李罕之攻取了河阳。同时，李克用做个顺水人情，上奏朝廷，请封授李罕之河阳节度使之职，并同中书门下平章事，封授张全义为河南尹、东都留守。自此李罕之一直追随李克用，没再发生反叛，直到老病而死。

6. 闹市之中得子房

朱全忠在发愁缺乏襄帷策划之人的时候，在开封的闹市中，发现一人。此人名叫敬翔，后来成了朱全忠的张子房。

长安政变，田令孜挟持皇帝夜奔。离得近的李克用没有兴趣过深介入纷争。离得远的朱全忠更是自顾不暇，连抬眼皮看一眼的心思都没有，因为朱全忠在做生存之战，生死攸关之战。

只有先生存，才能再发展。

只有先安顿好自己，才能周济别人。

朱全忠忙得焦头烂额，朱全忠打得艰苦卓绝，朱全忠斗得五彩灿烂。

因为，朱全忠遇到了一个更难缠的人。

此人比黄巢还难缠，比黄巢还具有杀伤力，比黄巢还无法无天。

此人是秦宗权。

秦宗权，一个释放了巨大能量的小人物。

经过陈州会战，黄巢一败涂地，率残部东撤，在泰山绝望自杀。可是秦宗权却在官军与义军旷日持久厮杀的缝隙中存活了下来，不仅是存活，而且如毒草般茁壮且疯狂地生长，迅速成为席卷中原的瘟疫。

秦宗权首先威胁到的就是朱全忠，因为他们离得太近。距离太近产生恨。

朱全忠以前敌总指挥之职，统帅几镇兵马剿灭了黄巢，还顺手偷袭了

不可一世的李克用。朱全忠声名日隆,战功显赫,成为一颗迅速崛起的藩镇新星。朱全忠感到心里很畅快。

这一天,风和日丽。

朱全忠来到开封大街上走动,看看世风民情。街市之上久遭战乱,疮痍之处俯仰皆是。随着黄巢被平,战事稍息,开封人口逐步恢复,人气渐渐聚集,虽不繁华,倒也不萧条。朱全忠行走间,见一处聚集了很多人,看衣着知道大多为贫穷民众。朱全忠迈步走到近前,站在外围探个究竟。朱全忠问一位老者:"老人家,这是干什么呢?"老头须发花白,手拄拐杖,看了看朱全忠,说道:"求先生写信,给军中的儿子写信。"由于朱全忠是便装,再加之来到开封后就天天忙着与黄巢作战,极少在大街上露面,所以这老者也不认识朱全忠。朱全忠听说是代人写书信的,觉得没什么意思,转身要走。忽然,朱全忠听到人群堆里有人朗声念道:"儿在外从军,母在家担心。只盼平安无事,早日回家团聚。"很多人附和道:"先生写得好,写得好,就是这个意思。"朱全忠一听这些书信语言简练上口,觉得这先生倒也有些心思,不由自主地止住了离开的脚步,返身往人群里挤进去。朱全忠身形高大,越过众人就看到了一个年轻人正在低头书写,咫尺长的木板桌被男女老幼围得严严实实。那年轻人一会儿又写完一张纸,交与一个带孩子的妇人。为了使求信的人明白信中意思,那年轻人口中复述一遍:"母子在家盼,爷娘更可怜;老天多风雨,耕种最为难;打仗要小心,早日把家还。"就在年轻人诵读信笺的时候,朱全忠看清了那年轻人的相貌。那年轻人生的黄白面皮,两道浓眉下一双秀气的眼睛,深邃中略有忧郁之色,鼻直口正,神情内敛,一身破旧粗布罩着单薄的身躯。朱全忠略有所思,又犹豫了一下,然后转身离开了。在回去的路上,他问身边随从:"那个写字的年轻人是谁?"有人回答说:"大帅,此人名叫敬翔,外地人,在此地靠代写书信为生已经一个多月了。听说是观察支使王发的老乡。敬翔信写得好着呢,我也请他帮着给家里写过信。"

朱全忠回到帅府,刚一坐定,就有人奏报:"大帅,我们已经起草了一份安民榜文,请您定夺。"朱全忠往胡床上一靠,说道:"念。"奏事之人展开榜文低头念道:"各乡绅黎庶商贾路人,本帅奉王命来抚理东南,逢黄贼凶逆,天下纷扰,圣业坠毁。故本帅以都统之职协统诸镇,戮力同心,击流寇于陈蔡,驱顽匪于许郑。幸赖我皇神威,黄贼覆灭,希从此各安生业……"

"停停停,别念了。"朱全忠打断奏事者,耸了耸肩膀说道:"你写的这玩意,我听着都费劲,大街上的老百姓能看明白吗?"

朱全忠从小也没读过什么书,大字认不了一箩筐。对此朱全忠以前没觉得有什么妨碍,现在官越做越大,才觉得没读书实在不方便。最近令朱全忠很是烦恼,也和读书识字有关。因为一镇督抚,且战事频繁,向朝廷奏报公务的书信往来频繁。这些奏章被底下人写得文绉绉,不达朱全忠心思。朝廷来的诏命也常转弯抹角,令朱全忠费解,看不懂。朱全忠从心眼里瞧不起读书人,认为他们只知道咬文嚼字,卖弄玄虚,没有实用能耐。一件很简单的事情,经这些文人加工后,反倒啰里啰唆更加复杂。所以,朱全忠一直在盘算找个能为其转达文意的人。

朱全忠停了一会儿,略一沉吟,说道:"去,把王发给我找来。"

不一会儿,王发急匆匆赶到。由于不知出了什么事情,内心有些紧张。王发问道:"大帅,不知找下官有何吩咐?"

朱全忠用手摸着满布络腮胡茬的下巴,问道:"听说你有个同乡,叫敬翔?"

"正是,他是下官老家同州冯翊人,我们以前是邻居。其祖上是神龙年间平阳王敬晖。敬翔自幼好读书,擅长文章。乾符年间屡试进士不第。后来,赶上黄巢攻陷长安,敬翔为避兵乱离开家乡到关东闯荡。几个月前,他听说我在开封,于是来投奔。"王发徐徐将敬翔的情况向朱全忠做了介绍。

朱全忠点点头,说道:"你去把敬翔找来。"

王发不明就里,不知道朱全忠如何知道敬翔的?又为什么对敬翔产生了兴趣?是好事还是坏事?王发胡思乱想地赶到开封大街上,不一会儿就找到了敬翔。王发拉起敬翔的手就走。敬翔此时正在给人写信,见是王发,问道:"发哥,何事如此急迫?"

风雨飘摇

王发边拉着敬翔边走说:"大帅要找你。"

"大帅?朱大帅?他找我何事?"敬翔问道。

"我也不知道。刚才,大帅忽然让我赶快找你。"王发跑得有些气喘,呼吸急促地回答。

朱全忠性情暴躁,法令严峻。命令下来的事情,必须干脆利索地执行和完成,无人敢迟疑拖延。所以,王发拉着敬翔一路小跑来到大帅府。

敬翔随王发进入帅堂,见朱全忠坐在凳子上正擦拭战刀。王发深施一礼,说道:"启禀大帅,下官将敬翔带到。"

朱全忠抬起眼皮看了看敬翔,缓缓说道:"你是敬翔?"

敬翔不卑不亢地回答:"正是草民。"

朱全忠说道:"听说你擅长书写文章。现在黄巢平灭,战事稍定,你来给本帅写个安民榜文。"

敬翔谨慎地说:"草民不曾供职军府,对王命帅意都没有接触过,我试着写一份,请大帅裁定。"

朱全忠示意敬翔坐到书案后面。书案上早已安排好纸笔和墨砚。敬翔提起笔略加沉思,然后笔走龙蛇,刷刷点点,一气呵成,前后用时不到一盏茶的时间。

朱全忠踱步来到书案前,说道:"你念给本帅听听。"

敬翔站起身,双手将榜文展在胸前,朗声读到:"黄巢反贼,祸乱四方,为害多年,民不聊生。本帅东来,奉命讨贼,各镇杀敌,军民响应。今,贼乱已平,民众各安其业,各尽职守。农人要耕种,商人要流通,军队要成营。杀人偿命,欠债还钱,有违反政令军规者,本帅绝不留情。"

朱全忠背着手一面听敬翔诵读,一边踱步,等敬翔读完之后,朱全忠双手一拍,哈哈笑道:"嗯,就是这个意思,通俗易懂,简单明了,写得很好,正合我意。"

敬翔双手施礼:"大帅见笑。"

朱全忠命人将此榜文抄录数份,遍发州县,张贴晓谕。然后,朱全忠抚着敬翔的肩头,说道:"敬翔啊,你文采超群,就在我军中做事吧。"

敬翔说道:"多谢大帅抬爱。我本落第举子,前来投奔故人,因身无长计，难以安身，终日靠代写书信为生。若能为大帅使用，是敬翔的幸事。"

朱全忠说道："那先生打算谋个什么职事？"

"大帅，敬翔乃一介落魄书生，愿做个文职，或许是我所长。"敬翔恭谨地回答。

朱全忠微微一笑说道："既然如此，那你就做馆驿巡官，在我身边负责起草各种奏章文书。"

敬翔躬身施礼："多谢大帅。"

日色黄昏，朱全忠今天心情不错，命令摆上酒宴，请敬翔和王发在帅府中吃饭。王发也很高兴，自己一直在为敬翔找事做，苦于没有合适的机会，现在敬翔受到朱全忠的赏识，自然是一件大好事。

席间，朱全忠说道："黄巢虽已剿灭，但銮驾再次播迁，真是天下多乱。"

敬翔放下筷子，慎重而有条理地说道："大唐帝国历经三百年，雄视天下，隆盛之极，四夷宾服。无奈自安史之乱以来，元气大伤，一蹶不振。虽然偶有圣主能臣，振奋图强，然终究独木难支，不过昙花一现，回天乏力。懿宗之后，更是朋党为祸，宦竖横行，地方藩镇各自为政，苛捐杂税层出不穷，老百姓不堪其苦，直至漫地烽烟，流贼遍野，天下纷乱。现在，封授不由庙堂，皇威不达宫外，诏命难行间巷。盖缘自朝纲坠毁，政令废弛，天下治理失措，贤良忠贞失望。各藩镇互不统属，彼此攻伐不断。为今之计，复兴难靠寻常之策，唯有雄才大略之人奋起，为朝廷分忧患，为民众谋福祉，纾难解困，此乃不世奇功。"

朱全忠听敬翔慷慨陈述时局，内心为之触动，认为敬翔说得很有道理，见解宏阔。朱全忠亲自给敬翔添了一杯酒，说道："先生见识高远，天下时局尽在腹中啊，请先生赐教，我宣武如何治理？"

敬翔也有些激动，被朱全忠的盛情和礼遇所感动，仰首喝干杯中酒之后，在酒精和血压作用下，面色微红，说道："宣武乃天下中脐，南北相接，东西相连，天下货财交通汇集。北有黄河轩蔽，西有虎牢之塞，遥制关中而俯瞰东南。此乃霸王之资。今，黄巢虽灭，然秦宗权不可小视，其

害不日将至,时溥狭隘之徒,高骈没落之雄,能抗拒秦贼者唯有大帅。李克用雄霸之人,将来与大帅相争者必此人也。大帅宜以站稳脚跟为第一要事,外连诸侯,内图自强,上托王命,下抚黎民,治军经武,劝课农桑。不出几年,宣武将为天下强镇。"

朱全忠听得入了神,主动坐到了敬翔近前,拉着敬翔的胳膊,连声说:"与先生相见恨晚,相见恨晚!"

朱全忠与敬翔相谈十分融洽投机,酒宴直到午夜方罢。朱全忠回到后宅,抑制不住兴奋,对张夫人说:"我今天获得至宝了,我找到了我的张子房。"

敬翔的遭遇其实并非个案,而是很具有代表性的现象。末唐政局混乱,科举考试几乎停顿,学子的学业也难以为继,读了书也没有出路。因此,很多读书的士人开始离开考试晋身这条正道,谋求其他的发展机会。游走于军阀之间,就成了比较现实的选择。这其实是一个信号,标志着官方政治的没落,阶级人群的分化。原本有门第出身、有身份功名的人,开始向底层社会流动,与朱全忠这种从底层崛起的新兴势力结合。朱全忠与敬翔的相遇,河东李克用及后来的淮扬杨行密、四川王建无不遇到了这种怀才不遇的草莽人才,网罗到幕府中,成为他们的实力班底,与朝廷的所谓名门望族势力形成抗衡。

果然如敬翔所言,秦宗权很快就成长为官、匪、盗相复合的一个混合体怪兽,而且释放出了巨大的能量。

7. 门前雪不扫不宁

自己的事情自己做,自己动手丰衣足食。只有把敌人赶上死路,自己才能找到活路。朱全忠展示出了超凡的坚忍不拔与艰苦卓绝。没办法,逼出来的。

前文我们已说过,秦宗权不过是一个许州牙将,恰逢黄巢渡淮向西,许州军乱,秦宗权借机发动兵变,占据蔡州。后来黄巢东归途中,秦宗权被黄巢军中二号人物孟楷击败招降。自此，秦宗权作为黄巢的爪牙在许蔡之间攻城掠地、抢劫杀伐。当时秦宗权还是一个小角色，朱全忠、李克用、时溥、赵犨等人都没太将他当回事，注意力全在黄巢与尚让身上。

黄巢被围剿失败自杀，唐朝官军散去，各回本镇。就在这个战争的空隙间，秦宗权不仅没有随着黄巢义军毁灭，反倒独树一帜，发展壮大起来。秦宗权似乎就是专门为打仗和杀伐而存在的，他的集团似乎是一个只有吞噬抢掠而无大脑的怪物。

公元885年，秦宗权居然做起了皇帝，大肆封授文武百官，排场搞得很大，气焰一时灼热中原。秦宗权以蔡州为据点，派陈彦侵入淮南，派秦贤侵入江南，派秦诰攻陷湖北与川东，派孙儒攻陷洛阳与陕南，派张晊攻陷汝州和郑州，派卢瑭攻打开封和宋州。一时之间，秦宗权四面出击，如潮水般席卷黄河以南。可是这秦宗权似乎根本就不知道打仗到底是为什么，一直打打打，一路杀杀杀，永无休止，毫不手软。每到一处烧杀抢掠一空而去，方圆几千里的广大土地上，放眼望去只有孤零零的城池，没有了炊烟和人迹。秦军从将军到士兵完全处于一种疯狂的变态精神状态下，秦军这个战争机器完全依靠抢掠维持运转。经常遇到粮草接济不上的情况，秦军就用板车拉着战场收集的尸体，撒上盐巴腌渍之后，随时食用。

没有理想、没有未来、没有道德、没有原则、没有人性、没有目的。

只有冲杀、只有抢夺、只有奸淫、只有打赢活命、只有眼前的虚幻。

这就是秦军，这就是一只被幻灭思想和疯狂机体组装起来的战争魔兽。

就是这样一只魔兽，使得远在四川的僖宗皇帝都怕得要命，迟迟不敢回长安。

然而，朱全忠必须面对秦宗权。

朱全忠没有退路。

朱全忠必须战胜秦宗权。

只有秦死，才有朱活。

这时候，朝廷委派时溥作为四面行营兵马都统讨伐秦宗权。为什么是时溥，而不是朱全忠？因为时溥捡了黄巢的人头献给朝廷，功劳最大，显

得也最厉害，所以朝廷这次让时溥做前敌总指挥。可是时溥实在没有这个能力，仅仅能够在徐州自保而已。各诸侯门前的雪还需要自己清扫。

开封汴梁临近蔡州，朱全忠与秦宗权低头不见抬头见，两人几乎每天都要开战。目的只有一个，为了生存。双方前后大小发生了数百次战役。

开始的时候朱全忠处于劣势，汴军力量不及秦宗权部队的十分之一，可朱全忠坚忍不拔，激励士气，奇谋诡计以少胜多，竟然屡屡击败秦宗权的强大进攻。汴军越打越多，秦军越打越少。朱全忠愈挫愈强，秦宗权越来越难过。十多个月之后，朱全忠彻底摆脱了一穷二白的境况，强大到可以转守为攻了，而且越战越勇，直到彻底剿灭秦宗权。秦宗权无论如何也想不通这是为什么，怎么也不肯在朱全忠这个新兴的小土包子面前认输。朱全忠这根硬骨头，几乎要让秦宗权发疯，恨得牙痒痒。秦宗权无论如何也不能接受在朱全忠面前屡遭失败的现实。秦宗权要找朱全忠决战。

公元887年春天，秦宗权与朱全忠在开封近前，展开了一场规模盛大，影响深远的战役。这场战役成为了双方力量强弱转化的分水岭。

秦宗权要全力攻打开封汴梁，朱全忠也没闲着。朱全忠知道自己兵少力寡终究是弱项。与敬翔商议之后，朱全忠在年初上表朝廷，要求朝廷封授头号大将朱珍为青州刺史。在朱珍赴青州临行前，朱全忠交代给朱珍一个重要任务，让朱珍到任后迅速招兵买马。至于为什么要去淄青招募兵丁，主要还是因为中原一带久经战火，历经丧乱，人口凋敝，逃亡者十之八九。淄青偏居一隅，少有战事，人口密集。

朱珍不仅打仗英勇善战，而且是个宣传组织能手，尤其善于挑选精兵强将，还帮助朱全忠制定了一整套军事制度。朱珍出发后月余即发回书信，说到达淄博青州后十天就招募到了一万多人，可见其组军能力之强。在招募完军卒后，朱珍又做了一件事，搂草打兔子，顺道偷袭了青州官军马场，获得战马一千多匹，铠甲兵器一大堆。朱珍满载而归，为宣武军补充了重要军源。

就在此时，秦宗权的大军也已兵临城下。

秦宗权手下大将张晊、秦贤、卢瑭率十五万人会战朱全忠。这几人都是秦宗权军中的头号战将，原本各自负责一片战区，秦贤负责南部长江一带战区，张晊负责河南战区，卢瑭负责北部战区，三人与西部战区的孙儒、西南战区的秦诰、东南战区的陈彦并称秦宗权的六大金刚。

这次，秦宗权为了会战朱全忠，特意将六大金刚中的三大金刚调来。可见秦宗权对这一仗的重视，也可见这一仗的分量。

秦军到达开封附近后，成品字形摆开。秦贤屯兵八万于板桥负责正面攻击，张晊屯兵六万于开封北郊负责背后夹击，卢瑭屯兵一万于万胜负责切断汴水运路。秦军扎下营寨三十多座，连延二十余里，来势汹汹，杀气腾腾，似乎要将汴梁城连根拔起。相形之下，朱全忠部队只有一小撮儿，可怜巴巴地蜷守在开封城内。

朱全忠也知道大战在即，且此战关乎存亡，不可大意，一面积极迎敌，一面向外藩求援。这次不能再请李克用了，因为李克用已经和朱全忠变成了世仇。时溥也不能请了，因为争功，两人闹得不愉快。环顾四周，朱全忠想到了一个人，天平节度使朱瑄。这个朱瑄是新来的，与朱全忠素不相识，没有瓜葛。朱全忠悄悄地向朱瑄写去了请援书信，寄托了一点点他也无法把握的希望。

援军尚远，劲敌已在眼前。

是等还是打？

朱全忠召集众将商议御敌之策。帅府堂内鸦雀无声，众人对这次战役感到压力都很大。朱全忠与秦宗权大小百余战，彼此都比较了解。对秦军的疯狂与凶残，汴军也深有感受，从来不敢等闲视之。一班文武屏住呼吸，在等待朱全忠发话。朱全忠坐在帅案后，右臂放在几案上，左手扶住左腿膝盖，扫视了一眼众人，严肃而平静地说道："我们与秦贼已经相持一年多，贼势气焰嚣张，为祸中原很深，我等军民合力抗击，屡屡破贼，多靠众将奋勇冲锋、敢死陷阵。现在，秦贼尽管以数倍于我的兵力来犯，众位也大可不必过于紧张。贼军人多势众，但是散乱无军纪章法。张晊秦贤劳师来战，我们以逸待劳，地利优势在我。更何况，秦贼以为我们汴梁城内势单力孤，有轻视我们之意，殊不知，朱珍已经募得一万兵马，这是我们的秘密武器。还有，天平节度使朱瑄大帅不几日会率十万援军赶到。所以，我们完全有条件与秦贼一战。"

朱全忠麾下上将军都指挥使朱珍沉声说道:"大帅所言极是,我等以少胜多,破贼非只一次,大帅神机妙算,令敌人丢魂丧胆,我们这次与秦贼誓死力拼到底。"

朱珍与庞师古、许唐、李晖、丁会、氏叔琮、邓季筠、王武、郭言等八十多人,自从朱全忠起兵一直追随左右,其中,尤以朱珍勇猛。据史载朱珍"摧坚陷阵,所向荡决"。这些人跟随朱全忠赴镇宣武,成为了汴军的老班底,个个都是精英将才。在围剿黄巢战争中,朱全忠陆续收降了葛从周、张归霸兄弟、李唐宾、李谠、霍存等人。再后来,历次对徐州、兖郓、岐凤等战役中,又招降了刘知俊等很多才干之人。这些人进一步壮大了朱全忠的队伍,构成了汴军庞大豪华的战将阵容。

之所以名将如云汇集到朱全忠帐下,并不是偶然的,也不是没来由的。这与朱全忠个人性格与策略有着直接的关系。朱全忠对部将没有先来后到之分,也没有远近厚薄之别,对人才的来源没有成见,唯战功定优劣,以能否堪用定去留。用朱全忠的话说:"谁给我干活,我就重用谁。"朱全忠对人才的鉴别力也眼光独到,常常对文臣武将稍加试用后,即加以破格提拔,任命到重要岗位上委以重任,从来不论资排辈,不搞观察观察研究研究之类的花架子。由于朱全忠的开放吸纳态度,在很短的时间内,汴军就延揽了数量众多的谋臣和武将。这说明了朱全忠有眼光、有胸襟,也为其发展壮大的霸业不断注入新鲜血液。这些战将在朱全忠的争霸过程中发挥出了灿烂的光华,也同时成就了个人的功绩。

朱全忠听朱珍表态后,嘉许地点点头。

这时候,敬翔徐徐说道:"两军交战,知彼知己乃是根本。秦贼气焰嚣张,恼恼而来,必有轻我之意,以为我们必不敢轻易出战。我们反其道而行之,在敌人扎营未稳之际,出其不意,挫敌气焰。"

朱全忠站起身,双手按在桌子上,说道:"此役非常,本帅向来军法严明,勇猛杀敌者重赏,怯懦畏敌者斩!朱珍听令,你与张归霸、霍存、李思安率五千人随本帅袭击秦贤营寨。"

朱珍、张归霸、霍存、李思安出班领命。

朱全忠偃旗息鼓,悄悄开启城门,率领人马奔秦贤阵地杀来。距离秦军还有二里地，朱全忠在马上手搭凉棚，遥望观察。见秦军营寨彻地连天，人喊马嘶之声滚滚传来，气势果然雄壮。朱全忠回头对李思安说："李思安你去勘察一下敌军营寨虚实。"

李思安领命，带本部十骑如风驰电掣一般冲入秦贤营寨。李思安生得身形高大、威猛剽悍，擅长使用飞槊。秦军正在安营下寨、埋锅造饭，没想到突然汴军杀到，而且这位李思安犹如天神天将下凡，马踏之处如入无人之境，飞槊扫击之人，秦军连死带伤纷纷倒地。李思安如一阵旋风一般从阵前冲到阵后，杀透秦军营寨。李思安将厚厚的秦军营寨撕开一道裂口，秦军立时剑拔弩张，纷纷投入战斗。可秦军还没弄明白这位天神如何冲进来的，没想到不一刻钟李思安竟然又杀回来。在秦军营寨中，李思安进出来回一趟，无人能阻挡者。

回到汴军阵前的李思安面带威武豪壮之色，马鞍桥上还搵着两名擒获的秦军将佐。李思安向朱全忠报告说："大帅，秦军营寨东薄西厚。"朱全忠手一挥，命令："从东侧冲击。"张归霸带着两个弟弟张归厚、张归弁与霍存分别率领本部骑兵率先冲入秦贤营寨。朱珍率中军紧随朱全忠掩杀而来。汴军喊杀声惊天动地，汴军将校如一支支利剑直插入秦军阵地。秦军在刚才李思安的袭击中还没有缓过神来，突然大批汴军杀到眼前。秦贤仓促上马，指挥迎敌。霍存一马当先，左冲右突，如推土机一般连破秦军四座营寨。在朱珍、张归霸、霍存等人的冲杀之下，秦军大败，退避三十里，死伤五千多人，丢弃粮草器械辎重无数。

朱全忠见这一仗大获全胜，命令收兵回城。回到开封汴梁城内，朱全忠端坐帅府大堂，对朱珍等人大加封赏，赐予大量金银与马匹。朱全忠治军极严，对有战功的将领绝不吝惜赏赐，加官晋职即刻生效，对金银钱财挥撒如土。但同时，对怯懦退却的也严惩不贷。不过朱全忠对打了败仗的将佐予以严厉处罚之后，极少夺人性命，也从不一棍子打死，如果被罚将佐能够再立军功，还可以重新得到朱全忠的奖励重用。

除了赏罚分明之外，朱全忠治军还有许多独特的制度，一是以将官为核心的作战制度，为鼓励军队团结，要求军校必须服从将官指挥，且要拼死保障将官的战斗力。如果一个营的将官战死或被俘，这营军兵都

要处斩。如果一个队的队长战死或被俘，这队军兵都要处斩。所以在这种军纪制度下，汴军的集体战斗力一直十分强悍，将官奋勇冲锋，士兵一致杀敌。人人向前，个个争先，每个作战单元都保持了强大的攻防能力。二是按兵种功能划分部队建制，有专门负责开路架桥的，相当于现在的工程兵；有专门负责射箭的，相当于现在的火箭导弹部队；有专门负责砍杀的，适合近距离搏杀；有专门负责冲锋陷阵的精英部队。多兵种部队的划分，极大地提升了专业化水平，提高了指挥的综合性与部队作战的分工协作。三是人质制度，无论是对降将、附庸军还是对嫡系将领，都实行妻子儿女质押制度，将佐出征在外，他们需要将家人留在后方做人质。即使对自己的儿子，朱全忠也不完全信任，将儿子的家人也留在身边做人质。四是刺字制度，为了防止士兵逃亡，在士兵额头上刺字，士兵若私自逃离部队无论走到哪里，都会被当地关卡识别并抓回。五是军地分离，有很多将领立了大功，朱全忠毫不吝惜的封赏职爵，刺史、节度使等名目繁多，但是很多人只有职务没有地盘，属于虚职，因此其主要任务仍然是为朱全忠卖命。朱全忠的这种军事制度既防范了军头拥兵自重的风险，也极大地提升了部队整体战斗力。这在当时的军阀堆里属于比较先进的做法。

　　板桥一战，汴军旗开得胜，士气大振。朱全忠没有兴奋，保持着特有的冷静。他看到尽管秦贤在措不及防的情况下被击败，但也仅仅是暂时退去，主力并没有受到破坏性动摇。因此，不出两日，秦贤肯定会卷土重来。决不能让秦贤、张晊、卢瑭三营形成互援之势，否则，汴梁三面受到攻击，破敌将十分困难。朱全忠决定仍然用闪电和偷袭战术，对三个秦军阵地个个击破。朱全忠在积极布阵出击的同时，派出大将郭言紧急西赴河阳一带募兵。打仗拼的就是人马，汴军这点资本毕竟薄弱，与秦军相比力量悬殊。尽管战斗力不凡，几个阵仗下来，部队一定会减员严重。这是朱全忠一直忧心的薄弱之处。

　　突击秦贤获胜后，朱全忠命令人不卸甲，马不离鞍，值班待命。朱珍、霍存等人不明所以，满腹狐疑。认为刚刚突击获胜，应该让士兵稍事休息，因为后面还有更大的仗要打。可是朱珍等众将谁也不敢问，他们知道朱全忠的脾气暴躁，弄不好会被朱全忠臭骂一顿，只得回到本部营寨，枕戈待命。夜至三更，梆鼓之声刚刚响起，朱全忠就传出命令，点兵出征。

出兵？去哪里？

传令官来到朱珍营寨后，秘密地向朱珍下达了命令。

朱全忠决定偷袭卢瑭！

为何偷袭卢瑭？

偷袭卢瑭而不是张晊是有道理的。

卢瑭弱一些。卢瑭军的主要作用不是攻击，而是防守。卢瑭夹汴水下寨，彻底将渡河通道封死，切断了汴梁城内朱全忠的军需物资通道。秦军原来的计划是秦贤与张晊两面攻击，朱全忠一定会固守城池，卢瑭再切断供给，则朱全忠很快束手待毙。所以，战场主要压力没在卢瑭阵地，卢瑭多少存在麻痹大意心理。再者，卢瑭离开封城距离最近，是快速偷袭的合适目标。

偷袭卢瑭还有一个有利因素——天气。

四五月间，天气潮热。开封城内外笼罩在厚重的浓雾中。

朱全忠命朱珍、霍存率三千人趁雾偷袭卢瑭大营，朱全忠亲自坐镇督师。汴军人衔枚马勒口，悄无声息，如鬼魅一般开城直奔卢瑭营寨杀来。汴军冲到卢瑭营门的时候，秦军守卫还没发觉。朱珍和霍存也不答话，抡起刀枪逢人就砍见人就杀。汴军每百人一队散开厮杀，边杀边喊边放火，不一会儿秦军大营乱成了一锅粥。朱珍和霍存顷刻间闯到了卢瑭帅帐。这时候卢瑭还未来的及披挂，仓促中只好光着膀子提起长矛跨上马背。卢瑭见朱珍和霍存杀到，心里明白今天只有死拼别无选择。卢瑭咬着牙也不答话，直奔朱珍和霍存杀来。

卢瑭原本悍将，现在生死关头，拼出了十二分的力气。朱珍和霍存见卢瑭长矛呼呼生风，不敢大意，两人合战卢瑭。十个回合之后，卢瑭招架不住了，毕竟朱珍和霍存也是强手，武艺了得。卢瑭招式一慢，突然，左臂被朱珍一刀砍中，卢瑭在马背上晃了一下。这一晃露出破绽，霍存长枪以间不容发之势刺入卢瑭腹部。卢瑭大叫一声，拨马要逃。可惜，卢瑭夹水下寨，两侧难以互援。慌忙之中，卢瑭在马背上跌落桥头，此时已经血流满身，气息奄奄。卢瑭放眼四望，只见汴水两侧的营寨都已陷入火海，

风雨飘摇

心知大势已去，于是一头栽入河中自杀而亡。秦军主帅战死，没有了指挥官，秦军如同羔羊一般被汴军宰杀，剩下腿脚利索的秦军四散溃逃。

汴军再一次大获全胜，一日之中连破秦军两处阵地。朱珍和霍存此时才明白，为什么朱全忠让他们连夜值班，原来是为了击破卢瑭。朱珍带着敬佩和不解问朱全忠："大帅，您如何知道今天大雾？"朱全忠眯着眼睛看了看众将，诡异地笑而未答。众将你看看我、我看看你，连连称叹"大帅用兵如神！"

话说卢瑭所属兵马侥幸逃生的，一路狂奔，逃入了位于开封城北赤岗的张晊营寨。朱全忠连续突击秦贤、袭杀卢瑭的消息迅速传到了张晊军中，张晊所部一时为之心乱惊慌。张晊深知这个消息杀伤力的分量，绝不亚于几万精兵的威慑作用。张晊为了稳住军心，亲自到各营寨巡视，激励士气。

正在张晊巡营之际，朱全忠已经杀到。

张晊点炮出营，列阵迎敌。

张晊在马背上打量汴军营寨，估计汴军兵力不过三万。张晊稍稍感到心里踏实了些，毕竟自己有六万之众，占尽了兵力优势。张晊扫视了一下自己部将，秦军将佐此时也恢复了镇定，毕竟背后有数倍于汴军的兵马。

此时，朱全忠派出张归霸来到阵前挑战。张晊冷冷问道："何人前去迎敌？"话音刚落，秦军阵中冲出一员战将，此人乃张晊手下头号猛将孟冲。张归霸与孟冲马打盘旋战到一处，两人旗鼓相当，杀的难解难分。二马一错镫，张归霸背向秦军阵地。突然，秦军阵地飞出一支长矛，"嘭"的声刺中张归霸大腿。张归霸被偷袭，在马背上坐立不稳，拨马离开阵地逃走。孟冲见张归霸败阵，催马紧追不放。张归霸俯下身，侧挂在马鞍桥，偷偷摘下弓箭，扭回头，瞄准尾随在后的孟冲，张弓搭箭，用力射去。张归霸的箭带着尖锐的呼啸直奔孟冲的咽喉。孟冲正在全力追击，不料受伤的张归霸还能放箭还击。孟冲躲闪不及，被箭射穿脖颈，一头栽落马下。

张归霸起身坐正，调转马头从地上抓起孟冲，顺手将孟冲的马匹掳掠，回到汴军阵地。这惊险的一幕被站在高岗上指挥的朱全忠看得清清楚楚。朱全忠当即将张归霸召到近前，亲自为其包扎了伤口，连声盛赞："归霸真乃我张翼德啊，猛士也。"朱全忠命人取来百两黄金并孟冲的坐骑一同赏赐张归霸，当即提升其为检校左散骑常侍。

秦军见张归霸如此勇猛，孟冲命丧阵前，刚刚恢复的士气顿时消散大半。张晊见战事不利，命令收兵回营，闭门免战，躲在营寨中不敢出来了。

一连五日，秦军避而不战。

总相持不战也不是个办法啊，特别是对汴军不利。

这一天，朱全忠决定亲自诱敌出战。

朱全忠命令张归霸带领五百弓箭手埋伏在阵地壕沟内，他率领一百轻骑兵直奔张晊大寨杀来。朱全忠鲜衣怒马，一马当先，边冲边挥舞着令旗，故意虚张声势放大目标。张晊伏在辕门内，望见朱全忠亲自来挑战，而且没带多少人马，心中窃喜。要生擒朱全忠的超级欲望占据了张晊的脑海。人的赌性潜藏在心底，一旦时机合适，这种性情就会爆发。张晊无疑是被这种赌一把的情绪冲昏了头，他急于要挽回败局，促使他萌发了生擒朱全忠的妄想，正中了朱全忠的诱敌之计。

张晊命令两千精锐向朱全忠掩杀过来。朱全忠见张晊中计，心中暗喜，拨马掉头假意逃跑。朱全忠撤到张归霸埋伏的壕沟之后，秦军也已追到近前。张归霸与五百弓箭手突然从壕沟中跃起，对着秦军万箭齐发，秦军人马惊恐万状，慌乱之中摔死的、被马踏死的、被箭射死的不知多少。顷刻之间，两千秦军精锐死伤殆尽。

这次挫败彻底摧毁了张晊和秦军的战斗意志。秦军再也不敢出营门半步，躲在营寨内坚守不战。

张晊不出战，汴军就没有机会击破之。不击破张晊，汴梁的威胁就不能解除。朱全忠又想出了另一条低成本大效果的计策。每到晚上，朱全忠就派出三五队军兵，每队五十人，到张晊营寨周围，敲锣打鼓，连喊带叫。张晊以为是汴军偷营劫寨来了，赶紧起来披挂上马，准备御敌。可是发现只是汴军的疑兵之计后，只好回营休息。刚躺下，汴军又来折腾，张晊不知道哪次是真哪次是假，不敢怠慢，又要点兵防御。在汴军的三番五

风雨飘摇

次惊吓之后,秦军疲惫不堪,身心憔悴,困并痛苦着,以至于在没有汴军来骚扰的时候,秦军内部竟然屡屡发生军校在噩梦中惊醒,还有的得了梦游症,到处串门,闭着眼嚷嚷"汴军来啦,汴军来啦",以至于互相惊扰,全营上下不得安宁。朱全忠的心理战发挥了巨大的作用,彻底将秦军的精神摧垮。秦军苦苦支撑,战不能战,退又不敢退,真是度日如年。

朱全忠估计秦军已经被折腾得快崩溃了,于是命令大将霍存率领三千人趁夜偷袭秦军。这次可不是三五十个敲锣打鼓的汴军捣乱分子,这是霍存的精锐骑兵,实实在在真刀真枪地来偷营劫寨。事情就是这样,屡屡发生的未必是真的,觉得不会发生的时候,偏偏会发生。被汴军骚扰得疲惫麻木惊魂不定心神不宁的秦军,认为终于可以睡个好觉了,一时间秦军鼾声四起。

秦军大营一片寂静,大地一片寂静,天空一片寂静。月亮、星星、虫虫、花花草草都进入了梦乡,一片静谧美妙的气息。在夜晚和雾气的遮掩下,霍存率领三千精骑直接冲入了秦军大营。霍存的汴军人人是快马长刀,冲进秦军营寨后,横冲直撞,不管三七二十一,一顿猛砍猛剁。直到上千名秦军在睡梦中被斩杀之后,秦军才发觉汴军真的杀到了近前。一切都为时已晚,一切行将结束。霍存如同闯入了瓜田菜地,以秋风扫落叶之势一通砍杀。秦军乱成一团,根本组织不起来有效的抵抗。拂晓时分,战斗结束,霍存斩杀秦军两万人!战场之上血流成河,尸体枕积如山,到处弥漫着血腥的气味。余下的四万秦军扔下满山遍野的锣鼓帐篷、刀枪器械、粮草车辆,溃败逃命。

至此,朱全忠连续击破了秦贤、卢瑭和张晊三处秦军,大获全胜,汴梁的威胁解除了。

汴梁城内一片欢呼,洋溢着胜利的喜悦,到处锣鼓喧天,朱全忠隆重犒赏三军。

胜利是短暂的,喜悦也是短暂的。

因为,秦宗权来了。

8. 决战秦宗权

秦宗权的战斗力是惊人的，可是偏偏遇到了朱全忠，朱全忠屡屡以少胜多，这令秦宗权忍无可忍了。一场决战爆发了。

三大金刚被朱全忠摧毁，秦宗权决定亲自督师来攻汴梁。

秦宗权在十分窝火百分愤怒千分暴躁万分坚决中，率领十五万大军倾巢而出，来找朱全忠决一死战。

秦宗权因屡屡被弱小的朱全忠打败而羞耻难当。

秦宗权因张晊等三路大军的不争气而狂躁恼怒。

秦宗权因拔不下汴梁这个心腹大患而坐卧不宁。

秦宗权亲率中军，命逃回的张晊与秦贤为左右先锋，浩浩荡荡杀奔汴梁而来。

朱全忠不敢怠慢，感受到了大战在即的紧张、刺激和压抑。朱全忠在帅府内来回踱步，思考着下一步的御敌之策。这时候，探马来报告，说天平节度使朱瑄和弟弟朱瑾率援军赶来，据汴梁还有一日路程。探马刚走，牙将郭言回来了。郭言遵照朱全忠命令，在河阳、陕、虢一带，招募了一万兵马，已经带入了汴梁城。朱全忠听到这两个好消息，双手一拍说道："事情好办了！"

朱全忠对坐在一边的敬翔耳语了一番，敬翔不住点头称是。

朱全忠命令："开城迎敌。"

城内五万汴军浩浩荡荡列队出城，在汴水边扎下营阵。此时，秦宗权的大军也已经在前面五里之外的边孝村安营下寨。

这次朱全忠也将全部家底儿压在了前线。五万人马分前中后三座大营，前军一万人由诸军都指挥使朱珍统领，都将霍存、军校长葛从周、左右长剑都指挥使王重师佐之。中军三万人由朱全忠亲自率领，敬翔、偏将庞师古、检校左散骑常侍张归霸等人从之。后军一万人由排陈斩斫使李唐宾统领，都虞侯朱友恭、偏将郭言副之。

庞师古，曹州南华人，性情端庄厚重，一直跟随朱全忠左右。在朱全

忠初到汴梁时，庞师古帮助朱全忠招兵买马，创建了第一支队伍。后来在救援陈州、击破秦军等战役中，累有战功。庞师古与霍存成为继朱珍和李唐宾之后的头号军事统领。

葛从周，濮州鄄城人也。其祖上都是朝廷大官，其父亲葛简还被朝廷赠以兵部尚书荣衔。葛从周"少豁达，有智略"，开始在黄巢军中，逐渐官至军校，做了个小头目。朱全忠在王满渡大破黄巢军时，葛从周与霍存、张归霸兄弟等人投降了朱全忠。敬翔是文士落魄与基层军阀结合的现象代表，那么葛从周就是武士落魄与基层军阀结合现象的代表。

葛从周是朱全忠阵营中几十年不倒的常青树，除了英勇善战、有大将材器之外，还有低调与忠诚。在朱全忠与秦宗权军队的一次作战中，朱全忠马失前蹄，连人带马跌倒尘埃。这时候秦军呼啦啦冲来，要擒拿朱全忠。情势危急之时，葛从周赶到，扶起朱全忠，重新上马。葛从周挡在朱全忠身后，面对秦军孤身拼死力战。无奈敌人势众，葛从周脸上被刀砍伤，胳膊中箭，身上被长矛刺了几个洞。此时葛从周全身上下都是血，铠甲破烂。可是葛从周毫不退却，仍咬牙奋力保护朱全忠。正在万分凶险之时，汴将张延寿赶回来救援，杀退秦军。在张延寿与葛从周保护下，朱全忠得以全身而退。这次战役后，朱全忠十分爱惜小伙子葛从周的忠心和勇敢，当即提升葛从周为军校长。葛从周跟随朱全忠征战几十年，一直深受器重，直到衰老不能领兵作战，退休回家，得以善终。朱全忠虽然赏罚分明，可是性情暴躁，心思难测，杀伐果决，特别是到了晚年，朱全忠猜疑心很重，众将时常因小过错而获杀身之罪。所以在朱全忠帐下做事，不是一件容易的事情。葛从周能够得以善终，这是其过人之处，众将很少有能和他相比的。

王重师，颍州人。为人深沉大度，心里特有数儿，属于内秀的人。既擅长用长剑，也擅长用槊，武艺超群。开始的时候，朱全忠封其为拔山都，后又命其率领左右长剑军，为长剑军指挥使。

李唐宾，陕州人，性情刚直雄壮。原在黄巢军中为将，后来投降朱全忠。手使长矛，骁勇非常，又擅长排兵布阵，与朱珍齐名，同为朱全忠帐下头号上将。

朱友恭，寿春人，原本名叫李彦威。很小的时候就跟随朱全忠，乖巧伶俐，能够体察揣摩朱全忠的心意，朱全忠很喜欢他，就为其更名改姓，作为养子。

从这些将领的来历与经历，我们可以看出，朱全忠用贤任能的气度，霸业之初的霸气。从这些将佐的职务我们还发现，朱全忠管理军队的方法具有专业化的特点，如有用长剑的长剑队，有负责开道的开道队，有负责近距离作战的斩剁队，等等。这里面既有按专项功能编制军队的目的，也有为表现突出的将佐创造升迁空缺的策略，使立功将佐人人有进步空间，时时怀抱建功立业的期望。不至于一大堆人往一个职务上挤，挤压的结果要么是内部互相倾轧，要么是良才出走，要么是人心沮丧，最终一定会影响到朱全忠霸业的进一步拓展。朱全忠为汴军豪华的将佐阵容创制了五花八门的职务，令每一个人都感到被重用，每一个人都拥有名副其实的头衔，每一个人都有不可忽视的社会地位，因此，将领们保持着旺盛的斗志和立功求赏的欲望。乱世之中，这些人风餐露宿、流血流汗，为的什么？不就是建功立业、荣华富贵、升官发财吗？这就是人性，基本的人性。这就是人生，特定历史环境下的人生。一个组织的事业有发展空间，一个组织内的机构职务有发展空间，一个组织内的成员有发展空间，说明这个组织是有生命力的，可以带给人希望的，组织的吸纳力才足够强。朱全忠深谙此道，朱全忠躲在人丛偷着笑。

汴秦两军对垒，几十万人马一时之间把汴水淹没在人山人海中。天空中烈日当头，白花花的阳光映照之下，刀枪剑戟反射着耀眼的光芒，盔帽铠甲散发出粼粼的波光。双方军兵摇旗呐喊，光着膀子击鼓助威。战马紧张地打着响鼻，摇头摆尾，嘶鸣雀跃，每一寸肌肉都进入了高度兴奋与紧张状态，随时待命出征。红黑两色战旗在风中"扑啦啦"招展飘扬。连绵几十里的牛皮帐篷，如同波涛涌动的海洋，任何人都清楚，波涛底下蕴含的能量。

三声炮响之后，双方弓箭手"啪啪啪"射出一阵箭雨，划定对阵疆场，刀斧手蹲在鹿角丫杈之后压住阵脚。战场之上顿时安静下来，鸦雀无声。汴军中，朱全忠催马来到阵前。秦军中，秦宗权坐着辇车来到阵前。

秦宗权怎么乘辇车呢？原来秦宗权已经在蔡州宣布称帝。尽管秦宗权没有什么政治理想、治理方略，可是做皇帝劲头儿很足，做皇帝的排场搞得很大，因为他领略过黄巢的派头儿，见识过黄巢的消费，心里一直痒痒，一直跃跃欲试。现在，秦宗权吆五喝六地做了土皇帝，姬妾成群，仪仗成行，文武成列，一应俱全。蔡州虽然简陋，可里里外外的运行，无处不弊手弊脚地模仿帝都皇宫。

两军主帅见面，怒火填膺，但表面上还要镇定自若。

朱全忠首先发话："逆贼秦宗权，违天悖人，祸乱中原，罪大恶极。本帅奉朝廷诏命，督各路兵马，特来剿灭，还不乖乖就擒？"

秦宗权仰天哈哈大笑，用手指甲剔着牙缝，歪着嘴说道："朱全忠，你也不动脑子想想？你不也是反贼吗？穿上官军的朝服就成了圣人啦？方今朝廷腐朽，天下大乱，谁有军队、有地盘、有实力，谁就做皇帝，主宰天下！朕乃替天行道，率民推翻暴戾堕落的唐朝，这是民望所归。"

朱全忠最恨人家揭他的短，说他是反贼，无异于当众被扒掉裤子。现在秦宗权在两军阵前抖出他这段老底儿，朱全忠怒目圆睁，对秦宗权斥责道："天下恼恼，兵连祸结，都是由于你这种狂妄之徒所致。尔等无法无天，蛊惑民心，烧杀掳掠，致使民不聊生，田产荒废。老百姓痛恨你们这帮祸患还来不及，你竟然厚颜无耻地说顺应民望。看本帅今天和你算清总账，替朝廷灭贼，替百姓除害，替陈蔡雪耻。"

秦宗权三角眼一斜，"嘿嘿"嘲讽地干笑了几声，冷冷说道："朱全忠，你区区三四万人，如何与朕争斗？以卵击石还差不多？简直是不自量力。"

朱全忠不紧不慢一字一顿地说道："本帅兵少，但是良将众多，不似你的部下，中看不中用。"

这句话正说到秦宗权痛处，汴秦两军连年来大小数百战，可是秦军屡屡被汴军打败，这令秦宗权羞愤难当，早就窝了一肚子火。

话不投机，二人不再答言，各自令旗一摆，秦军和汴军阵地各冲出一员战将。汴军战将是霍存，秦军战将是秦贤。霍存与秦贤各举刀枪，战在一处。秦贤憋着劲要找霍存报营寨被袭之仇，再加之秦宗权督阵。所以今天秦贤格外卖力,使出了浑身解数,要与霍存拼命。可是霍存毕竟技高一等,秦贤渐渐不支。这时候,秦军中又冲出一员战将,与秦贤两人大战霍存,此人正是败军之将张晊。就在张晊加入战斗的同时,汴军大将王重师挥舞铁槊催马来支援霍存。四人两对杀得难解难分,尘土飞扬,两边军兵鼓足腮帮子为本部将领助威,喊杀声此起彼伏。朱全忠向朱珍递了个眼色,朱珍立即命令葛从周随自己冲入战场。见汴军又增加两员战将,秦宗权也毫不示弱,派出四员战将迎击。这真是一场盛大壮观难得一见的战斗,汴秦两军各自派出了核心精锐,在三里宽的战场上厮杀得天昏地暗。几十万大军的眼睛和心脏全被这场恶斗吸引住了。

就在两军厮杀的紧张时刻,突然秦军后方发生大乱。一名军校身上带血骑马飞速跑到秦宗权跟前,报告说:"陛下,我军背后突然杀来唐军。"

秦宗权大惊,问道:"唐军?朱全忠的那一小撮人不都在阵前吗?"

那将佐回答:"不是汴军,似乎是兖州和郓州的旗帜,人马当在五万以上。"

秦宗权心知中了朱全忠诡计,立即鸣金收兵,同时指挥大军斜向后撤。顿时,十几万秦军边打边撤,溃败而逃。朱全忠命令前中后三军乘势掩杀。掩杀中,两万秦军做了汴军的刀下鬼或者俘虏。秦军逃出五十里,到达一个叫做阳武桥的地方才扎住营寨。

大家不禁要问?兖州郓州的援军是如何赶来的?

朱全忠虽然嘴上说良将众多,其实心里还是没底的,与秦宗权相比众寡悬殊,况且秦军也是如狼似虎,残忍异常。所以在大战之前,朱全忠就向山东的天平节度使朱瑄发去了求援信。朱瑄接到朱全忠书信后,立即在镇府郓州点齐五万兵马驰援汴梁。朱全忠为了稳定军心,曾向部下诈称朱瑄率领十万援军。朱瑄还有个弟弟朱瑾,为兖州刺史。朱氏兄弟二人从郓州和兖州起兵西来救援汴梁,半路合兵一处,达到时正赶上汴秦这场恶仗。朱全忠在战前,悄悄向敬翔布置了一番,就是让敬翔安排人通知朱氏兄弟暂时按兵掩藏,待朱全忠吸引住秦军主力后,再由兖郓军队在秦军后方发起突袭。正当汴秦大将厮杀混战达到白热化之际,朱氏兄弟立即率军

突击秦军后方。朱瑾剽悍勇武,战斗力十分强大,一马当先冲入秦军。秦军被前后夹击之下,惊慌失措,溃败后撤。

秦军退走后,朱瑄朱瑾兄弟来到汴军大营,朱全忠亲自迎出辕门,一手拉着朱瑄,一手拉着朱瑾,走入早已摆好筵席的帅帐。分宾主落座后,朱全忠高捧酒樽,满怀恭敬地对朱瑄说道:"郓帅,这次汴梁得以保全,全是仰仗你兄弟的救援啊,我朱全忠代表汴梁军民感谢你!"说着,朱全忠首先将酒喝干。

朱瑄厚重地笑笑,说道:"汴帅你不要客气,我们都是朝廷臣子,理当守望相助,戮力剿贼责无旁贷。"说完,朱瑄朱瑾二人也将樽中酒喝干。

朱全忠命汴军将佐向兖郓将佐一一敬酒。酒过三巡,菜过五味,帅府内充满融洽欢快的气氛。

朱全忠再次向朱瑄举杯敬酒,说道:"郓帅,不知你今年贵庚?"

朱瑄不明就里,回答道:"我今年虚龄四十岁。"

朱全忠说道:"郓帅你年长。我们都是朱氏子孙,虽然以前不相识,但也是本家兄弟。那你就做我的兄长吧?"

朱瑄一听朱全忠这个建议,显然很合意,双手击掌表示赞同。于是朱瑄年长排序第一,朱全忠次之,朱瑾第三。如此一来,兖郓与汴梁的关系更紧密了。三人共同举杯,彼此敬酒。两边将佐也纷纷举杯祝贺三人结为兄弟。

该着秦宗权倒霉,末路当绝。秦军逃奔五十里后,草草安下营寨。秦宗权气得暴跳如雷,破口大骂。既骂朱全忠狡诈,也骂手下将佐无能,疏于防范。秦军上下战战兢兢,大气儿不敢出,生怕惹恼这位山大王皇帝,被当成出气筒杀掉。秦宗权草草吃罢晚饭,刚刚在宫女服侍下躺在床上,两眼无力地微微闭合。朦胧中,突然听到一声山崩地裂般的巨响,紧接着,床板和帐篷一阵剧烈地抖动。秦宗权惊出一身冷汗,骨碌从床上跳起来,大喊道:"来人,发生何事?"

这时候慌慌张张跑进来一名侍卫,报告说:"陛下,大事不好,上天降灾于我们营中,一个大火球砸中左营。"

秦宗权嘴里骂道："胡说八道！"一脚踢开那名侍卫，走出大帐查看。

只见秦军左营，火光冲天，噼里啪啦爆裂之声不绝，天上还有细碎的火球射向营中。被火球击中的秦军哭喊成一片。原来是块巨大的陨石从天而降，正好击中秦宗权军营。那时候，人们认识有限，不明白陨石雨是什么东西。都以为是秦宗权作孽太多，惹恼了上天，玉皇大帝在实施责罚。一传十，十传百，谣言在秦军中以加速度传播和几何数扩散。顿时，秦军将校人心惶惶，吓得灵魂出窍，纷纷趴在地上给天磕头，祈求宽恕。秦宗权虽然不相信天谴，但心里也发毛，感到背脊发凉，双腿打颤。一时间，竟然忘了命人救火。

正在秦军被陨石袭击吓傻而混乱之际，朱全忠与朱瑄也得到了探报，说秦军营寨遭天降火石袭击，伤亡惨重。朱全忠一拍大腿，放下酒樽，对朱瑄说："兄长，你看秦贼罪孽深重，上天都不饶他。我们正可以趁机一举剿灭之！"

朱瑄说道："好，你我联兵一处，连夜出击秦宗权。"

朱全忠当即下令："朱珍你为先锋，率一万人马奔袭秦军。我和郓帅随后就到。"

趁着夜色，兖州郓州汴梁联军十万人直扑秦军而来。秦军正在为天降火石而惊魂未定，突然又杀来了汴军，秦军以为是天兵天将下凡，军情更加混乱。在草草抵抗之后，秦军丢弃一切军需物资，拔腿抱头鼠窜。汴军在朱珍率领下一阵冲杀，秦军又损失两万多人，秦宗权在几名亲信护卫下侥幸逃脱。这一仗决定了汴军与秦军的战略对比地位。

从此，朱全忠占据了战场主动，秦军迅速没落。朱全忠获得了自来宣武镇后的最大胜利，终于可以喘口气，歇一歇了。同时，这次战役也奠定了朱全忠横扫强敌的威名，成了中原一带名副其实的中坚力量。能够打败吃人肉的凶悍之兵，那是怎样的一支军队？闻风者无不对朱全忠产生敬畏之感。更重要的是，朱全忠借此机会将原来秦宗权赶跑的散兵游勇、流亡民众召回，渐渐聚合起来，发展壮大了汴军力量。秦宗权连续吃了几个大败仗，一蹶不振，由疯狂的四处进攻转为收缩防守，相继放弃了洛阳、河

阳、郑州等地。朱全忠派出部将孙从益出任郑州刺史，请朝廷派来銮驾都头杨守宗做许州刺史。郑许两州基本纳入了宣武控制之下。

朱全忠威震中原，击破秦宗权，在保全汴梁的同时，为朝廷立下了大功。朝廷这时候不傻了，知道谁能干，知道要彻底扫荡秦宗权还需要继续倚重朱全忠。皇帝立即降旨，因高骈遇害已死，淮南出缺，所以封朱全忠兼淮南节度使、东南面招讨使。朱全忠的权力大了一倍多，不仅东南面军事由朱全忠统领，而且兼任了淮南节度使。兼任两镇节度使，这可是从未有过的先例，也是特殊的荣耀。

朱全忠终于站稳了脚。

朱全忠终于腾出了手。

军阀要不坏，不算有能耐。

9. 河阳的确好地方

肥肉谁都想吃。可越是肥肉，往往越是离得远，即使到了嘴边也不容易下咽。朱全忠决定先西讨再东征，他明白只有放弃才有获得。于是朱全忠有了一次意外的终生受益的收获。在东边的赵犨之后，在西边朱全忠又添新盟友。

李克用乘虚而入河阳，难道朱全忠对近在咫尺的河阳不感兴趣吗？当然不是，朱全忠很感兴趣。可是朱全忠心有余力不足，除了愤怒，只有眼巴巴看着没办法。因为，朱全忠自家地盘上的事情还没搞定，当时朱全忠正在与秦宗权进行艰苦卓绝的缠斗。直到宣武会战，决定性地击败秦宗权之后，朱全忠才腾出手脚来关注河阳。

朱全忠不得不关注河阳，因为河阳是宣武的后背。

朱全忠不得不争河阳，因为河阳现在的主人是李克用。

以前，诸葛爽镇守河阳时，没有对朱全忠造成威胁，可以说是两边相安无事。现在，诸葛爽死了，李克用来了。河阳尽管还是那个河阳，但河阳地盘上的主宰换了，换成了朱全忠的死对头大仇家，这令朱全忠十分紧张。这几年，看着李克用攻城略地，扩展地盘，朱全忠很着急，也很无奈，因为面前的这个秦宗权实在不好对付。朱全忠暗杀李克用事件发生后，诸侯对朱全忠怀揣提防心理，热心救援朱全忠的人寥寥无几，朱全忠只有自力更生，苦苦支撑，苦斗秦军。

人人都知河阳好，河阳令朱全忠很烦恼。

人人都知河阳肥，河阳地盘上有地雷。

朱全忠很紧张，朱全忠很无奈，因为朱全忠没有进伐河阳的机会。

诸葛爽死后，河阳内讧，人家请的是李克用做靠山，没请朱全忠去调停。朱全忠脸皮虽厚，也没有介入的正当理由，况且当时朱全忠被秦宗权围攻，分身乏术。现在李克用已经入主河阳，虽然朱全忠稍稍有了些时间和能力，可时机却已错过。

怎么办？

无人知道该如何办。

只有天来办。

天要想办就能办。

天要办谁就办谁。

李罕之与张全义为拜把子盟兄弟，虽然两人性情不同，但是关系十分融洽。李罕之性格贪婪强悍残暴，张全义厚道宽容稳重。在那个战乱年代，武力就意味着实力，武力就意味着成功。李罕之凭仗武力和征伐之力有些看不起张全义，经常嘲笑张全义土包子没能耐，说张全义"不过一个种地的乡巴佬而已"。真是搞不懂，这样两个人是怎么成为好朋友的？李罕之做了河阳节度使之后，频频发动战争，张全义在后方筹集粮草支持李罕之。

僖宗光启三年（公元887年）发生了几件不算小的事情。第一件大事是朱全忠决战秦宗权，关东局势逐步明朗，朝廷的统治力有恢复的迹象。第二件大事是僖宗皇帝见秦宗权衰相呈现，才决定起驾从成都回长安，终于结束了第二次流亡生活。第三件事代北节度使李国昌老病去世，代北之地直接并入河东李克用版图，李克用成了河东从黄河到大漠的唯一主人。第四件事是河中节度使王重荣被部下篡杀，王重荣的死对李克用和朱全忠

风雨飘摇

都有深远影响。

王重荣是李克用的军事和政治盟友，互为邻藩，互为支援。王重荣是朱全忠的假舅舅，是朱全忠初期的政治靠山，朝里能替朱全忠说上话的只有王重荣。王重荣在李克用与朱全忠之间也发挥了一定调解与缓冲作用。所以，王重荣的死对李克用和朱全忠都是损失。

王重荣治理部队军法严厉，手段强硬。王重荣位高权重，功业隆显，在河中乃至长安周围具有举足轻重的地位，属于实力派地方大佬。特别是上了年纪之后，王重荣脾气更加自负和暴躁，说一不二，吐口唾沫都能有千斤重。

有一天，河中牙将常行儒犯了军规，受到王重荣的严厉惩罚。估计是常行儒所犯错误不太大，而王重荣处罚过重，或者是对照当时藩镇中此类事件的处罚惯例，常行儒认为受处罚过重。因此，常行儒感到十分羞耻，咽不下这口恶气。其实，同一件事情不同的人感受是不同的。常行儒觉得委屈耻辱，或许王重荣还觉得对常行儒已经手下留情了呢。

在一个月黑风高的夜晚，常行儒带着亲兵，杀进王重荣的帅府。王重荣没有戒备，帅府守卫很快崩溃。仓促中王重荣穿着睡衣逃往了山中别墅藏匿。第二天，常行儒仍不罢休，继续追寻，终于在别墅中擒获了王重荣。常行儒一不做二不休，将年迈的王重荣杀死。一方诸侯王重荣就此结束了波澜汹涌的一生。

河中兵变后，朝廷在李克用及河中军的要求下，将王重荣的哥哥陕虢节度使王重盈调往河中任节度使，令王重盈的儿子王珙任代理陕虢节度使。王重盈达到河中后，第一件事就是替弟弟报仇，捕杀了常行儒及作乱部署。

王重盈与王重荣相比，能耐差了一大截子。河中原本强镇，一旦易主，地位迅速下降。非但不能虎踞关中，而且还遭到河阳李罕之的侵扰。王重荣死后河中空虚，李罕之趁机屡屡发兵西攻河中的晋州、绛州。河中不敌李罕之，深受其苦，不堪其扰。这时候，王重盈想到了朱全忠。由于李罕之的后台是李克用，王重盈找李克用没有用，李克用不会出面抑制李罕之。如果李克用抑制了李罕之，既需要为李罕之另找活儿干，又需要出钱出粮资助他。现在李罕之靠攻占装备自己，免却了李克用多操心。王重盈把希望寄托在了他弟弟的假外甥朱全忠身上，只有找朱全忠才能结盟破除李罕之的威胁。

想到朱全忠的还有一个人，张全义。

李罕之四处用兵，征伐不已，从来不治理农桑，只会打仗不会生产。如此一来，李罕之的一切军需物资都要依靠张全义供给。与李罕之形成对照的是，镇守洛阳的河南尹张全义是个施政治理高手。朱全忠大败秦宗权后，秦宗权被迫收缩战线，占据东都洛阳的秦军大将孙儒放弃洛阳而去。临走时，孙儒将洛阳洗劫一空，放把火后裹着大量金银钱财叫嚣着东归。孙儒离去，张全义进驻洛阳，担负起河南尹的职责。此时的洛阳空荡荡的一片萧条破败之相，白骨遍地，荆棘丛生。老百姓纷纷逃避战乱流落城外，偌大古都常住户竟然不足百家。

张全义没有抱怨，没有向朝廷伸手，而是带领身边官员埋头苦干，身体力行督导农民种田织布。张全义采取薄税政策，休养民生，河阳人口迅速繁盛，经济生活恢复稳定，财政收入源源不断，仓廪充实堆积如山。可是，李罕之的需求是个无底洞，对张全义征调不已。张全义稍有供给不及时，李罕之就将张全义的手下官吏打一顿。河南府中官员苦不堪言，纷纷向张全义诉苦说："大人，李帅需求实在太大，我们的这点积蓄怎么能供养得起啊。况且李帅不问青红皂白，也不理会我们的苦衷，长此以往，可怎么得了啊。"张全义默不作声，仍然按照李罕之的需求单子提供粮草、布匹、甲仗、器械等军需物资。

李罕之这部战争机器无休无止地征伐，吞噬着河南并不丰厚的财富。张全义的恭谨奉献在李罕之看来，是应当应分。李罕之越发的骄横不讲理，得寸进尺，对张全义索求无厌。终于有一天，张全义扛不住了。毕竟洛阳历经丧乱，处于刚刚恢复之中，哪有实力没完没了地供给李罕之？这时候，不堪袭扰的王重盈与不堪重负的张全义暗中偷偷眉目传情，缔结了盟约，共同对付李罕之。在极度不平等的互动下，张全义与李罕之的结义兄弟情份终于破裂，取而代之的是张全义与王重盈结盟。王重盈和张全义都需要对付李罕之这个共同的敌人，敌人的敌人终于变成了朋友。

风雨飘摇

公元888年，李罕之正在紧锣密鼓地攻打河中重镇晋州的时候，王重盈派人秘密给张全义送信，要求张全义发兵实施突袭，两人前后夹击李罕之。老实人要是被惹急了，做事情更具有破坏力。张全义这个老实人趁夜调集属下全部兵马，奔袭了李罕之的驻地河阳。张全义破关斩将，连续击破河阳的外城、内城和子城，直奔李罕之帅府杀来。李罕之此时全部注意力都在晋州前线，主要兵力也已外出作战，帅府空虚。张全义的造反令李罕之感到十分突然与意外。李罕之从来没想过他给张全义的压力到底有多大，这种压力到底能将一个常人逼向什么地步。混乱之中，李罕之爬墙头逃走，连夜逃往泽州，向李克用求救。张全义打跑了李罕之，自己直接兼任河阳节度使，成了河阳的新主人。

李克用再次上奏朝廷，请朝廷封李罕之为泽州刺史领河阳节度使。另外，李克用派遣大将康君立带领李存孝、薛阿檀、安休休等率三万人马协助李罕之反攻张全义。李克用之所以屡屡帮助李罕之，是由于李罕之曾经帮助过落难的李克用。李克用遭到朱全忠暗算自开封逃回太原的途中，各州府镇使都闭关不纳，对李克用冷眼以对，只有李罕之接济了李克用资粮。不仅如此，李克用对李罕之深为了解，知道李罕之是个有勇无谋的武夫，可以作为扩张霸业的得力鹰犬。李罕之占据河阳对李克用有利无害。既然李克用已出兵，王重盈撤兵退回河中，因为王重盈不愿意直接与李克用为敌。

王重盈的离去，剩下了张全义孤零零地面对康君立的河东雄师。张全义哪里是康君立的对手，他几乎不会统兵打仗。张全义只有据守河阳，免战高悬，一天天困坐愁城，掰着手指头捱日子。十几天后，河阳城内积蓄的粮草用尽，全城上下靠吃树皮挖野菜为生。张全义一家老小面临城破被擒的危险。

在紧急危难之际，张全义想到了朱全忠。张全义火速派人前往开封，邀请朱全忠派兵来解救河阳。作为交换条件，张全义对朱全忠奉上重金，并以妻子儿女做人质。张全义的信使到达开封的同时，王重盈的信使也到了开封。王重盈虽然不愿意与李克用直接为敌，但更不愿意李罕之返回河阳。两害权衡之后，王重盈想出了一个中间策略，请朱全忠派兵援助张全义，以打跑李罕之为目的。只要张全义的河阳得以保全，也就意味着河中的危险同时解除。

朱全忠击败秦宗权主力后，之所以没有乘胜追剿秦宗权，朱全忠有自己的盘算。李克用占据河阳，给朱全忠造成了威胁，朱全忠对此不敢马虎大意，总想找机会争夺河阳，这是其一。另外，朱全忠认为朝廷用人目光短浅，多属权宜之计。朱全忠之所以被朝廷委以重任，主要是为了对付黄巢和秦宗权，朝廷不会无缘无故地对朱全忠厚爱褒奖。所以，朱全忠很清楚，秦宗权的存在也是他体现价值的载体，让秦宗权苟延残喘也是为自己发挥作用保留空间。那个暗弱的朝廷也因此才会延长对朱全忠的倚重时间，继续给朱全忠提供政治支持。一旦秦宗权被彻底消灭，那朱全忠也将失去作用。况且朱全忠羽翼还未丰满，朝中没有人替他说话，唯一的靠山王重荣又刚刚死去。朱全忠虽然看不起无能的皇帝与朝廷，但毕竟它还代表着天下之主，发出的封诰及号令具有最高的合法性。朱全忠明白，自己的事业拓展还需要处处借助朝廷。

王重盈和张全义的信使到开封提出救援请求后，朱全忠心里这个痛快敞亮就别提了。朱全忠心想今天是个什么大吉大利的日子，盼星星盼月亮都盼不来的机会，现在送上门来了。为了扩大地盘，争夺资源，朱全忠费尽心机地发动了"三朱大战"，虽然打了一些胜仗，可效果并不理想。关于"三朱大战"的详情以后再表。现在河阳送上门来，机会难得，机不可失。朱全忠当即决定发兵救河阳。这真是天公作美，正在朱全忠苦于没有机会伐河阳的时候，发生了李罕之与张全义反目之事，现在河中与河阳同时来约，宣武出兵河阳顺理成章啊。如此一举两得，既可以消除背后之患，也可以拖一拖对秦宗权的战事，让秦宗权多活几天。

朱全忠派出大将丁会、葛从周、牛存节驰援河阳张全义。这位丁会也是朱全忠的老班底。丁会自幼放荡不羁，后来参加黄巢义军，隶属朱全忠帐下，跟随朱全忠赴镇汴梁，开始时官任都押衙。丁会不仅作战勇敢，而且坚忍不拔，见识也高于常人，后来成为朱全忠与李克用争夺泽潞地区的重量级人物。

丁会率部到达河阳后，康君立派李罕之率步兵继续攻城，派李存孝率

二 天下烽烟

骑兵截击丁会的援军。汴军与河东军相遇于沇河渡口,丁会与李存孝摆开阵势大战起来。就在丁会与李存孝对阵之际,朱全忠另外派出一支人马绕到河东军背后,打算切断河东军在太行山的归路。康君立侦查到汴军向太行山移动的军事目的后,担心腹背受敌,不敢在河阳恋战。河东军军心动摇直接影响到了作战气势,李存孝兵败,安休休投降汴军。康君立出师不利,与李罕之率残部退回河东。

击败河东军后,朱全忠为了长久控制河阳一镇,通过上奏朝廷,保举丁会为河阳节度使,让张全义回洛阳继续做河南尹。

张全义死里逃生,躲过大劫。朱全忠不仅放回了张全义的妻子儿女,而且请朝廷在洛阳地盘上新增设了佑国节度使,由张全义出任。张全义对朱全忠感恩不尽,将朱全忠当成了全家老小再生活命的菩萨。从此之后,张全义对朱全忠俯首帖耳,唯马首是瞻。朱全忠向河阳要什么,张全义就给什么,毫不吝啬,毫不犹豫。从此之后,河阳成了朱全忠的又一个补给基地,与赵犨的陈州共同构成了朱全忠霸业的两大支撑,朱全忠的战争给养大半出自河阳与陈州。不仅如此,河阳和陈州对朱全忠忠心不二,宣武、河阳、陈州构成了牢不可破的铁板一块,幅员辽阔、人口稠密、物产丰富,形成了雄踞中原、虎视天下的霸王之资。

经过黄巢、秦宗权掳掠祸害,官军盗匪连年征伐,兵荒马乱,河南及江淮之间受害最重,千里无鸡鸣,白骨露于野。生产生活遭到极大破坏。说五代没出过文化人,肯定不正确。说五代没有出过诗人,肯定不准确。说五代没有出过著名诗人,应该没什么错。因为,那时候的头等大事是保命与吃饭。在这种环境中出生和成长的人肯定没什么心思写诗了。五代稀有的诗人中,有一位名叫黄滔的,据说深得白居易浅易流畅的风格,他在一首诗《书事》中写到:"望岁心空切,耕夫尽把弓。千家数人在,一税十年空。设阵风沙黑,烧城水陆红。飞章奏西蜀,明诏与殊功。"寥寥数语,反映了当时社会离乱之苦。河阳虽不是重灾区,局部城镇也是一片萧条。

事实证明,张全义此人是个治理地方的绝顶高手。张全义从自己亲兵中挑出老实可靠、干练有才器的十八个人,命名为屯将。张全义给他们每人一面令旗和一篇榜文，然后派遣这十八位屯将分头奔赴十八个县，负责安民和恢复生产。所谓屯将，屯田之将的意思，主要任务是管理农业生产。这十八人到达地方后，按照张全义的吩咐，将小红旗就地一插，对榜文内容进行宣读讲解。榜文内容大概有如下几条：一是请流亡外地的民众返乡安居，二是要求老百姓种树种庄稼，三是免除租税，四是简化刑罚，除了杀人者抵命之外，其他过错只有打板子一种惩罚。如此一来，一传十，十传百，被战争赶出家园、流落他乡的老百姓闻听河南的新政策后，纷纷返回家乡，安心务农，开垦荒地，劳动耕织。屯将除了督导生产之外，还从老百姓中选出身强力壮的人组成团练，指导教习他们进行军事训练，以抵御来侵扰的盗贼与流寇。在张全义的政策鼓励之下，三五年之间，各个城镇逐步恢复了繁荣，城池屋舍得以修缮，人口得以增长，桑麻和庄稼繁茂成片，再也看不到荒弃的田土，看不到闲散的民众。团练也得到了迅速发展，大县团练规模达到了七千人，小县的团练也在两千人以上。

　　张全义率部作战不行，但智商很高，明察秋毫。虽然为政风格比较宽大简约，可无人能够欺瞒他。张全义很重视深入基层搞调查研究，还能蹲点指导。在深入田间地头的调研活动中，张全义从来不停留在地方官员的口头汇报，而是直接考察实地情况。如果发现沟垄整齐、庄稼繁茂的，就下马走到近前，召集随行官员亲自参观查看。让人把田地主人找来，以酒食加以慰劳。如果看到桑蚕和麦谷丰收的，张全义会亲自到农人家，招呼这家里的男女老少一起坐坐，赏赐茶叶衣服之类以鼓励他们的勤恳。有时候，张全义发现土地荒废种不好的，就召集众人后，对这个不好好种地的人进行责罚。被责罚的人往往会说，家里没有耕牛，所以种不好地。张全义很有办法，面对这种情况，就把此人的邻居街坊找来，训诫道："他如果确实没有耕牛，你们为什么不帮助他呢？"众人都很惭愧并心悦诚服，从此之后，各村之内人人互助，共同搞好生产。张全义不仅善于深入基层掌握第一手资料，还能够对疑难问题提出解决办法。这样的干部，谁还敢欺瞒？谁还不好好干？几年下来，河南家家户户有余粮，有积蓄，即使遇到灾荒年，也没有出现受饥挨饿的现象。老百姓民间流传着一种说法：

"张大人不喜欢声色犬马,即使见到这些也从不展颜欢笑,唯独见到庄稼丰收才露出笑容啊。"

从这些逸事中,可以看出张全义是个勤政爱民的好官,而且很有管理思想和管理方法,正派朴素,作风务实,即使放在现在,仍有很多人无法与他相比。张全义勤政善政,对朱全忠忠心耿耿。朱全忠对张全义也很尊崇,不断为张全义加官进爵,依仗其为大后方的股肱。张全义在朱全忠集团中一直处于较高地位,荣宠无比。

李克用被朱全忠赶出河阳,到嘴的肥肉又被别人抢去,心里当然不好受,当然不会善罢甘休。李克用将李罕之安置在泽州,令其与昭义节度使李克修一起攻打河阳,一次打不赢,两次再打,两次不行,就打三次。李克修与李罕之锲而不舍,死死咬住河阳不放,没有一年不出兵。丁会守河阳守得也很艰苦和坚固,虽然晋汴互有胜负,但河阳一直控制在朱全忠手里。由于连年用兵,怀州、孟津、晋州、绛州一带民不聊生,田无禾苗,县无令长,赤地几百里没有人烟。

李克用一时攻不下河阳,却在李克修和李罕之的合力征伐之下,经琉璃坡和辽州两次大战,彻底消灭了孟方立的有生力量,将孟方立的邢洺磁州收入囊中。孟方立最后走投无路,众叛亲离,被迫喝毒药自杀。

孟方立死后,残部拥戴孟方立的弟弟孟迁做邢洺留后。孟迁估计自己难以对抗李克用,就向朱全忠求援。朱全忠向隔在中间的魏博一镇借道去救孟迁,可是魏博节度使罗弘信不答应。朱全忠只有另外想办法。朱全忠派出的部将王虔裕率领五百人,绕小道赶去支援孟迁。朱全忠派去五百人算什么救援?这就是朱全忠,他很明白孟迁不过是李克用的盘中餐,被吃掉只是时日问题。朱全忠不愿意为了距离遥远的小小邢州而大肆兴兵,避免得不偿失。

朱全忠在认为有必要有好处的事情上,毫不犹豫,绝不怕牺牲,不惜大动干戈乃至血战到底。如果没有多少好处可捞,朱全忠绝不额外消耗,做做样子敷衍了事。不过这次做样子行动令朱全忠也付出了不小的代价。

孟迁见朱全忠虚情假意,指望不上。最后,走投无路的孟迁竟然逮捕了王虔裕及五百汴军投降了李克用。王虔裕也是朱全忠老班底中的大将,竟如此窝囊地被反复小人孟迁断送了前程。

公元888年，僖宗皇帝驾崩，昭宗即位。新皇帝为了安抚诸侯，封授李克用为陇西郡王，检校太尉兼侍中，同时也封了朱全忠兼侍中。

那这个新皇帝昭宗是个什么样的人呢？

二 天下烽烟